U0813282

中南天使
CHINA SOUTH ANGEL
爱格
Aigirl

人物属性

## 殷玉衡

年龄：15岁
武力值：7
外貌值：9
所在地：琅琊岛
身份：琅琊殷家御兽师
性格：乐观，表面乖巧，其实是行走的『吐槽弹幕机』
天赋功法：水系，共享契约灵兽的火系功法
修为：御兽诀五层，是大陆一千年以来，第一个真正可以称得上御兽师的人

## 人物属性

### 傲苍

年龄：千年神兽，人形外貌18岁

武力值：9

外貌值：8

所在地：琅琊岛

身份：神兽青龙，殷玉衡的契约仆兽

性格：暴躁易怒

爱憎分明，疾恶如仇

天赋功法：水系，可以化冰、引雷、布风，甚至掌控天地灵气

修为：曾经是九级巅峰灵兽，重生后回到幼兽状态

人物属性
殷天枢
年龄：20岁
武力值：7
外貌值：10
所在地：琅琊岛
身份：殷玉衡的大哥以及伴生灵兽，
真身是九尾狐
性格：嘴巴不饶人，刀子嘴豆腐心，『弟控』
天赋功法：单火系
修为：七级灵兽

人物属性
风枭
年龄：未知，青年外貌
武力值：8
外貌值：7
所在地：琅琊岛
身份：真身为螣蛇
性格：冷酷
修为：八级巅峰灵兽

人物属性
花涓
年龄：18岁
武力值：5
外貌值：8
所在地：秋之地暮秋岭
身份：富甲天下的花家小姐
性格：开朗，果断，平易近人
天赋功法：风系、雷系
修为：炼气九层

人物属性
袁小鸦
年龄：15岁
武力值：5
外貌值：6
所在地：春之地九环溪
身份：春晖潭袁氏家族继承人，御兽师
性格：天真可爱，热情，神经大条
修为：未知

# 昊天纪2：御兽师

玄色 著

图书在版编目（CIP）数据

昊天纪.2，御兽师/玄色著.—合肥：安徽文艺出版社，2020.12

ISBN 978-7-5396-6819-2

Ⅰ.①昊… Ⅱ.①玄… Ⅲ.①长篇小说－中国－当代

Ⅳ.①I247.5

中国版本图书馆CIP数据核字(2019)第246312号

出 版 人：段晓静

责任编辑：胡 莉 张 磊　　装帧设计：杨 平 罗晓芸

---

出版发行：时代出版传媒股份有限公司 www.press-mart.com

安徽文艺出版社 www.awpub.com

地　址：合肥市翡翠路1118号　邮政编码：230071

营 销 部：(0551)63533889

印　制：湖南天闻新华印务有限公司　电　话：(0731)88387878

---

开本：700mm×1000mm 1/16 印张：17 字数：266千字

版次：2020年12月第1版 2020年12月第1次印刷

定价：42.00元

---

（如发现印装质量问题，影响阅读，请与出版社联系调换）

版权所有，侵权必究

九环溪倒流，赤炎山爆发，
暮秋岭封山，穹天崖断裂，
大陆一片混乱，
自此开启昊天时代，
史称昊天纪。

# 目录

# 第一章

# 万善堂

殷玉衡整了整身上崭新的衣袍，又轻轻抚平布料上面的皱褶，确定自己的着装完美无缺之后，才抬起头，紧张地看着面前的万善堂。

自他有记忆起，一年就只能见母亲一次——在他每年生辰的前一天。

他明天就十岁了，见到母亲的次数，屈指可数。

他也不知道为什么母亲会被祖父囚禁在万善堂，族中所有人对此都讳莫如深，每当他旁敲侧击的时候，他们都会露出或怜悯或嘲讽或冷漠的表情，没有任何人会给他答案。

至于他的父亲，据说在他出生之前就已经离开琅琊殷家，十年间没有任何消息，生死不明。所以在殷家，也会有人在私底下谣传，他不是父亲的孩子，因此才会被厌弃，导致父亲离家，母亲被囚禁。

只是随着他的长大，这种谣言开始销声匿迹，只因他那张和大哥至少有五分相似的脸。

是的，他还有一个哥哥叫殷天枢，但他们的母亲并不是同一个人。殷天枢的母亲据说是父亲成亲以前纳的侍妾，生殷天枢时难产而死。

殷玉衡迈步上了万善堂门前的台阶。他这人很乐观，觉得自己还算幸运，虽然没有父母在身边，但比起大哥殷天枢，他好歹还能见到母亲——虽然一年只能见一次。

殷玉衡抬起右手，犹豫了半晌，才敲响了万善堂那扇看起来就很有年头的檀木雕花大门。

片刻之后，万善堂内响起了母亲应允的声音，殷玉衡紧张地抿了抿嘴，这才伸出双手推开万善堂的大门。

随着万善堂大门的开启，一股浓郁的香气扑鼻而来。这股香气只有在万善堂才能闻到，是一股难以言喻的味道，似乎是数种花香与果香混合在一起，让人不由自主地沉浸其中。

殷玉衡不禁闭上双目，每年来万善堂见母亲的时候都会闻到这股香气，这味道让他无比怀念。

“孩子……是你来了吗……”清脆的声音从万善堂的深处传来，带着一丝可以察觉的颤抖和期待。

殷玉衡连忙睁开双眼。万善堂很大，横梁上垂落着青灰色的帷幔，那上面是一幅幅用朱砂绘就的曾经与殷家子弟建立契约的灵兽的图，一眼看去，极为壮观。殷玉衡虽然是在六岁之后才独自来万善堂，算上这一次也不过才五次，但依然熟练地穿过那些层层叠叠的帷幔，准确地走到了万善堂的尽头。

不施粉黛的母亲如往昔般眉目如画，美艳绝伦，一头乌黑的长发自然而随意地垂落，脸白皙得几近透明。她穿着一身素白的衣袍，正靠坐在一张软榻上，一脸慈爱地看着他一步步走来。

殷玉衡抑制住想要扑到母亲怀中的冲动，快步走到母亲的软榻前停下，规规矩矩地朝母亲行了一礼：“母亲，孩儿给您请安。”

陆幽天讶异地挑了挑眉，举袖掩唇笑道：“小玉衡，怎么这次这么乖？”

殷玉衡老老实实回答：“是大哥说的，玉衡已经长大，见到母亲不能无礼。”

陆幽天眯了眯美目，对儿子居然变得与自己如此疏离感到不爽，但一想到自己一年才能见他一次，与他无法亲密，而他更听那个朝夕相处的兄长之言，有这样的变化倒也是人之常情。

收起笑容，陆幽天轻叹了口气，拉着殷玉衡的手，把他从头到脚好好地打量了一番，欣喜地发现他面色红润，应是过得不错，但同时也发现他身上的衣服有些短小。细看才发现，这是她去年见他的时候给他缝制好的衣裳，而一年了竟然连个皱褶都没有，颜色也像是没有经过水洗一样鲜亮，可见儿子对这件衣裳的珍视，定是一直舍不得穿才会如此。

陆幽天有些气恼又有些高兴，啐了一口道："小玉衡，娘亲给你做的衣服，是让你马上穿的，看你身上这套，你以后还能穿吗？不是要让人家笑话？"陆幽天发现儿子这一年身体成长的速度加快了，以前都没有发现这一点。

陆幽天越想越觉得心痛，一把拿起身旁的衣服随手撕碎，苦笑道："是娘亲疏忽了，小玉衡长得很高了，今年娘亲给你做的衣服尺寸不合适，明年断不会如此了。"

殷玉衡失望地看着那几件做好的衣服瞬间在陆幽天的指甲间化为碎片，却来不及阻止，也不敢阻止。他小声地解释道："玉衡有衣服穿，大哥都把他以前的衣服给我穿的。"

陆幽天闻言愈发地痛心，她儿子好歹是殷家的直系子弟，堂堂琅琊殷家，居然连衣服都不给他准备，还要他捡人家的衣服去穿！真真连一个奴仆都不如！

连衣服都如此，那其他方面呢？

陆幽天只怪自己以前没有注意也没有询问过，自己还是太天真了！

殷玉衡虽然不知道母亲为什么骤然变了脸色，但他知道如何转移话题，连忙道："母亲，我今年已经达到了炼气五层。"

陆幽天的注意力果然马上被转移了，她惊喜地睁大了杏目，难以置信地问道："什么？炼气五层？"

殷玉衡重重地点了点头，肉肉的小脸上终于扬起了属于他这个年纪的开朗笑容。是的，他是琅琊殷家这一代公认的天才，就算是放眼整片大陆，恐怕也少有这么快的炼气速度。在十岁之前就有如此成绩，在兽纹觉醒之后将会前途无量。

陆幽天恨不得把殷玉衡放在手心里宠爱，她虽然对刚刚推测的那一切感到痛心，却也知道以自家儿子的资质，殷家是绝对不会亏待他的。这其中也许有什么误会。

母子两人又闲话了一会儿，因为一年才能见这么一次面，所以两人都非常珍惜。陆幽天想要得知儿子的所有琐事，但终究是不现实的，所以只好挑最重要的叮嘱。

"我的小玉衡，明天你就十岁了，家族定会为你举行兽纹觉醒仪式。不要怕，也千万不要紧张，其实没什么的。"陆幽天把殷玉衡搂入怀中。她并不是琅琊殷家的人，从白藏陆家嫁过来之后就一直被囚禁在万善堂，根本没见过兽纹觉醒仪式。但做母亲的，自然不能给儿子增加负担。

“嗯。”嗅着母亲身上的异香，殷玉衡认真地点了点头。

殷玉衡沉醉地闭上眼睛，暗暗发誓，有一天，他一定会光明正大地接母亲离开这里！

陆幽天轻抚着儿子瘦弱的脊背，目光落在了自己被衣裙遮住的腿上，眼神变得幽暗。

太阳最后一抹光辉隐没至海平面下，天色已暗，殷玉衡这才依依不舍地同母亲告别，一步一回头地看着万善堂的一角飞檐逐渐被浓密的山林遮掩，再也看不到任何痕迹之后，才收回了目光。

琅琊殷家在春之地外围海域中的一座岛屿之上，这座岛屿便被世人称为琅琊岛。琅琊岛的面积极大，只有极小的一部分被殷家的主宅院落占用，其他地方都是浓密的山林，其间有许多灵兽栖息，万善堂就在殷家院落的边缘地带。

殷玉衡远远地听到海水涨潮的声音，嗅到晚风送来的潮湿的海洋的气味。殷家主宅中栽种了许多花树，春之地永远都是花开的季节，海风吹过，落英缤纷，在银色的月光下异常美丽。隐隐还能听到远处某种飞行灵兽的扑翼声，更增添了几抹空灵之感。他收拾好心情，快步朝自己和大哥所居住的亢宿苑走去。

琅琊殷家这一代直系子弟中，只有七名男孩，分别按照北斗七星的名字来命名。他大哥和他是同父异母，其余都是堂兄弟，大哥今年十五岁，最小的七弟摇光只有四岁。殷玉衡有时候无聊地想，若是还有其他堂弟出生，那名字要怎么取？

不过，这是叔叔们需要烦恼的事情了。他父亲已经离家多年，或许，在外面给他们添了弟弟妹妹也说不定……

殷玉衡外表看起来非常乖巧，但心里却十分喜欢“吐槽”，别看他一路正正经经地提着灯笼施着礼，内心其实进行着另一番会令人万分讶异的活动。

从偏远的万善堂到位于主宅内院的亢宿苑，路程非常遥远，当殷玉衡看到在亢宿苑门口的大哥时，立刻小跑了过去。

“大哥，我回来了。”殷玉衡打招呼的时候还有些心虚，按照规定他早就该回来了。但这次长老似乎是体谅他明天就要觉醒兽纹，并没有来催他离开。他抬头注意到大哥肩上已经落了许多花瓣，看来是在这里等他很久了。

殷天枢今年十五岁，已经是一位翩翩少年郎了。他的五官棱角分明，两眉飞起，鼻梁挺直，面如冠玉。尽管只是随随便便地靠在门框上，仍给人一种眼前一亮的感觉。因为垂着头，他的刘海显得有些长，遮住了那双上挑的丹凤眼，偶尔微风拂过，隐约还能看到他额前赤红色的兽纹。

因为从小无父无母，殷天枢在殷家长辈的眼中便是个可有可无的子弟。虽然资质还算上乘，但自从同父异母的弟弟殷玉衡出生后，他便不再被关注。所以在琅琊殷家，很多人都猜测，殷天枢肯定是极其看不惯殷玉衡的，更别提两兄弟还单独住在一个院落中，拒绝任何人服侍。

但只有殷玉衡知道，殷天枢虽然嘴巴不饶人，实际上还是很疼他的。

看，这不，为了等他，在晚风中站了这么久。

“怎么才回来？成心要把我饿死吗？”殷天枢不耐烦地摸了摸鼻子，没好气地冷哼道。

“大哥，我错了，我这就去做饭。”殷玉衡合掌，眨了眨大眼睛，肉乎乎的脸上布满了歉意。

殷天枢呼吸一窒，一把抢过他手上的灯笼，用那双丹凤眼斜了殷玉衡一眼，抽了抽鼻子，厌恶地命令道：“先去把你身上的味道洗干净，换身衣服，否则做出来的饭我能吃得下才怪！”

“是，我这就去。”殷玉衡跟在殷天枢后面，进了院落关了大门后，便跑到自己房里洗澡换衣服。

所以，真不是他母亲误会的那样，他因为珍惜她缝制的衣服，一直没有穿，实在是他大哥的鼻子太灵了，无法忍受万善堂里的那股异香。

殷玉衡脱下衣服后，闻了闻那上面沾染的浓郁香气，怎么都觉得很好闻。为什么大哥就那么厌恶呢？

他不解地耸了耸肩，从柜子里随意挑了一件衣服，反正他的衣服都是他大哥穿过的旧衣服。并不是殷家不给他制新衣，照大哥的说法，是他小时候就喜欢穿大哥的旧衣服，久而久之大人也就随他去了。

实际上，殷玉衡自己完全没有印象。

好吧，在亢宿苑这里，他大哥说了算。

殷玉衡飞快地洗了个澡换了套衣服，又跑到院落里的小厨房下了两碗面条。自从他六岁能够得着灶台后，做饭便成了他的事。其实真相是，他大哥懒得走上几步路去主宅吃饭，也讨厌自己的地盘有其他人出现，所以他们这个亢宿苑内连个仆役也没有。

也就是说殷玉衡是自家又宅又懒又挑剔的大哥一手带大的。殷玉衡有时候想起这事，觉得自己能平安长大都是奇迹。

琅琊殷家虽然是个传承千年的世家大族，但因为一直居于岛上，与外界的联系并不紧密，并没有一个真正的家族观念。散落在各处的院落成为一个个小家，既然他们没有提出要求，其他人也就不会多管闲事。所以，殷玉衡虽然是殷家这一代少有的天才，但也没有其他人贸然表示亲近。

或许是他有个比较凶悍的大哥的缘故吧。

三个月前他突破到炼气五层的时候，大伯建议他搬去自己住的井宿苑，以让他接受更加系统的学习和炼气指导，结果被大哥毫不留情地冷嘲热讽了一番，说得大伯差点当场就气晕过去。

殷玉衡斯斯文文地吃着面条，又开始了缤纷多彩的心理活动，时不时用余光瞄着对面连吃面条这种平民食物都无比优雅的大哥。

大哥今年已经十五岁了，正是青春年少时，据说他的母亲当年美艳无双，这从他的面容中便能看出几分。他身上只穿了一袭简单的青衣，却像穿着名贵的锦袍一般光彩照人。长发随意地束起，额前有几缕碎发垂落，更显得他面容清俊。他的额头上有一道赤红色兽纹，是五年前兽纹觉醒时出现的，由几条细纹纠缠组成，就像是一条长长的额饰，为他增添了一抹贵气。

兽纹是修炼御兽诀的标志，而兽纹觉醒时会随机出现在人体的任何地方，越繁复，就表示修炼御兽诀的潜力越大，可以驾驭更高级的灵兽。

殷天枢的兽纹并不算繁复，所以，虽然他十五岁就突破到了炼气三层，但资质只能算是一般，御兽的潜力并不大。

殷玉衡悄悄地咬了咬筷子，有点担心自己明天的兽纹觉醒仪式。

“怎么不吃了？自己做的东西还不合胃口？”殷天枢眼皮都没抬一下，但对面殷玉衡的小动作完全没能瞒过他。

“不是……”殷玉衡犹豫了一下，还是把心里的不安说了出来，“大哥，我有点担心明天的仪式……”

殷天枢并没有立刻回话，而是慢慢悠悠地喝完碗里的汤，又优雅地用丝帕擦了擦嘴角，这才抬起了头，单手撑着下巴，翘起嘴角取笑道：“还以为你不担心呢，也难为你憋到现在才跟我说。”

殷玉衡鼓起腮帮子——果然被大哥嘲笑了。不过他也知道大哥的性格，顶多是嘴坏一点，该说的肯定不会隐瞒。

殷玉衡的表现取悦了殷天枢，他抬手弹了弹殷玉衡的脑门，轻笑道：“不用怕，只是一个兽纹觉醒仪式而已，有点类似其他门派天赋属性的测试，只要把你体内所炼的气全部调动起来就可以了。”

殷玉衡松了一口气，其他门派的天赋属性测试他也听说过，据说就是放一个试炼水晶球在面前，根据水晶球显示出来的颜色来判定被测试人的天赋属性。

“我们从小所学的御兽诀和其他修仙门派的基础炼气口诀不一样，所以并没有天赋属性这样的说法。”殷天枢甚少指导殷玉衡，这个才十岁的弟弟，一向都让他很省心，白天按时去殷家的藏书地昴宿苑学习，下午回来自己修炼。殷家的教育政策和大部分灵兽的一样，都奉行放养制度。殷天枢整理了一下思绪，拨弄了一下额前的碎发，徐徐说道：“御兽诀的炼气法诀，是修炼体内与灵兽亲近的气息，而十岁的兽纹觉醒，出现的兽纹越繁复，就证明气息与灵兽越亲近，就越有可能与更高级的灵兽签订契约。”

说到这里，殷天枢摸了摸自己额头上的兽纹，自嘲道：“像你大哥我这种级别的兽纹，也就只能与中阶灵兽签订个契约。”

殷玉衡抿了抿唇，有些口拙。大哥的嘴很利，连自己都可以嘲讽。殷玉衡实在是不知道该说什么好。

“明天兽纹觉醒之后，你先不要急着选灵兽签订契约。”殷天枢忽然话锋一转，语气郑重了起来。

“是。”殷玉衡不自觉地坐直了身体，下意识地应道。

“流传至今的伴生灵兽契约，并不是上古传说的那种同生同死的真正平等的血契，而是以灵兽一方为主导的契约。”殷天枢淡淡地解释道，“毕竟现在大陆上的灵气稀薄，上乘法术丢失了大半，那种与灵兽同生同死的平等血契已然失传。而御兽师的功力不足，灵兽的寿命又数倍于人类，所以以灵兽为主导也就不足为奇。”

殷玉衡睁大了双眼，还有着婴儿肥的圆润脸蛋更显得可爱。随着年纪的增长，他的五官和轮廓越来越像他大哥，只是这婴儿肥一时半会儿还是消不掉。

这些秘辛殷玉衡是头一次听到，虽然在殷家他是修炼速度奇快的天才，但由于他大哥的存在，甚少有人接近他，更别提跟他讲这些事情了。

毕竟在御兽师的世界，还没有签订伴生灵兽的御兽师，彼此都是竞争者，越是优秀，竞争对手就越多。

殷天枢拿起一旁的茶壶，姿态优雅地倒了杯茶水，润了润嗓子后继续道：“而高阶灵兽不需要低级御兽师的伴生修炼，那么就代表着同意与御兽师签订伴生契约的灵兽更少了。所以，一般来说，御兽师的伴生灵兽基本上都是因为灵兽父母不能养育多余的孩子而被遗弃的幼灵兽。”

“好可怜……”殷玉衡像是想起了他们两兄弟的身世，有感于怀，眨了眨黑白分明的大眼睛，低低地喟叹道。

殷天枢低垂的丹凤眼里有光芒闪了闪，他停顿了片刻才道：“在幼生期就被遗弃的灵兽，多多少少都有些缺陷。玉衡，你的资质卓越，明日的兽纹觉醒定会相当惊人。所以别着急选定伴生灵兽，伴生灵兽的能力，几乎可以决定你以后修为的高低。

“因为御兽，便是与伴生灵兽相辅相成，御兽师的修炼成果会共享给伴生灵兽，而灵兽的修为提升，御兽师的修为也会随之提高。

“所以相对于炼丹师和炼器师，御兽师的修炼更加省时省力，但要成为御兽师，必须拥有可以御兽的体质和兽纹。

“御兽的体质，基本上殷家的子弟都有，而兽纹则是看各人的天赋了。

“如果御兽师与一只低阶灵兽缔结契约，那这辈子就算是毁了，除非狠下心杀死伴生灵兽。但既为伴生灵兽，就意味着如果灵兽死亡，御兽师也会受到一定的损伤。

“因此御兽师挑选适当的伴生灵兽缔结契约，是一件非常重要的事情。灵兽的能力太低，则毫无发展前途；太高，则会不受御兽师的控制，轻则契约失败，重则沦为灵兽的附庸，甚至会被灵兽当成餐点。”

殷天枢难得耐心地讲述着这些殷玉衡也许已经知道的事情，而殷玉衡还是头一次听到大哥这么严肃地说这么多话，认真地倾听并郑重地点了点头。

看来伴生灵兽确实难以选择。他大哥就还没有挑选伴生灵兽，据他所知，琅琊殷家之中，也有一部分人没有伴生灵兽。

殷天枢见他如此听话，面部的表情柔和了下来，但语气还是没有缓和：“知道了就好。收拾好桌子后，就早点回去休息吧。”说罢便很自然地起身回房睡觉了，没有丝毫心理负担地把桌子留给小弟收拾。

殷玉衡也习惯了被殷天枢指使做事，想要又宅又懒又挑剔的大哥做事，那比天上下红雨还要稀奇。

殷玉衡手脚麻利地收拾好碗筷，洗漱完毕，回到了自己的房间休息。放在枕头下面的衣裳还透着母亲身上常年有的香气，在沉入梦乡之前，殷玉衡仿佛又看到了那挂满青灰色帷幔的万善堂。

一定，他一定要把母亲从万善堂接出来……

# 第二章

# 兽纹觉醒

翌日，殷玉衡很早便起床了，像往常一样，打算去厨房做早饭，却在打开厨房门的那一刻，看到灶台上放着一碗热气腾腾的长寿面，上面还有一个半熟的荷包蛋。

殷天枢有怪癖，只吃自己和小弟亲手做的餐食，所以殷家的仆役也就不用费事为他们兄弟两人送饭菜了，也很少步入亢宿苑。

这碗面条，只可能是殷天枢早起亲手为他做的。

殷玉衡的心里暖洋洋的，大哥虽然不靠谱，但每年他过生日的这一天，还是不会忘记给他做一碗长寿面的。

殷玉衡本来想叫大哥一起来吃早饭，但跑去殷天枢的房间，发现已经不见他的人影，只好一个人默默地把长寿面吃掉。

不多时，殷家的仆役便来亢宿苑带着殷玉衡前往主宅正中的正曜殿。

正曜殿是一座规模宏大的殿堂，殷家但凡有什么大事，都要在这里集会。

正曜殿巍峨壮阔，威严肃穆，初升的阳光映照在精致的琉璃瓦片上，反射着炫目的光芒，蹲坐在屋脊上的五脊六兽，都是殷家历代的守护灵兽，正安详地仰望着天空。

殷玉衡被带往正曜殿的偏殿洗漱。偏殿有一个宽阔的圆形浴池，被称为御兽池，殷家孩童兽纹觉醒或者与灵兽缔结契约之前，都需要在这里沐浴更衣。这御兽池造型古朴，池壁都是用上好的青白色方岩玉石砌成，因为年头久远，被水冲刷得无比圆润。在御兽池的中央有一个大型的泉涌阵，有灵石镶嵌其中，使这里常年都有干净的池水。今天也许是知道这浴池有人用，还特意启动了一个升温符阵，泉涌阵阵眼中涌出的泉水成了温水，整个偏殿都升腾着雾气。

偌大的偏殿内，训练有素的殷家仆役连走路都悄无声息，只能听得到淙淙的泉水流动声。殷玉衡与这些仆役从未有过接触，所有人都低眉顺目，面无表情。在这样严肃的气氛下，本来不怎么紧张的殷玉衡，也难免忐忑起来。

要知道，御兽师的兽纹决定了他的地位。

殷玉衡脱掉身上的衣服，踏入御兽池内洗涤身体。其实他天天洗澡，也没有什么需要再仔细洗的，这只是一个仪式罢了。殷玉衡心不在焉地往身上撩着水，隐约回忆起，五年前大哥的资质也是族中数一数二的，但在兽纹觉醒仪式之后，便落得个离群索居的下场。虽然这是大哥的性格使然，可一日便可以定一生，即便再如何辛勤努力，也能被一朝抹去。

如此残酷，这便是命运。

殷玉衡简单沐浴过后，仆役并没有给他拿新衣服，只是在他腰间围了一块洁净的白布。兽纹是随机出现在人身体的某处的，所以连殷玉衡的长发也被仔细地束起，露出他光洁饱满的额头和有些婴儿肥的脸。

春之地温暖舒适，但空旷的大殿之中还是有些凉，殷玉衡不适地搓了搓胳膊，心情忐忑地随着殷家的仆役走进正曜殿。

正曜殿之中已经聚集了琅琊殷家的长老与很多族人，除了还未拥有兽纹的两个弟弟未到场外，他的几位哥哥也在其中。殷玉衡一眼就看到了站在角落里的大哥，接触到大哥像是嘲讽他怯懦的目光，殷玉衡狠狠地深吸一口气，大步走入殿中。

正曜殿可以容纳数千人，所以即使到场的人很多，也并不显得拥挤。在正曜殿的正中央，有一个一层楼高的平台，在平台之上，刻画着一个繁复的符阵。

殷玉衡还从未登上过这个平台，此时一个人登到平台之上，顾不得惊慌，只好奇地看着脚下这个复杂的符阵。这个符阵是整个刻画在平台之上的，刻画符阵的线条用不知名的材质浸染了，八处阵眼上镶嵌了八颗鸽蛋大小、颜色各异的晶石。如果他猜测得没错的话，这些晶石应该是灵兽的晶核，而且看大小和成色，应该都是高阶灵兽的晶核。

这些晶核每一颗单独拿出来都是一笔不小的财富，更别说是八颗各系晶核镶嵌在一起了。

“孩子，静心。”一个苍老的声音响起。

殷玉衡立刻收回目光，眼观鼻，鼻观心。他知道这是大长老，也就是他太爷爷殷岁星的声音。与此同时，有些嘈杂的正曜殿也在殷岁星开口的那一刹那，变得肃静。

每一个孩子的兽纹觉醒仪式，都是值得期待的，尤其是这一代被誉为天才的殷玉衡的兽纹觉醒仪式。

每个人都抬起头看向站在高台上的殷玉衡，有些人的目光中甚至还带着几分狂热。

不过单纯的殷玉衡都没有注意到这些，他按照太爷爷的指示，上前一步，站在了符阵的中央。

正曜殿的烛火依次被熄灭，整个大殿陷入了一片令人窒息的黑暗中。

冗长的咒语在殷岁星的口中响起，殷玉衡听从太爷爷的命令，把内息中所炼之气运于脚底，毫无保留地输入符阵之中。

随着他气息的波动，符阵之上的八颗晶核陆续亮了起来，光亮越来越盛，宛若一盏盏明灯。

正曜殿中断断续续地响起了抽气声，在场的人都参加过许多次兽纹觉醒仪式，但能令所有晶核亮到如此程度的，还是首次看到。

晶核的亮光还在缓慢增强，最后像是达到了一个临界点，忽然光芒闪烁，随之晶核内的所有亮光全部熄灭。

正曜殿内恢复了黑暗，死一般的沉寂持续了片刻之后，有人飞速点亮了大殿之内的烛火和壁灯，所有人的目光都往符阵中央的孩童投去。

这一看之下，又是惊呼连连，只见那高台之上，那个只有十岁的孩童孤零零地强撑着站立在那里，本来光洁白皙的后背和肩胛骨之上，竟布满了复杂交错的青蓝色兽纹，远远看去，就像是两只翅膀，羽翼丰满，像是要展翅翱翔。

没有人见过如此复杂的兽纹，就连古籍上记载的最繁复的兽纹，也只不过是布满一条手臂而已。

许多人的心中又羡慕又忌妒，而年老的几位长老都情不自禁地抖着嘴唇喃喃自语：“天佑殷家啊！天佑殷家！”

殷玉衡完全不知道自己的兽纹出现在哪里，他刚刚已经把内息掏空，现在光站在这里就已经耗费了他所有的力气。

他费尽力气抬起头，想要去寻找大哥的身影，却看到了他大哥推开殿门朝外走的背影。

本来有些阴暗的大殿因为殿门的开启而变得明亮少许，有些人也因此察觉到了殷天枢的离去。

“啧，应该是嫉妒了吧？这样子真难看！”

“看着自己一手养大的弟弟超过自己，这滋味肯定很难受。”

“装什么装啊！到现在还不选伴生灵兽，他也想挑到最好的？真是不自量力！”

“不过说回来，小五这兽纹，我看也难找到伴生灵兽，这要何等级别的灵兽才能跟他匹配啊？”

“是啊是啊……”

不是的！殷玉衡挣扎着想要叫住大哥，可惜意识已经逐渐远去，虚脱的身体不遂他的意愿，瞬间陷入昏迷。

# 第三章

# 灵兽血脉

殷玉衡感觉自己就像身处一个熔炉之中，身上所有的经脉仿佛正在被火焰煅烧一般，痛得他想要高声疾呼。

大哥——

殷玉衡下意识地呼喊着，却又无法发出声音来。

昏迷前的那一幕，不断地在他脑海中重复出现。大哥毫不留恋地推开殿门离开，果真是因为不想看到他吗？

不……他不信……

殷玉衡感觉到背部灼烧得尤其厉害，就像是从骨髓之中燃起的火焰，正在煎熬他的灵魂。

殷玉衡咬着牙痛苦地坚持着，他知道他现在应该是在昏迷之中，极力地想要找回躯体的意识。像是过了千百万年一般，终于，他的手指动弹了一下，接着紧握成拳。

“五弟？五弟你醒了？”

一个清朗的声音传入脑海，殷玉衡分辨出来那并不是大哥的声音。皱着眉勉力睁开双目，殷玉衡借着昏黄的烛火，对着床前的人影愣怔了半晌，才讷讷地动了动唇道：“二哥？”

他的声音嘶哑无比，喉咙就像被砂纸磨过一般。殷玉衡挣扎着想要爬起来，这时另一双手从旁边伸过来把他扶起，并且递给他一杯清水，戏谑地说道：“我才是你二哥。”

殷天璇和殷天玑是他大伯的双胞胎儿子，年纪要比殷天枢小几个月。因为是孪生子，长相一模一样，甚至连衣服都喜欢穿一样的，所以就连他们的亲生父母都分不清究竟谁是谁。但只要他们开口说话，便会很容易分清楚。哥哥殷天璇更加喜欢戏弄人一些，身为弟弟的殷天玑反而更加沉稳。

殷玉衡接过殷天璇递过来的水杯，看到了他右手手腕内侧的兽纹，低声道谢："谢谢二哥。"这对双胞胎兄长的兽纹也是一样的，只不过一个在右手，一个在左手，虽然繁复程度并不及殷玉衡，但这两兄弟在殷家的地位却颇高，只因他们是殷家这一代真正的嫡子。

"五弟，身体可有何不适？"殷天玑坐在床前，俊秀的面容上写满了关心。

殷玉衡喝过水后，感觉舒服了一些。他想开口问他大哥在不在，但这屋里面就只有他们三人而已，一望便知。他和二哥三哥并不是很熟稔，只有每年开宗族大会的时候才会见面，平日里因为琅琊岛委实太大，撞见的次数也很少。殷玉衡尝试着运转内息，发觉速度要比往日快上许多，只是背部还有些难受，就像伤口结痂一样又痛又痒，让他忍不住想要伸手去抓挠。

"不行哦！现在可不许抓，我刚刚帮你用绷带包扎了。"殷天璇连忙按住殷玉衡的手，"忍着点啊小五，虽然兽纹抓不坏，但万一抓破了皮肤可怎么办？"

殷玉衡这才发现自己已经穿好了衣服，身上缠了厚厚的绷带，勒得他快要喘不过气来了。

看来他二哥是存心要整他，难怪他刚刚一直睡不安稳。

估计也是个不会照顾人的主，殷玉衡默默地在心中嘀咕了一下，却也不好说什么，只能悄悄地扯了扯衣领。

殷天玑把殷玉衡的小动作全部收入眼底，却微妙地什么都没有说，只是轻咳了一声道："五弟，太爷爷说如果你晚上醒来的话，就带你过去参加晚宴。放心，来的人不多，只有我们殷家的直系子弟。"

殷玉衡此时才发觉自己睡的地方华贵无比，雕梁画栋，摆设也雅致精细，桌椅床柜无不考究，应该是在主宅之中。他身上的衣服也换了件崭新的，光滑的绸子让他感觉冰凉无比，让他起了一身的鸡皮疙瘩，完全比不上大哥的旧衣服那样温暖贴身。

“我想穿我原来的衣服。”殷玉衡低声说道，双目一瞬不瞬地盯着殷天玑。

“小五，你原来那衣服都旧成什么样了啊，还能穿？”殷天璇不理解。其实殷玉衡原来穿的衣服也不见得旧到哪里去，但对于从小锦衣玉食的殷二少爷来说，根本看不过眼，想到这天赋惊人的五弟居然过着没有人照顾的生活，就越发愤愤不平。

那个殷天枢果然虐待他了！

殷天璇还想继续挤对几句，但一旁的殷天玑却拦住了他。殷天玑弯腰捡起掉落在地的旧衣服朝殷玉衡递了过去，淡淡道：“随你。我和天璇先出去了。”说罢也不管殷天璇有何不满，强势地拽着他离开了房间。

殷玉衡隐约还能听到从门缝中传来的抱怨声，却没理会，他本就和他们不熟，所以对他们表示的好意，也接受得别别扭扭。更何况这两位哥哥又是从小被宠大的，现在到他面前来做小伏低，做小厮们做的事情，恐怕也是长辈们的意愿，他们心底肯定少不了抗拒。

所以还是保持一些距离为好。

殷玉衡一边暗赞这个三哥是个明白人，一边手脚麻利地脱掉衣服，解开了缠得死紧的绷带，这才长长地舒出一口气。

虽然他很想看看自己背后的兽纹是什么样子的，但无论他如何努力转头都看不到，屋内也没有镜子，便只好放弃了。此时外面的天色已暗，屋内点着烛火，他应是一觉睡了一天。一想到太爷爷他们还在等他吃饭，肚子就饿得咕咕叫了。

殷玉衡快速地抖了抖旧衣服上的灰尘，套在身上，整理了一下头发，便推开了房门。

殷天璇和殷天玑正站在门外等着他，两兄弟好像是闹了什么别扭，气氛很奇怪，但见殷玉衡走了出来，殷天璇便拉着他的手往外走，殷天玑表情僵硬地跟在他们身后。

今天的晚宴在月曜阁举行。出了主宅后，他们沿着开满月桂花的羊肠小道往海边而去。月曜阁是海边悬崖之上的一处建筑，依山傍海，远远地就能看到顶层的露天阁楼上摇曳的风灯。

月曜阁是一座观海小楼，在顶层的露天阁楼上，夜晚可以抬头望月观星，低头看海听潮，琅琊岛的风景尽收眼底。唯一的缺点就是地方有限，最多只能坐一桌人。不过这样的风雅之地，人多了反而不美。

琅琊殷家直系子弟一直不多，除去女眷，也就正好坐一大桌而已。

殷玉衡踏上月曜阁的露天阁楼，一眼就看到了坐在那里的殷天枢，而殷天枢正好也抬起头，朝他看了过来。

也许是光线太昏暗的缘故，殷玉衡并没有看清楚殷天枢脸上的表情。

他正要上前与殷天枢打招呼，却被一直拽着自己的殷天璇扯往一旁，去与太爷爷见礼了。

太爷爷殷岁星看上去要比以往还要意气风发，一直不离身的龙头拐杖都顾不得拄了，站起身一把拉过殷玉衡不再放手，让他坐在自己身边，忙不迭地询问他的身体情况。

殷玉衡一边耐心地一一回答，一边拿余光去看殷天枢，但他们离得太远了，而且殷天枢又扭过头去看栏杆外的景色，跟他根本没有任何眼神交流。

大哥应该不会那么小气，不会因为他的兽纹觉醒得比较理想，就跟他闹脾气吧？

殷玉衡很不愿意这么想，但依着大哥的古怪性格，即使真的跟他闹脾气，好像也不是什么出人意料的事情。不过闹脾气也没什么，等他回去让大哥说几句出出气肯定就没事了。

虽然月曜阁开的这一席家宴人并不算多，但因为是为殷玉衡庆贺十岁生日而设的宴，所以几乎每个人都要举杯朝他道贺。两个年纪还小的弟弟没来，殷玉衡是席上的主角，又是年纪最小的，虽不至于让他陪着喝酒，但那么多的长辈，也需要频频站起身应付。这种喧喧嚷嚷的场面，殷玉衡向来不喜欢，他宁愿在亢宿苑里和大哥两个人安安静静地过他的生日。

殷玉衡向来都是乖巧话少的孩子，所以在饭桌上不声不响，也没有谁在意。这些殷玉衡都分不太清楚谁是谁的长辈们互相热络地聊着天，吵嚷声让本来就有些头疼的殷玉衡越发难受起来。

“咣当！”忽然传来杯盏猛烈撞击桌面的声音，热闹的喧哗声立刻戛然而止。

殷玉衡抬起头，循声看去，却发现大哥殷天枢一脸阴郁地站起身，环视了一圈桌上的人，连声招呼都没有打，便扭头离去。

听着楼梯上急促远离的脚步声，殷玉衡下意识地站起来想要追过去，但这时一只大手却按在了他的肩膀上，这人用不容置疑的语气淡淡地道："不肖子弟，不用管他。"

殷玉衡只觉得浑身都被笼罩在一股难以抵挡的气势中，四肢无力，只能缓缓地顺着太爷爷的力道重新坐到椅子上。

殷玉衡怯怯地唤道："太爷爷……"

殷岁星直接打断了殷玉衡的话头，阴沉地说道："玉衡，你长大了，也要考虑自己搬出来住了，知道吗？"说完别有用意地看了一眼一旁貌似恭敬的殷文昌，也就是殷天璇和殷天玑的父亲。

殷玉衡心下咯噔一声，他没有应声，但也无法在这种时候违逆太爷爷。

只是考虑而已，还好还好。

不过大哥今天真的很奇怪。

殷玉衡悄悄地把大伯脸上闪过的古怪神情收入眼底，心中越发地疑惑起来。

皎洁的月亮被厚重的云层严严实实地遮挡住，一阵海风吹过，亢宿苑门口灯笼里的烛火抖动了几下便在黑暗中熄灭了。隐约可以看到一个人影跌跌撞撞地走进了亢宿苑，半晌都没有点灯。

殷天枢的双目在夜晚一样可以看得很清楚，他一路冲进自己的屋子，一边低声咒骂着，一边脾气暴躁地踢翻了屋里的案几。

居然被那个混蛋暗算了！在他的碗里下荆芥草，是想当众看他出丑吗?

殷天枢发了一顿脾气，砸碎了屋内的许多摆设，最后捂着剧痛的脑袋，跌坐在地。

此时月亮从云层中探出了头，银白色的月光透过窗棂，柔和地洒在房间里。殷天枢低头看着自己在月光下的倒影，抖了抖头上冒出来的两只毛茸茸的耳朵，不耐烦地甩了甩身后的尾巴。

是的，他殷天枢，实际上是高阶灵兽与人生的混血儿。他的母亲，就是他父亲的伴生灵兽。

这也是琅琊殷家容不下他母亲的原因。

对外宣称他母亲在生他的时候难产而死，实际上她是被迫与父亲解除了伴生契约，随后被放逐离岛。而一直蒙在鼓里的父亲，在伤心欲绝、心灰意冷后，娶了白藏陆家的四小姐陆幽天，也有了殷玉衡。

之后也不知道是谁，有意还是无意地透露出母亲未死的消息，父亲为了寻找母亲，不声不响地离开了琅琊岛。

殷天枢扶着额头冷笑，去掉了刻意的伪装，他额头上的兽纹并非只有简单的几条纹路，而是繁复而又精致，彰显了他强大的实力，只是头顶上的耳朵和身后的尾巴有些多余。

没错，他同时拥有人与灵兽的血脉。也就是说，他既可以成为御兽师，也可以成为其他人的契约灵兽。

只是他小时候无知，吃了殷家刻意放入吃食中的抑制炼气的药物，导致他在御兽诀上并无多少进益，十岁那年兽纹觉醒之时也并不起眼。

后来他便多了个心眼，坚决不吃其他人送来的食物，专心培养弟弟的手艺。

他知道那些老头子打的主意，他们根本不把他当成殷家的子弟看待，而是想等他长大后，让他成为殷家人的契约灵兽。

打得一手好算盘！

殷天枢随手拍碎了身旁的案几，锋利的木刺划破了掌心，他缓缓地伸出舌头舔舐伤口，尝到了自己鲜血的味道。

伤口在以可以察觉到的速度愈合，殷天枢眯起了丹凤眼，头顶上的耳朵惬意地抖动了两下。

如果非要让他选择一个人来缔结契约的话，那么他只可能选择殷玉衡。

殷玉衡是他从小一手带大的，看今日兽纹觉醒的程度，他们兄弟俩一定是一对完美的契约伙伴。

而今天那殷文昌搞这么一出，无外乎就是想要他们兄弟离心。用荆芥草让他现出原形，而不想暴露的他定然会提前离席，让殷玉衡心里不舒服。

实在是太小看他们兄弟之间的感情了。

殷天枢勾起唇角，用舌头舔了舔嘴唇上残留的鲜血，计算着自己这样的状态还要多久才能恢复正常。应该来得及去接小弟回家。

心情正好转的时刻，他那双毛茸茸的耳朵忽然竖了起来，还没等他有所反应，门外便传来了几下敲门声，完全不应该出现在这里的声音突然响起：“大哥，你没事吧？”

殷天枢的笑容僵在了脸上。

# 第四章

# 琅琊山

殷玉衡一直担心大哥，所以找了个借口便从宴会上脱了身。

刚走到亢宿苑门口，他便发现了异常。大哥应该是回来了，可是为什么没有点灯？不算大的院落中一盏灯都没有亮，殷玉衡自小在这里长大，对他自然不会有什么影响，借着月光走进亢宿苑的前厅，掌起灯，在灯光亮起的那一刹那，看到了一桌已经完全冷掉的餐食。

全部都是他爱吃的饭菜。

这是白天大哥提前离开正曜殿的原因吗？

殷玉衡心中暖暖的，如果是换了他费心弄了一桌子的菜，却等不到人回来吃，也会不爽的，更何况是脾气那么古怪的大哥，难怪他刚刚闹脾气。他正想把这些饭菜端到厨房热一热时，忽然听见大哥的房间里传来东西碎裂的声音。殷玉衡心下一惊，连忙穿过庭院，着急地敲响了大哥的房门："大哥，你没事吧？"

屋内一片漆黑，隐约可以听得到几下窸窸窣窣的声响。

"大哥？"殷玉衡见无人应答，就要用力推开房门。

"我没事，你怎么就回来了？"殷天枢的声音听起来有些阴阳怪气。

殷玉衡松了口气，同时推门而入，一下子就看到了地上被摔碎的杯盏茶碟和被拍碎的案几木椅。

看来他大哥还是没变，只要一生气就喜欢砸东西。

殷玉衡踮着脚，把手上的灯放到了一旁还算完好的柜子上，扫了一眼整个身体都裹在被子里的大哥，认命地卷起袖子来收拾一片狼藉的屋子。

“大哥，为什么要生气呢？我不会去和其他人一起住的啦！”殷玉衡小心地把破碎的瓷片扫到一边，他觉得大哥下楼的时候肯定听到了太爷爷故意提高声音说的那句话，才会这么生气。见大哥一句话都没有说，殷玉衡又为难地挠了挠头。哄大哥开心是一项技术活，他还没修炼到家。

把家具残骸一个个搬出去放到院子里，借着月光，殷玉衡发现有些碎木头上面有一些棕色的毛发，疑惑了好久。这也不是头发，难道是有灵兽误闯了这里？

“小玉儿，宴会你还回去不？”此时，屋里传来了殷天枢的询问声。

殷玉衡这时才想起他是找借口跑出来的，虽然他觉得他在与不在意义并不大，但他好歹算是主角，消失太长时间终归不好，当下只好抱歉地说道：“大哥，我先回去了。你晚上都没怎么吃饭，记得一会儿把饭菜热热再吃。”他一边说一边往院外跑，等说到最后一个字的时候，人已经在亢宿苑外了。

殷天枢从被子里探出头来，两只毛茸茸的耳朵抖了抖，一双幽深的丹凤眼中闪过一丝不安。

是他的错觉吧？他怎么觉得弟弟会一去不复返呢？

殷玉衡一路小跑奔向月曜阁，等他登上顶层的阁楼时，却发现宴会已经散了，只有主位上的太爷爷还拄着他的那根龙头拐杖端坐在那里，像是专门在等他一样。

“太……太爷爷……”殷玉衡小心翼翼地挪了过去，语气中充满了歉意。他认为宴会不会这么快就结束了，桌上的菜大半都还没有动。阁楼上的风灯在海风的吹拂下忽明忽暗，映得太爷爷的脸阴晴不定，远处传来的一阵阵潮水声，更是显得此处寂静得吓人。

殷岁星是殷家的族长，殷家的掌权人并不是每一代都会换一个人，有实力者可以成为殷家长老，但御兽师的血脉也如灵兽一样，一般直系、嫡系的血脉更加精纯一些。这也是殷家的直系子弟在殷家地位尊贵的缘故。殷岁星的年纪已经很大了，但他并不急着决定下一任殷家族长的人选。慢悠悠地放下手中的热茶，殷岁星抬起头慈祥地看向那如同受了惊的小兽般的孩童，半点也不提对方上个厕所就去了半个时辰的事情，拈着胡须微笑道：“还饿吗？要不要再吃点东西？”

尽管肚子饿得咕咕叫，但殷玉衡还是拨浪鼓似的摇了摇头。这种气氛下，他能吃得下东西才怪。

“那么，孩子，随我去个地方。”殷岁星也没多问，拄着龙头拐杖站了起来，示意殷玉衡跟上来。

殷玉衡趁太爷爷转身下楼的时候，顺手抓了一个包子在手中，一边走一边吃着。殷岁星走的方向殷玉衡并不熟悉，远处的潮水声渐渐地听不到了，取而代之的是沙沙作响的风吹树叶声。殷岁星的速度并不快，像是照顾着殷玉衡，总是保持着不远不近的距离。

殷玉衡终于忍不住停下脚步，抬头往前方看去。月色下，山峦起伏，神秘得像是一只在黑暗中沉睡的巨兽。

那里是他从未去过的琅琊山——琅琊岛上的禁地。

琅琊岛上有许多禁止入内的地方，是因为在这个海外孤岛之上，有许多灵兽的栖息地。而琅琊山正是灵兽聚集最密集的地方。殷玉衡在很小的时候，就被大哥告诫过，不许靠近琅琊山半步。

只不过，突然想不起来大哥是怎么吓唬他的了。

“孩子，不要怕。”殷岁星并没有回头，可脑后就像是长了眼睛似的，他察觉到了殷玉衡的退缩。

殷玉衡吞了吞口水，发觉自己就算想要往回走也找不到回去的路了，只好硬着头皮快步跟上。

脚下泥泞不堪，林间不知深浅。他们不知道在山间走了多久。说来也奇怪，今夜的琅琊山仿佛整个都沉寂了一般，平时可以听到的灵兽鸣叫和扑翼声，全部都销声匿迹了，诡异得让人胆寒。但殷玉衡看着走在前面的步履稳健的太爷爷，顿悟有可能是因为太爷爷在。

月至中天时，殷玉衡发觉他们已经爬到了半山腰，正忍不住想要发问时，却见太爷爷绕过了一棵巨大的水杉树。殷玉衡几步走了过去，发现在这棵水杉树后，居然隐藏着一个漆黑的洞口。

洞口有一人多高，但洞口的植被茂盛，如此遮挡下在夜里非常不显眼。若不是树后根本没有路，殷玉衡一时也不能发现。

“孩子，进来吧，莫怕。”太爷爷的声音从洞穴内传出，隐隐还有回声，可见洞穴内很宽阔。

殷玉衡咬了咬牙，拨开洞口的树枝，摸索着迈进洞穴。洞穴内潮湿而且憋闷，殷玉衡压抑着心中的不安与忐忑，挪移着前进。

在黑暗中不知道走了多久，殷玉衡忽然感到眼前火光一闪，一道烛火在洞穴内画出一条优美的弧线，准确地落到某处烛台之上，点燃了一盏油灯。这一道烛火只是一闪而过，但足以让殷玉衡看清这洞穴有多大。

殷玉衡睁大双目，借着那盏油灯的光亮，才发现他已经走到了一处开阔之地，面前的这个洞穴居然有正曜殿那么大，令人叹为观止。看来琅琊山应当是中空的。

“太爷爷？”殷玉衡发现殷岁星正站在一处洞壁前，不禁举步靠了过去。这个洞穴实在是太空旷了，有股令人不寒而栗的阴冷气息。殷玉衡走过去才发现，这处洞壁之上，画满了他看不懂的符文与线条，仔细看去，整个洞穴的墙壁居然是一个巨大的符阵。整个符阵上密密麻麻地镶嵌着灵兽晶核，颗颗都同之前兽纹觉醒台上的高阶晶核一般大小。这每一颗晶核拿到外面去都价值连城，此处居然镶嵌了如此之多，这简直是奢侈到难以想象的场景！

不过，在这里画一个这样复杂的符阵，究竟是为了什么？

“孩子，把你的手伸出来。”没等殷玉衡细想，殷岁星便缓慢地说道，苍老的声音中带着不容人质疑的力量。

殷玉衡下意识地把右手伸了过去，却没想到掌心一痛，竟被殷岁星用指甲划破，然后把他的手按向了洞壁某处。

“太爷爷……”看着不断摇曳的烛火下殷岁星那张忽明忽暗的脸，殷玉衡本能地畏缩起来。但按着他的手却用力得很，根本挣脱不开。

像是过了很久，又像是只过了一眨眼的时间，殷岁星侧耳倾听洞穴内的动静，终于遗憾地放开了殷玉衡的手，长长地叹了口气，喃喃自语：“这孩子也不行吗？”

殷玉衡连忙收回了手，掌心血流不止，但他却没心思处理。好奇心一时大过了恐惧，他捧着受伤的右手，怯怯地问道：“太爷爷，这里是……”

殷岁星的心情不太好，但也没迁怒殷玉衡，他用龙头拐杖敲了敲地面，长叹一声，简单地解释道：“这里是一处高阶灵兽的供奉地，老夫本以为以你的天资，可以入得了这位阁下的眼，但现在看来还是不够啊……”

殷玉衡咂了咂嘴，这镶嵌了满满一洞壁的高阶晶核都是属于一只灵兽的？这也太震撼了吧!

至于自己无法唤醒这只强悍的灵兽，殷玉衡根本不在意。虽然每个人都说他的兽纹很强悍很繁复，但他却没有什么直观的感觉。除了今天白天昏迷了一天外，背部的灼热感随着他的醒来而变得缓和，现在已经完全感觉不到异样了。

殷岁星说完之后，似乎依旧感慨万分，仰着头看着黑黝黝的洞壁一言不发，白花花的胡子随着他的呼吸而颤动着，像是心绪难平。

殷玉衡见状也不敢多言，他低头处理自己掌心的伤口。谁都没有发现，他滴落在地面上的血珠并未渗进土壤，而是被一股不知名的力道所牵引，在黑暗中悄悄地朝着某处石缝缓缓移动过去。

待殷玉衡用一截腰带包扎好手掌，再抬起头时，霍然发现殷岁星的身旁正站着一个瘦高的黑影。镇定了一下再看去时，殷玉衡才发现那是一个人，他的身体整个都笼罩在黑色的斗篷之下，连头上都戴着黑色的风帽，所以乍看上去就像是一团黑影。

感觉到那个人影也在看着自己，殷玉衡连忙低下了头避开那冰冷的视线。

他知道这是谁了，这是太爷爷的伴生灵兽，风枭。

灵兽在突破七级之后，便可以根据自己的意愿化身为人。大部分灵兽觉得人类的身体更方便在世间行走，所以纷纷化形。不过，也有灵兽认为人类是蝼蚁，不屑于与之为伍。太爷爷的伴生灵兽据说已经突破到了八级，是殷家少有的八级灵兽。其原形是什么殷玉衡不知道，只因为风枭甚少出现在他们面前，就算出现了，也会像现在这样包住头脸。连人形都不愿让旁人看到，更别说原形了。

在风枭出现之后，殷玉衡便感觉到洞穴内的温度降低了许多，一股杀意蔓延其中，令他立刻缩下了头，尽可能地减少自己的存在感。

在黑暗中，殷玉衡以为已经包扎好了的手，鲜血却依然从伤口涌出，很快就渗透了布料，然后飘向某处石缝之中。

“风枭，你怎么来了？”殷岁星咳嗽了两声，有些讶异自己的伴生灵兽连招呼都不打便出现在此地。要知道，风枭虽然是他的伴生灵兽，却甚少出现在他面前，若不是他有生命危险，风枭是绝对不会主动出现的。虽然风枭是他此生唯一的伴生灵兽，但对于风枭来说，只修炼到先天宗者的他，只是漫长生命中的一个过客而已。

殷岁星非常清楚，若不是他的伴生灵兽是风枭，他不可能成为殷家的族长。而他迟迟没有选择下一任的族长，是因为那是风枭的权利。

想到这里，殷岁星也顾不上问风枭为何突然出现，他把缩在角落里的殷玉衡拉了出来，笑眯眯地说道：“风枭，你看这孩子如何？”说罢直接用手撕开了殷玉衡身上的衣服，殷玉衡背后的兽纹就像是展翅欲飞的翅膀，美轮美奂到让人移不开眼。

风枭像是被这兽纹震撼了，半晌之后才终于开口问道：“是这孩子？”他的声音低沉嘶哑，就像是许久都没有说过话一般，语气和声调都很奇怪。

这句话问得没头没尾，但殷岁星却听懂了。他遗憾地拍了拍殷玉衡的肩道：“是的，今天这孩子的兽纹觉醒，我以为那位阁下会满意，结果他还是没有反应。”

这句话说得同样含糊不清，可殷玉衡却听懂了。太爷爷口中的“他”，自然是指这洞穴中供奉的高阶灵兽。但这话却让殷玉衡不舒服，就像他是一个祭品一般。

这种无力感让殷玉衡非常难受，他感觉好像有种无形的压力从四面八方朝他挤压而来，让他连呼吸的力气都没有。他想从这个诡异的洞穴逃离，可双腿根本不听使唤。他只能下意识地握紧双拳，可这样的动作却加速了受伤的掌心鲜血流失的速度。

血腥味终于引起风枭的注意，瘦高的人影突然出现在殷玉衡身边，从黑色的斗篷中探出一只小麦色的手，准确而有力地抓住了殷玉衡的右手手腕。

殷岁星此时终于看到了殷玉衡掌心鲜血诡异的流动方向，在两人一灵兽灼灼的目光中，血丝在空中诡异地飘浮着，慢慢地、源源不断地渗入了符阵之中。殷岁星震惊之后立刻大喜道：“苍天有眼！苍天有眼啊！”

殷玉衡整个人都呆在了当场，不知如何是好，虽然血液流失的速度很慢，但也不能继续这样下去，否则他迟早会失血过多而死。

可现在看太爷爷癫狂的模样，不说让他止血，恐怕还要把他的伤口撕扯得更大一些。

殷玉衡着急地想要抽回自己的手，可是手腕被风枭紧紧握住，他连分毫都移动不得。

就在此时，洞壁上的灵兽晶核，忽然间亮了一下，又慢慢地暗了下去，然后又逐渐地亮了起来，循环往复，场面无比壮观。

这种反复的频率，就像是某种生物苏醒了过来，正在缓慢地呼吸着一样。

# 第五章

# 觉醒

两人一灵兽全都震惊了，抬起头惊疑不定地看着头顶上忽明忽暗的灵兽晶核。

洞穴内的那盏油灯不知道什么时候熄灭了，所以灵兽晶核亮起来的时候，就像是天穹之上闪烁的星辰一般璀璨迷人，仿佛一伸手就可以摘下来一颗。

有些灵兽晶核确实一伸手就碰触得到，但殷玉衡已经全身僵硬，双目一眨不眨地看着这些晶核，总觉得每一颗都像是活着的。

这样的奇景却让殷岁星心醉神迷，这一幕他已经期待了太久，久到真正看到的时候，差点失了魂。突然，他心弦一颤，下意识地用龙头拐杖往颈间一横。

砰！

利爪带起的劲风让殷岁星白花花的胡须尽断，四散飞舞着飘落。

待殷岁星看清楚攻击他的是谁后，不禁怒不可遏地呵斥道："风枭！你疯了？你居然对我动手？"吼完之后，洞穴中还不断回荡着这句话的回音。

殷岁星无比后怕，若不是因为他们两人之间的伴生契约，他恐怕还不能反应得这么快，毕竟风枭已经是八级巅峰灵兽，马上就要迈过九级的门槛，杀他这样一个筑基初阶的先天宗者，不过是弹弹手指的事情。

殷岁星暗暗祈祷风枭是因为这洞穴内的符阵松动而产生了异状，因为虽然伴生契约是以灵兽为主导，但单方面毁约，杀死契约伙伴，自身也是要承受契约的反噬的。

"我自然没疯。"黑风帽下，风枭的声音冷静得可怕。

虽然他觉得不需要为自己的所作所为解释什么，但眼前的这位老者和他做了几十年的契约伙伴，在老者临死前，就给他一个交代吧。所以，在他轻易地捏碎了阻碍他手掌的龙头拐杖，准备掐断殷岁星的脖子时，他淡淡地解释道："不为什么，因为我想让这个孩子当我的契约伙伴。

"所以，你必须死。

"就这么简单。"

殷玉衡看到前一刻还在他身旁谈笑自若的太爷爷，此时毫无生命气息地躺倒在他脚下，浑身发凉。

这一切正是他身侧的这个杀神所为，取走太爷爷的性命，从开始到结束，不过是眨眼的工夫，并且只动用了一只手而已。

而这个可怕的杀神的另一只手，正紧紧地攥着他的手腕。

虽然殷玉衡听清楚了刚刚风枭说的话，但他没有半点受宠若惊或者欣喜若狂的感觉。

这个杀神想要当他的契约伙伴?

或者说，这个杀神要当他的伴生灵兽?

然后在某年某月的某一天，这个杀神又遇到了其他看对眼的人，再转瞬间把他杀掉?

殷玉衡虽然知道和风枭缔结契约很快就能拥有强大的力量，甚至还能成为殷家的新任族长，把母亲从万善堂那个鬼地方放出来。

但他知道，拥有着无法掌控的强大力量，反而会为自己招来祸患。

一个拿着利刃的弱小孩童，根本杀不死半个敌人，反而容易被锋利的刀刃划伤。

就像他的太爷爷一样。

殷玉衡偷偷地抬头看向身侧这个穿着黑斗篷的男人。从他这个角度向上看去，只能借着洞穴内忽明忽暗的晶核光亮，看到对方坚毅的下颌，感觉到对方身上传来的那股强悍的气势。

这样的情况下，他好像连拒绝的权利都没有。

脚旁太爷爷的尸体还有着余温，殷玉衡也没有太多伤心或者愤怒的情绪。从小到大，见到太爷爷的次数屈指可数，虽然是血脉至亲，但殷玉衡在内心深处是恨着他的。

毕竟母亲被囚禁在万善堂十余年，是太爷爷的意思。

洞穴内灵兽晶核闪亮的速度加快了一些，穿着黑斗篷的杀神忽然颤抖了一下，吐出了一口鲜血。

看来他私自杀死契约伙伴，受到了不小的反噬。

“即使我今日不杀他，他也只有半年的寿命了。”黑风帽下，风枭因为刚刚吐过血，声音更显得沙哑低沉。

殷玉衡微微一愣，因为他感觉到对方正在向他解释。

“而我已经在九级的门槛处徘徊了一百余年。殷岁星的资质远远不行，当年他把身上的兽纹造假，才骗得我与他结成契约。”风枭淡淡地说道。

他确实是要解释的，因为灵兽契约并不是说一句话那么简单，如果对方非常抵触和排斥，虽然也可以结成契约，但契合度会下降许多，以后的修炼共享效果会大大减弱。

当然，如果他的等级再高一些，迈入九级，就完全可以漠视这项规则，强行与面前的男孩结成契约。

只是，他还差那么一小步。

但话又说回来，他若是达到了九级，又何必与卑鄙的人类结成契约伙伴？

风枭想着若干年前的那日一失足成千古恨，泄愤似的一脚踢飞了脚下那具死不瞑目的尸体。

听着黑暗中传来的重物坠地声，殷玉衡更是半分都不敢去看。和这个杀神结成契约，他心底里是一百个一千个不愿意。在刚开始修炼御兽诀的时候，他就幻想过，自己的伴生灵兽应该是从它小时候就开始培养感情的。

而不是现在这样的情况！

风枭调整了一下气息，他的修为虽然因为契约伙伴的惨死而损失了少许，但因为伴生契约的主导是灵兽，所以对他的影响并不是特别大。

虽然洞穴中这些灵兽晶核的异状，已经显示了这个孩童的不凡，但风枭不敢再尝试一次错误的契约了。

当殷玉衡感觉到有只手正在他背上轻抚时，他整个人就像是受惊的小兔子一样瑟瑟发抖。因为在他背部肆虐的手，正是那只掐断了他太爷爷脖颈的手。

确定了这男孩后背的兽纹并无一丝作假后，风枭满意地点了点头，准备咬破手指签订契约。

就在这时，洞穴内的灵兽晶核同时光芒大放，竟把洞穴内照得如同白昼。

殷玉衡不适应地眯起双目。

在他身侧的风枭却忽然脸色骤变，本来紧攥着男孩手腕的手在剧烈地颤抖着。本能让他觉得应该识时务地放开这个男孩，可是理智却让他不甘心就这样放弃。

六十年，他浪费了足足六十年的时光。

殷岁星带给他的是修为停滞不前的六十年，他之前也想过直接杀掉这个胆敢欺骗他的御兽师，但限于灵兽契约，在殷岁星的有心防范之下，殷岁星完全有可能在感受到杀意之时令他受到更大的反噬。这回能如此干净利落地解决对方，也是因为对方处在欣喜若狂、毫无防备的状态下。

站在九级的门槛处太久了，久到他已经无法再等待。

八级和九级听上去好像只有一步之遥，但若是无缘，要跨过这个门槛那便比登天还难。

不行，他不能再等了！

风枭见情况不妙，来不及念符咒，飞快地一只手用指甲划破掌心，另一只手捉住殷玉衡那只先前就受伤的右手，想让他们两人的掌心对接，鲜血融合。可是就这么简单的一个动作，他却做不到。

他抓住殷玉衡的那只手，居然完全不听使唤，怎么也抬不起来了。

忽然间，平地里飓风骤起，吹得他毫无反抗之力，只能放开殷玉衡退后几步。他身上的黑斗篷化为碎片四散飞去，露出他那一直藏在黑风帽下的真面目。

那是一张坚毅无比的脸庞，五官如同刀削般英俊，头上只有寸许的短发，根根冲天，唇色黯红，小麦色的皮肤配上一双碧色的双瞳，更显妖异。飓风化成的风刃在他的身上留下一道道伤痕，鲜血渐渐染红衣襟，但他再也没退后一步。

殷玉衡眨了眨眼睛，因为此时洞穴内的晶核明亮，他把对方的真面目看得一清二楚，但一点都无法把刚刚那个杀神和面前这个看上去只有二十余岁的年轻人联系在一起。

他还想继续看对方两眼，但洞壁上灵兽晶核的亮度再次骤然提升，这回殷玉衡完全受不了，紧闭了双眼。

相比在等级威压的绝对劣势之下无法动弹的风枭，殷玉衡并未感到半点恐惧或者害怕之意，只感觉到清风拂面，就像是琅琊岛上温柔的春风吹起岛上娇嫩的桃花花瓣，荡漾在碧色的水面之上，泛起轻柔的涟漪。

这种亮度还在风枭的忍受范围内，但对于他来说，难熬的是无处不在的等级威压和可以清晰分辨出来的无上怒意。

这个洞穴里封印着的是什么，风枭也只是听过传言，但一直不相信。现在这毫无作假的威压如泰山压顶般袭来，令已经很多年没有惧怕过什么的风枭心中生出了一丝恐惧。

很快，这一丝恐惧就迅速地蔓延开来，他眼看着自己的身体被风刃割裂出伤口，而处于风暴中央的男孩却毫无感觉地静立在那里，表情温和。

已经被那位阁下定下了吗？

风枭狠狠地攥了下拳头，满怀不甘，却又不得不如来时一样迅速消失。

在风枭离开洞穴的那一刹那，满洞壁的灵兽晶核光亮骤暗，符阵却缓缓地亮了起来。

在符阵的线条依次按照某种规律亮起来之后，那些灵兽晶核就像终于耗光了所有灵力，在刹那间全部化为了飞灰。

殷玉衡在这时恰好睁开了双眼，看见了眼前璀璨夺目的符阵。符阵中好像有某种气息苏醒，线条上的光也忽明忽暗，顺着符阵到处窜，就像是一条条活过来的小蛇。

在这迷离的光线的照射下，晶核粉末就像是琅琊岛桃花林的花瓣，簌簌而落，美丽得如同幻境一般，令人心醉神迷。

就在这一刻，殷玉衡忽然想起来大哥以前是怎么告诫他不要往琅琊山来的了。

“小玉儿，千万不要去琅琊山，据说那座山的山底，封印着一只强大无比的远古妖兽。”

殷玉衡只觉得一股寒意从脚底直蹿脑后，这时才明白为何眼前的符阵那么繁复，而且还用了那么多珍贵的高阶灵兽晶核。

因为这根本就是一个庞大的封印阵法！

只有这样大手笔的封印阵法，才封印得住那传说中的远古妖兽！

殷玉衡面无表情地抹掉脸上的粉末，现在这些支撑这座封印阵法的灵兽晶核全部粉碎了，那么就是说，这只恐怖的妖兽就要破阵而出了？

殷玉衡第一个反应就是逃跑，但他即便能像风枭那样逃得那么迅速，恐怕也逃不出去。

毕竟，这远古妖兽是被他的血唤醒的。

所以他只能僵硬地站在原地，背后冷汗直流。

乾坤山脉。

孟子棋面对着一盘残局，冥思苦想了许久，最后还是挥手把棋盘上的棋子推散。

“静心。”在亭台上喝茶看书的墨子初连眼皮都没抬，从薄唇间淡淡地吐出两个字。

可这两个字却让假装平静的孟子棋忽然掀桌爆发了：“这叫我怎么静心？四师兄已经睡了五年多还没醒过来，罪魁祸首到现在还没找到！就算乾坤福地能保他身体不腐，也是有时限的啊！”

这一番咆哮几乎直冲云霄，但等他冷静下来，发现周围一片寂静，只能听到棋子清脆的在地面弹跳的声音，顿时觉得自己傻透了。

孟子棋喘了几口气，拒绝承认自己想念林子苏那家伙的聒噪，虽然少了他，就没人和他争大师兄了，但他总不能看着四师兄就那样不明不白地死去。

等平静下来之后，孟子棋才发现一直淡定的大师兄并没有在看书了，而是把视线从书本移到了地面的棋子上。

孟子棋扫了一眼棋子散落在地形成的卦象，忽然一震。

“醒了。”墨子初依旧淡淡地吐出两个字。

“大师兄，你是说四师兄他醒了？”孟子棋立刻闭起双目，却在下一刻懊恼地睁开来，“根本没醒嘛！好好地在乾坤福地躺着呢！不过南方青气冲天，不会是什么不该醒的东西醒了吧？”

“青龙……”墨子初轻轻地把话音隐于唇角，最终只是抖了抖书卷，挥了挥衣袖，把地上名贵的棋子扫落进池塘，全部喂进了那条巨大金色锦鲤的肚子里。

“大师兄！我的棋子！”

# 第六章

# 契约

殷玉衡根本不知道，同一时刻，在遥远的秋之地，有个和他年纪差不多的男孩也发现了某把匕首的秘密，这个男孩跟他甚至还有血缘关系。他现在无暇他顾，因为随着封印符阵的剥落，整个琅琊山都震动起来，发出轰隆巨响。

他知道这样的动静绝对已经引起了殷家人的注意，但他却不能指望有谁能来救他。

毕竟不可一世的风枭刚刚都低调地溜掉了，他又能指望谁呢？

“愚蠢的人类，你为什么不跑呢？”一个古怪至极的声音突兀地在山洞里响起，回声在山洞中嗡嗡作响。纵使殷玉衡早有心理准备，也吓得差点跌坐在地。

扶着洞壁支撑住酸软的双腿，殷玉衡苦笑地看着自己受伤的手掌上的鲜血继续缓慢地朝着石缝流去。现在仔细看，他才注意到他的鲜血实际上是流到符阵当中去了。

殷玉衡重重咬了一下嘴唇，强迫自己重新站直身体，朗声应道：“阁下看中了我，我为什么要逃呢？况且，我能逃得了吗？”

“哈哈哈！臭小子，脾气还挺倔！可惜你是殷家子弟！”那声音冷哼道，最后的那四个字说得咬牙切齿，端的是无限仇恨。

殷玉衡略一思考，便想清楚了究竟是怎么回事。这么豪华奢侈的封印阵法，肯定不是这个妖兽自己把自己封印的，应该是殷家祖先为之。只是不知道为何若干年传承下来，到了太爷爷这一辈，就变成了想方设法把这个妖兽放出来了。

一想到这么可怕的妖兽也曾经被自己的祖先所封印，殷玉衡忽然感到说不出的自豪。他见自己的鲜血依旧流向逐渐破碎的符阵之中，便知道绝对是因为自己的血才发生这样的波动，便直接把手掌凑到了嘴边，宁可自己把血吞咽下肚，也决不肯再让这妖兽沾染半滴。

“喂！你这臭小子！”洞穴中的声音又惊又怒，完全没有料到他的胆子居然那么大。在它的认知中，在它的面前，无论谁都必定噤若寒蝉，怎么可能和它对着干？

洞穴中响起了一阵震耳欲聋的吼叫声，本来就不是很牢固的符阵在吼声中粉碎得越发迅速。殷玉衡舔舐着唇齿间的血，并没有觉得恶心，而是感到些许的得意。反正他的处境堪忧，又何必卑躬屈膝地活着呢？

“哼，卑微的人类！你可知道吾是谁？”那声音喘息了一阵，勉强平静了下来。

“不知。”殷玉衡说得含含糊糊的，他还含着自己掌心的伤口。

“啧，吾在千年之前被封印此地时曾经发下重誓，如果谁能破除此阵，吾便许他一个愿望。同时，吾也要血洗殷家。”它一个字一个字说得缓慢，让人不难感受到其中蕴含千年的仇怨。

“哦？那阁下是否想过，救你的是殷家子弟？”殷玉衡闻言却一乐，直接把心里的想法问出了口。

洞穴里声音停滞了片刻，显然这种情况它也没有想过。在漫长的封印岁月中，它把恩人和仇人都分得清清楚楚，完全没考虑过会有这样的情形。

殷玉衡也没继续说什么，有一点常识的人，都能判断得出这妖兽真正的仇人已经不在世上了。但父债子偿，他身上也流着殷家祖先的血，对方要是想做什么，他也无力阻拦或者抵抗。毕竟绝对的实力在那里摆着，就连八级灵兽风枭都无法与之一战。

符阵上残存的高阶灵兽晶核的灵力，也随着符阵的崩溃而渐渐减少，直至洞穴重新陷入一片黑暗。在这期间，妖兽一句话都没有再说。若不是头顶的洞穴依旧往下掉落着晶核碎末，殷玉衡几乎要觉得刚刚发生的事情，是他所做的一场噩梦。

他不敢离开，只能紧咬着已经毫无知觉的掌心，一点点吮吸自己的鲜血，仿佛只有这样，才能让他有些许安全感。否则，他怀疑自己在下一秒就会晕厥过去。

另一方面，青龙傲苍陷入了激烈的思想斗争之中。

其实被封印在此处的，是它的元神。它的躯体在千年之前的那场浩劫中，早就被斩杀了。也许部分躯体和龙骨已经被一些炼器师争抢回去，炼成神器，代代流传。

傲苍越想越怒。它在漫长的封印岁月中并没有变得沉稳，反而越发易怒。但此时却无暇计较，虽然吸取了如此多的高阶灵兽晶核，它的元神却一时半会儿无法消化。在千年的封印中，它从未吸收过任何灵力或者能量，这样暴饮暴食，对它的元神很不利，纵使它是九级巅峰灵兽，但那也只是曾经，如今只剩元神的它，一个掌控不好，便会落得魂飞魄散的下场。

所以它唯一的选择，就是尽快选择一个人，与它结成契约。这样便能稳定修为，徐徐图之。虽然它无法再找回躯体，但从元神开始重新修炼，凝聚肉体，倒也可以为之。

只是……傲苍觉得自己以前果然太天真了，琅琊岛就是属于殷家的，自然不会让其他人接近此地。那么它现在，已经别无选择了吗？

哼！倒也便宜了这孩子。不过它也无须在意，就像之前那条八级螣蛇一样，之后找个机会杀了对方不就结了？

傲苍决定已下，便不再耽搁，洞穴内忽然有龙吟声尖啸而起，几乎让人耳膜破碎。

殷玉衡正六神无主之际，突然感到眉心涌入一股难以言喻的强大力量，真气在瞬间增加了数倍，经脉几欲胀裂，就像有什么人不经允许地闯入了他的识海，占据了大半地盘还不够，还要把他庞大的身躯往里面塞。

“啊！”殷玉衡再也克制不住，松开了掌心，捧着头尖叫起来。

“哈，渺小的人类，你的身体不错，吾接收了。”那声音长笑着，听上去心情无比舒畅。

什么？他拒绝！

但殷玉衡已经连话都说不出来了，在这种常人难以忍受的痛苦中昏厥了过去。

而在他裸露的后背上，繁复的青蓝色兽纹正缓缓地覆盖上了一层银色花边，就像是被什么东西吞噬了一般……

殷天枢好不容易在房间里待到了荆芥草的兽化效应消失，换了衣服，便想出门去找小弟。

算算时间，晚宴差不多也该结束了。

可是他刚推开门，脚下就传来一阵地动山摇的震动，几乎让人站立不稳。

不远处的几处宅院内响起惊叫声，殷家众人纷纷朝殷家主宅前的广场聚拢。殷天枢也急忙奔去，却没有发现小弟的身影。

而此时，夜色下的琅琊山惊起了无数飞禽，一些平日里难以看到的飞行灵兽惊慌失措地飞离自己的领地，接着便是许多走兽狂奔而出。

“六级狂火雷鹰？天啊！究竟出了什么事？”一位殷家长老目瞪口呆地看着头顶上掠过的一片泛着火光的黑影，落下的片片火星有些还烧焦了他花白的胡须，他却丝毫不躲避，只是站在那里茫然地喃喃自语。

殷天枢却敏感地察觉到琅琊岛上的那位阁下已经苏醒了，不知道为何，那坚固的封印居然有松动的迹象。

他的身上毕竟有着一半的灵兽血脉，殷家大部分人都不知道琅琊山的秘密，他却能感觉得到那里恐怖的气息，即使是被封印着的，也不能小觑，低级的灵兽根本无法靠近那里，只有中高级的灵兽才能无视那种威压。

可现在封印已经松动，自然不可同日而语，那六级的狂火雷鹰在第一时间便逃得远远的，可见那封印十有八九是要被挣开了。

殷天枢虽然知道情况危急，却也没放在心上。让他忧心的是，他已经看到了大半今晚赴宴的人，却没有看到小弟。殷天枢心中焦躁，想到小弟临走时他心底闪过的那丝不祥预感，更是心急如焚。他穿梭在人群中寻找殷玉衡，忽然站定了脚步，他比常人灵敏的耳朵捕捉到了有人正在谈论小弟。

“天璇，你说你看到太爷爷带五弟去了琅琊山？”正在聊天的，是殷天璇和殷天玑。殷天玑的目光一直落在暗夜中不断震动的琅琊山上，他知道的也不多，所以脑中也在进行各种猜测。

“是的。”殷天璇微微侧着头看着自己的同胞弟弟，半晌之后，才忍耐不住地追问道，“天玑，这个问题你不是已经问过我一遍了吗，怎么又问了一遍？刚刚没听清我说的话？”

殷天玑看着殷天枢的身影没入人群，朝琅琊山的方向而去，不禁悄悄地勾起嘴角，敷衍地对自家哥哥道："啊，是啊，刚刚没听清。"

多好的一个机会，他虽然不知道琅琊山上有何变故，但如果能够借此除掉这对他看不顺眼的兄弟，那真是天赐良机。

殷天玑可以允许殷天璇做自己的哥哥，虽然他从未叫过殷天璇兄长，但毕竟两人同胞而生，都是大房正妻的嫡子。那个殷天枢是什么东西，一个侍妾所生的庶子，居然排了序齿，也配让他称一声大哥?

还有那个天资卓越的殷玉衡——殷天玑的眸中闪过一丝阴霾，他自己的天赋本就不高，所以越发嫉恨天赋高的人——今日殷玉衡身上觉醒的兽纹让他有了强烈的危机感，怀璧其罪，这不，报应不就来了吗?

殷天玑安抚着因为琅琊山的动静而不安的同胞哥哥，把心中的算计埋入心底，脸上依旧现着儒雅沉静。

殷天枢不知道这是那个腹黑的三弟故意把他引入险地，不过即使他知道，也是感激殷天玑的。

为了小弟，他什么都肯做。

殷天枢穿过人群，步入了琅琊山的范围，在黑沉的夜色中，那股从山腹中传来的威压极为恐怖，他很快便汗湿了后背，但他的脚步没有停止。他的身周寂静得可怕，只听得到自己的呼吸声与心脏跳动的声音。山林中栖息的各种灵兽早就在第一时间跑得毫无踪影，林间布满了慌乱的蹄印爪印还有各种臭味扑鼻的屎尿，可见之前慌乱的景象有多恐怖。

殷天枢庆幸自己来的时机不错，但转念一想，又怕自己来得这么迟，会误了救小弟的最佳时机。琅琊山依旧在震动着，殷天枢完全没有考虑，他这样一个没有多大能力的半灵兽，岂能在强大的阁下面前讨得半分好处?

殷天枢在山间行走了一段时间后，便发现自己不知道如何在庞大的山林间寻找小弟的下落。就在他手足无措之际，他发现山腰某处竟闪着白色光芒，便朝着那处奋力走去。看着好像很近，但走过去就需要很长一段时间，殷天枢走到一半的时候，那白光便逐渐黯淡消失。他凭着记忆寻找了过去，发现了水杉树后的那处洞穴。

就在他想进去一探究竟之时，洞穴中忽然传来了强大的威压，令他站立不稳，昏倒在了洞穴口。

也不知道昏迷了多久，当殷天枢醒转过来的时候，发现琅琊山已经停止了震动，那股令他连手指头都无法动弹一下的强大威压也消失得一干二净。

他挣扎着爬起来，硬着头皮走入洞中，他的体内有一半灵兽血统，可以在黑暗中视物，很快他便在广阔的洞穴之中，发现了躺在里面的两个人。

殷天枢飞快地跑到殷玉衡身边，发现他只是昏过去后，便松了口气，再去仔细看远处的太爷爷，发现他已被人捏碎了脖颈，便漠然地不再理会。

殷天枢又细细地检查了小弟全身上下，发现他除了衣服被人撕碎了，身上并无半点伤痕。他不敢随意挪动小弟，便盘膝坐在地上，让小弟的头枕在他的腿上，至少能舒服一些。

就在殷天枢脱下外衣，打算给小弟披上时，却愕然发现小弟背后的青蓝色兽纹居然有了一层银色的描边！

兽纹在觉醒的时候，出现的位置不定，图案不定，连颜色也是未知的。而图案的繁复程度代表了天赋的高低，颜色代表的是比较容易得到哪一种天赋属性的灵兽的亲近。小弟的青蓝色兽纹，按理说会让风系和水系的灵兽喜欢。而拥有兽纹的御兽师，在与灵兽签订契约后，兽纹便会加上一道代表灵兽属性的描边，看小弟兽纹的模样，居然是已经成功和灵兽缔结契约了！

# 第七章

# 契合度

殷天枢愣愣地看着少年稚嫩的脊背，上面的兽纹繁复而美丽，他还妄想着有一天可以加上自己的那抹红色，可眨眼间就已经有了别人的印记。

一股怒火烧得殷天枢几欲吐血，攥着外衣的手抑制不住地颤抖着。他虽然怒到了极点，却没把火气撒到弟弟身上，毕竟刚刚的威压来得蹊跷，而且连他都毫无预兆地晕了过去，小弟肯定也抵抗不了。

涌上殷天枢心头的，是一种无法言喻的无力感。

他再一次认清了，这个世界上，只有强者才能决定自己和其他人的命运。

所以殷天枢气的并不是小弟，而是自己。

为什么自己就这么弱呢？为什么自己明明察觉到了不妥，却放任小弟离开自己的视线呢？

殷天枢正怒火中烧，忽然感到身边多了一股不知名的危险气息，一抬头，便发现一个身穿黑衣的高瘦男子正站在他身旁。对方身上的衣襟有许多被利刃划过的痕迹，虽然殷天枢没有见过他的真面目，但凭着那股灵兽才能嗅到的气息，他知道了来人是谁："风枭？"

这突然出现的男子正是风枭，封印符阵的破裂让其他灵兽都承受不住，在第一时间逃走，他虽然也离开了片刻，但还是经受不住诱惑，回来想要一探究竟。他看着殷玉衡后背上的兽纹，妖异的碧色双瞳闪过一丝遗憾。

殷天枢连忙把外衣披在了殷玉衡身上，盖住了小弟的兽纹。

因为这个举动，风枭便把目光落到了殷天枢身上，这一看，便"咦"了一声，立时单膝蹲下身，伸手捏住这少年的下颌，仔仔细细地端详着对方额头上的赤色兽纹。

“你做什么?”殷天枢怒火更盛，他长这么大，还没有被人如此无礼对待过。

风枭玩味地笑了笑，开口道：“你知道我堂堂八级灵兽，为何会和你太爷爷缔结契约吗？”

谁想知道为什么！殷天枢想要挣脱他的手指，可是对方虽然只用了两根手指，却像铁钳一般难以挣脱。

风枭并不需要殷天枢的回答，他像是发现了什么有趣的事情，轻笑了一声道：“自从我被蒙骗后，便专门学了一种本事，能看穿在兽纹上做的手脚。只是我没想到，这世上多数都是造假兽纹，居然还会有人隐藏自己的兽纹。”

风枭其实并不喜欢说这么多话的，也许是今日终于摆脱了那个令他恶心的契约，也许是他看到了另一个希望，所以话多了起来。他盯着殷天枢，碧色的双瞳闪过一丝波澜，微微讶异道：“咦？居然还是半灵兽，那有如此高的天资，真是万里挑一。”

其实人与灵兽生下的半灵兽，殷天枢不是第一个，更不是最后一个。只是半灵兽极少会具有天赋能修炼的。说来也奇怪，混血半灵兽的父母一般都修为极高，否则灵兽一方就不可能会化为人形，但也许是血脉不纯的缘故，半灵兽通常与普通人无异，毫无修炼的可能。

但记载中，又确实有混血半灵兽大成者，传说既可与人缔结契约，又可与灵兽缔结契约。不过，此种情况毕竟少之又少。

风枭往日出现在殷家，都是祭祖一类的大场面，完全没有注意过殷天枢的存在。今日如此近的距离，他才感知到兽纹上所使的障眼法。他啧啧称奇。他也能看出来殷天枢的修为有所滞碍，八成是小时候吃了一些有碍修为提升的药物。风枭与殷家人打的交道虽然并不多，但也知道八成是什么嫡庶之争。估计殷岁星根本就不知道这回事，否则当初就会带这少年到这洞中来进行刺血试验。

风枭伸出另一只手在殷天枢的额头上一抹，本来简单的兽纹纹路就霍然一变，变成了繁复而又精致的赤色纹路，少年的面容越发地显得贵气和英俊。

风枭感到很满意，虽然这个少年的资质比不上他腿上昏迷的那个，但已经是难得一见了。他心情很不错地笑了起来，好脾气地问道：“我叫风枭，螣蛇一族，可愿与我签订契约？”

殷天枢的下颌依旧被风枭的手指捏着，保持着被迫仰头的屈辱姿势。在听到风枭的问话后，他强忍着心中的怒意，尽量保持冷静地讥讽道：“太爷爷是你杀的吧？不好意思，我可不想和他一样愚蠢。”

“当初是你太爷爷用卑鄙的手段骗我缔结契约的。”风枭今日反反复复地被揭起昔日的伤疤，这让他无比恼怒。但面前的这个少年是他选中的伙伴，自然不可能强行缔结契约，只能耐着性子解释着。

殷天枢嗤笑一声，俊秀的眉宇间依旧带着少年的稚气，但此时却是充满了轻视：“我殷天枢从不与如此可悲可笑可怜之人签订契约。”

“你说什么？！”风枭捏着殷天枢的两根手指骤然用力，碧色双瞳迸出无限杀机。

“轻信于人，签下如此重要的契约，是为可悲。而你没有选择在第一时间杀死我太爷爷，必是不想遭到契约反噬。可你今日还是杀了他，那么那苦熬的数十年岂不是一场笑话？这难道还不可笑吗？至于可怜……”殷天枢虽然下颌被捏得生疼，但他向来是倨傲的性子，就算是完全处于下风，也绝对不可能有半点认输之意，他的脸上甚至露出了一丝微笑，继续冷嘲道，“你之前选择的应是我小弟吧？选好的契约伙伴被人横刀夺走，你难道还不可怜吗？”

“你！”风枭被这几句话气得七窍生烟，他本就离群索居，不善言辞，又哪里是殷天枢这样拥有玲珑心思的人的对手？殷天枢这几句话在他脑海中反复回响，竟让他挑不出半点错处，一时之间居然愣怔起来。

如果殷玉衡此时醒着，必然也会怜悯地看着他嘀咕：态度太差了，哪有求着人签订契约还用这样施恩的态度的？活该！

殷天枢能这么豁得出去，其实也是因为胸中梗着一股气。

一个不小心，自己从小呵护长大的弟弟居然就这么被人抢走了，他实在是接受不了。

不过，在他一口气说完那番话后，那股怒火其实也发泄得差不多了。

殷天枢并不是愚笨之人，相反，他也很聪明。恢复理智之后，他便知道，其实和风枭签订伴生契约，已经是他现在能有的最好的选择了。

只是，如果他就这样顺水推舟地答应了对方，恐怕结果就是契约签订完毕，这只愣头青一样的灵兽，就会和以前那样，立刻躲起来不见人影，除非自己到了生死关头，否则难得一见。

这怎么可以？那样的话，虽然自己修炼的速度会有所提升，可是他现在需要的，并不是这个。

太爷爷惨死，就算他能和风枭签订伴生契约，这殷家也绝对不会落到他手里。而没有风枭撑腰的他，又会因为这伴生契约而变成众矢之的。那些一直看他不顺眼的殷家人，恐怕会借此机会把他整治一番。

最重要的是，还有他小弟。

小弟身上的兽纹……虽然不知道被封印在这洞穴之中的阁下修为有多高，但无论怎样，小弟的安危，也该由他来守护。

殷天枢的脑海中，转瞬间闪过这些推断。

见这个八级灵兽居然被自己说得一愣一愣的，连钳制他下颌的那两根手指都失了气力，殷天枢便别过脸，轻易地挣开了桎梏。

这个动作，让风枭也回过了神，再看向殷天枢的目光，却已经发生了变化。

这回，他是真真正正地在打量着这位少年，而不是在看一个施舍对象了。

风枭的修为因为单方面毁掉伴生契约而损失了一些，所以他所选择的下一个契约对象，就必须要拥有相对长一些的寿命。毕竟突破至九级本就是遥不可及的，更何况他的修为还受损了。八级巅峰和八级初期的灵兽，虽然同为八级灵兽，但实力完全不在一个档次上。

伴生契约是对灵兽和御兽师双方都有利的契约，其实风枭寻找一个先天宗者以上修为的契约伙伴会更好，但先天宗者以上的御兽师，哪个会没有契约伙伴？就算有个别先天宗者因为意外而失去了契约灵兽，也是大海捞针，难以寻找。

更何况风枭一直是殷家的守护灵兽，对殷家的御兽诀更为熟悉，与之也更为契合。所以他的契约伙伴，都是从殷家少年子弟中选择。这也是为何他会轻易上了殷岁星的当。他太自负了，觉得那些十几岁的单纯少年根本不可能有什么心机。

正因为和每个契约伙伴都是从少年时期开始相伴，风枭总是以上位者自居，不会与这些少年人一般计较，根本很少与之相处，所以他一直都觉得，他选择的契约伙伴，都是他的施舍对象。

没错，就是施舍对象。

一只八级灵兽和一个撑死只有炼气四五层的御兽师签订伴生契约，可以让那名御兽师直接提升至少四层修为，运气好的话，甚至可以直接成为先天宗者！

这也是御兽师颇负盛名的原因，谁不希望能借助外力提升修为？只是这样的好事是很难遇到的，越高级的灵兽就越不愿与人签订契约，更何况是与修为那么低的御兽师。

除非对方拥有无与伦比的资质，就像殷玉衡，或者面前这个牙尖嘴利的少年。

御兽师与灵兽签订契约之后，也不一定每一对都能最大程度地激发契约来增强修为，双方的契合程度有高有低。

譬如现在躺在那里的殷玉衡，风枭在殷天枢为他盖上外衣之前，就看到了他背上的兽纹，两种颜色壁垒分明完全不融合，银色的兽纹只是在青蓝色的兽纹外围勾了一道边而已。这样的契合度简直就是零，这个契约的签订就是一个笑话。

当然，契合度可以随着时间的推移，通过灵兽与御兽师之间的配合交流而增加。大部分灵兽与御兽师契合度都能达到四成，而这样的契合度就已经很不错了。随着契合度的增加，两种颜色的兽纹会相互融合，而通过颜色的边缘便可以辨别契合度的高低。

风枭与殷岁星的契合度也是零，也就是说殷岁星根本没法从风枭那里得到任何回馈，风枭也完全不能享受殷岁星修为突破的好处。这也是殷岁星尚年幼，根本不知道真正的御兽修炼是怎样的时候所犯下的错误。许多御兽师宁肯从灵兽的幼生期开始养育灵兽，虽然在自己年老时，灵兽也不过少年期，但契合度却很高，可以在修炼中获取很高的回报。

风枭选择殷天枢，是因为他拥有半灵兽的血脉，性命会比普通人长许多。只要殷天枢还活着，那么他就不用另寻他人从头开始培养契合度，总有一天，殷天枢会助他突破到九级。

还有一个原因：资质颇佳的半灵兽，其实是最好的契约伙伴。

御兽诀不是谁都能修炼的，否则这样依托于灵兽的快捷修炼的法子，岂不是谁都想要修炼？所以御兽师全部都是家族传承。而御兽师一脉之所以会修炼御兽诀，是因为御兽师在万年前也是半灵兽，在千万年的传承中，体内多少有一些灵兽的血脉，所以才会与灵兽亲近。

不知道是不是现在的大陆按四季划分的缘故，半灵兽的资质急剧下降，像殷天枢这样的情况，说万里挑一一点都不夸张。

风枭此时才意识到自己的态度有问题，可他一向骄傲，又怎么可能反过来求对方签订契约？

而殷天枢虽然觉得风枭也是他最好的选择，但他刚刚已经口出狂言，下定决心不能让对方轻看了去，又怎么可能在这时把话往回说？

两人就这样大眼瞪小眼，谁都不知道该如何是好。而这样的尴尬也没有持续多久，外面就传来了喧哗声，可能是殷家的人过来一看究竟了。

风枭冷哼一声，闪入了黑暗中。而殷天枢则暗运内劲，重新隐藏好额头上的兽纹，心中思索着如何与殷家的人交代刚才发生的事。毕竟族长就死在这里，他是要供出风枭呢，还是什么都不说？

没有人发现，一个细长的小东西顺着殷玉衡外露的手臂爬进了殷玉衡的衣服中，银色的小鳞片即使在黑暗中，也璀璨发亮……

殷玉衡知道自己已经昏迷了，他记得自己晕厥前发生的事情，却完全醒不过来。

就像陷入了一个最深的噩梦之中，四周都是黏稠的泥沼，挣脱不了，他被紧紧地束缚着。

而就在此时，在这片黑暗之中，一道银色的光芒突然出现，像一柄利剑一般朝他刺来。

殷玉衡知道这应该是在自己的识海当中，而这道银色的光芒应该就是那只妖兽，它破开了他的识海，想要毁灭他的意识。

难道自己的身体，真的就那么被侵占了吗？

这只被封印的妖兽，要接管自己的身体，用自己的名义继续活下去吗？

不行！他的母亲还在万善堂等着他救她出来！

他的大哥还需要他照顾！

殷玉衡不服输的念头骤起，在银色利刃即将刺入他的意识之时，一股青蓝色的光芒骤然亮起，形成了一个光罩，像盾牌一样，拦在了那柄银色利刃的面前。青蓝色的光罩和银色利刃碰撞的时候，光芒四射，虽然光罩明显逊了好几筹，却十分顽强，好几次银色利刃快要刺破青蓝色光罩的时候，都被青蓝色光罩死死地挡了回去，最后一次青蓝色光罩居然光芒大放，把银色利刃弹了回去。

银色利刃像是没有料到这样的情况，气急败坏地在青蓝色光罩外面徘徊起来，企图找到可以突破的缺口，可惜气势被削弱，现在再如何蓄势也比不上最开始的一击。

此处识海本就是殷玉衡的，青蓝色光芒虽然薄弱，但胜在可以随时补充。但见那青蓝色光芒一点点地加深颜色，从半透明到凝实。

傲苍几乎气得暴跳如雷，它没想到这个看似脆弱的人类居然这么不好对付。

它虽只剩元神存在，但身为血脉尊贵的顶级灵兽，它自然有保命的终极手段。例如凤凰可以浴火重生，青龙也有类似的转生法术——九天逆转乾坤大法。只要元神无恙，便可凝聚元神，重生回幼兽状态。这样的九天逆转乾坤大法，并不是真正使其重生，而且它在一段时间内会非常虚弱，毫无自保能力，所以最好的办法就是与人签订契约。

傲苍之前说的什么接收身体，根本不是字面上的意思。它被困千年，傲气却不减半分，之前在陷入绝境的时候，都没有让步和别人签订契约，此时却被逼要和这么一个弱小的男孩儿绑在一起，自是无比憋屈。所以它自顾自地选择了献祭契约。

所谓献祭契约，实际上是以灵兽为主导，御兽师为附属的一种契约。御兽师处在献祭的位置上，就如同祭祀中被献祭在灵前的祭品一般，所以被称为献祭契约。所以如果按这样的解释来看，傲苍所说的接收对方的身体，也是可以说得通的。它的本意也就是暂时签订献祭契约，然后等它恢复实力，便可以把殷玉衡作为真正的祭品，抽干他体内的灵力。

但它完全没想到，殷玉衡的神识居然如此执拗。若它的元神未损，殷玉衡自然无法抵抗，但它施展了九天逆转乾坤大法，元神的力量已经所剩无几，眼看着对方的青蓝色光罩非常脆弱，却依然束手无策。

傲苍若是知道发生这种情况是因为它最后说的那句嚣张的话，那它绝对要郁闷至死。

银色的利刃在青蓝色的光罩外游移了半晌，终于慢慢地变换了形状，变成了一个银色的光球，再变成一张银色的光网，强势地接近青蓝色光罩，想要把对方完全笼罩。

傲苍打算退而求其次，与其签订伴生契约。这个决定让傲苍为之呕血，但它不得不这样做。因为它现在是在殷玉衡的识海之内，元神已经被削弱了很多，不能签订献祭契约了。

如果傲苍事先老老实实地跟殷玉衡说契约的事情，殷玉衡肯定就不会抗拒了。这也是为何风枭在想要签订契约的时候，必须要和对方说清楚。如果不能得到对方的认同，那么签订契约后是很危险的。

可惜傲苍太过于自负，这样的情况在殷玉衡看来，和之前它想用银色利刃刺穿他的神识没有什么两样。殷玉衡立刻排斥了银色光网的接近，甚至摸索着学会了如何控制神识——青蓝色光罩也变成了光网，反朝银色光网扑去。

傲苍大惊失色，它完全没想到会有这样的情况发生，被青蓝色光网罩得死死的，无法动弹。

殷玉衡并没有想太多，他想要把这个入侵者赶出自己的识海，却不知道如何去做。所以只能死死地按住它，不让它乱动。

傲苍大怒，拼死挣扎，没想到这小子的神识出乎它意料的强大，让它完全无法摆脱。

在银色光芒和青蓝色光芒接触了一段时间之后，一个奇异的图案从他们之间升起，光芒大放。

傲苍绝望地嘶吼了一声，因为它知道那种图案代表了什么。

御兽师与灵兽的契约，事实上在最开始的时候，并不是两者自愿的。只要够强大，灵兽便可以汲取御兽师的灵力使之进行献祭，而御兽师也可以捕捉灵兽的灵力进行修炼。所以除了双方完全平等自愿共享生命、同生共死的灵兽血契之外，还有三种契约，分别是灵兽主导的献祭契约，一方死亡则另一方可随时解除的伴生契约，还有御兽师主导的主仆契约。

而这三种契约，在最初的时候，就是双方在识海中用神识搏斗，哪一方占上风了就自动签订哪种契约，如果打平手了便会自动签订伴生契约。只不过这个过程，在漫长的岁月中，便约定俗成地变成了不需要搏斗就直接签订伴生契约。而傲苍则因为过于托大，各种因素凑巧地撞在一起，悲剧地让殷玉衡取得压倒性胜利，最后与它签订了主仆契约。

堂堂顶级灵兽居然成了别人的仆兽！

傲苍真想一头撞死在这里！

老天爷啊！它想要重新回到封印里……

# 第八章

# 真正的契约

殷玉衡完全不知道自己捡了个天大的便宜，糊里糊涂地和顶级灵兽签订了主仆契约。

清醒过来的时候，殷玉衡盯着天花板呆滞了好半晌，使劲地掐了掐自己的胳膊，确实感觉到痛了，才敢确定自己还拥有自己的身体，没有被其他人所侵占。

殷玉衡艰难地爬起身，他的脑袋还有些痛，识海中的情况，他只记得最后出现了一个很奇异的图案，但是那个图案代表了什么，他却完全不知道。

虽然身体除了很虚弱外，没有什么异样，但他总觉得自己的体内，好像多了一种不知名的力量。

殷玉衡刚想调动内息检查，就听见身旁有人走动的声音，接着便传来一人的惊呼声："五弟，你醒了？"

"二哥？"殷玉衡看到对方右手手腕内侧的兽纹，试探着问道，又四处看了看，发现只有殷天璇在，和他形影不离的殷天玑并不在屋里。殷玉衡看了看外面的天色，已经日头西晒了，他摸了摸自己扁扁的肚子，心知这应是第二日的下午了。殷玉衡忽然想起大哥，自己一夜未归，大哥肯定急坏了。不过看这架势，如果有人把他救回来的话，肯定也是看到太爷爷的尸体了，殷玉衡咬了咬下唇，不知道该如何询问是好。

殷天璇在这里枯等了一天了，他本是少爷性格，早就不耐烦了，若不是殷天玑千叮咛万嘱咐让他在这里盯着，他早就拂袖而去了。所以他也没耐心去揣摩殷玉衡脸上的表情，更想不起来这个五弟已经好几顿饭没吃了，很迫切地把他从被窝里捞起来，急吼吼地说道："长老们说等你醒了之后，就带你过去。"

殷玉衡闻言一惊，知道长老们肯定是想问他昨晚都发生了什么事，他也来不及细想，就被殷天璇拽出了门。路上好歹还有点时间整理下衣服头发，否则肯定更加惨不忍睹。

殷玉衡一路跟随殷天璇到了星辰楼，这里是长老会议事的地方，足足有五层，呈金字塔状。每一层大小不同，楼层越高，就代表着会议的级别越高，能进去的人就越少，这里向来闲人免进，殷玉衡一次都没有来过。他见殷天璇一直往楼上走去，也气喘吁吁地跟着。这星辰楼的每层楼都极高，待殷玉衡爬到五楼的时候，连气都喘不上来了。

他刚在最后一节台阶站稳，就听见殷天璇敲了敲大门说了句什么话，便把他推了进去。

其实殷天璇推的力气并不大，但殷玉衡体内的灵力已经在契约大战中消耗得所剩无几，又几顿饭没有吃，又困又乏，在这一推之下，险些没有站住，踉跄地向前又跌了几步才站稳了。

还没来得及松口气，殷玉衡便感觉到数道视线落在他的身上，就像是数柄利剑一般。他茫然地抬起头，发现在这个较为空旷的大厅内，靠着墙壁坐了一圈的人。有许多是比较面熟的长老和殷家的直系子弟，还有一些从未见过的胡子花白的长者。

这些应该是一直闭关不理俗事的长老，殷玉衡顿时感到压力倍增，正惶惶然之际，正好看到跪在角落里的大哥。

大哥看上去应该是跪了许久了，俊秀的脸庞上一片苍白，但身子还是倨傲地挺直着，连脖颈都直挺挺的，此时见他的目光投过去，表情并未有什么变化，只是双目微眯，薄唇抿了一下。

殷玉衡不知道为何大哥会在这里，而且看上去还是受罚的样子。但他从大哥的眼神中看到了一丝安抚之意，紧张的情绪也就平静了下来。

"你就是殷玉衡？昨夜都发生了什么事？"一个胡子全白的胖老头，拈着胡须慢慢地问道。什么开场白都没有，直入主题。

殷玉衡也不知道对方是什么身份，所以连称呼也不敢随意叫。他并未跪下来见礼，而是老老实实地把昨晚发生的事情从头到尾说了一遍，毫无隐瞒。

殷天枢在一旁听着弟弟尚显童稚的声音在厅堂内回响，唇角微微地勾起了一个弧度。

他就知道这个傻弟弟根本不会说谎，所以他也没有隐瞒自己遇到了风枭那件事。当然，他不会提风枭想要和他签订契约的事情，平白招惹他人嫉妒。他只是说了一下风枭是杀害太爷爷的凶手，而最后转回凶案现场，就是想要和弟弟签订契约。

本来长老们对殷天枢的说辞只信了四五分，在殷玉衡一五一十地说完之后，便信了九分。毕竟这两兄弟是不可能串供的，当时殷玉衡昏迷过去了，而且他才多大岁数，根本不可能有那么深沉的心机。

长老们互相交换了几个眼神，私下低声交流了一下。他们的年纪都已经很大了，自然也知道殷岁星当年是如何骗得风枭缔结契约的。这件事虽然不太光彩，但那风枭委实是难得一寻的八级巅峰灵兽，能把风枭绑在殷家，是天大的好事，所以他们也就觍着脸装作不知道了。而风枭能挺到现在才动手除掉殷岁星，也超出了他们的预计，若调换身份，他们肯定会毫不迟疑地下手除去对方。所以对于昨晚发生的事情，殷岁星的死反而不是重点，那个封印才是。

那个白胡子的胖老头轻咳一声，追问道："那封印的妖兽，你可曾见到？"

殷玉衡闻言一震，他醒过来之后，没有再感觉到那神秘妖兽的气息，便老老实实地摇了摇头。他也没说谎，他只是听到过对方的声音，没有见到过对方的踪迹。

他这一摇头，厅堂内便嘈杂了起来，很多人都忍不住窃窃私语。

殷天枢见弟弟一脸迷茫，便知此时是个大好机会，清了清嗓子，朗声道："那妖兽，已经魂飞魄散了。"

此言一出，星辰楼内鸦雀无声。

殷天枢见众人的目光全部被他吸引，也没有半点局促。他仰起头，静静地等待着他们消化他刚刚所说的话。

"天枢，这么重要的事情，刚刚你为什么不说？"殷文昌出声呵斥道，他便是殷天璇和殷天玑的父亲。两个少年都站在他的后面，也定定地看着跪在那里的殷天枢，目光灼灼。只是殷天璇是充满了好奇，而殷天玑则眸光深邃。

“因为你们没有问我啊！”殷天枢理直气壮，用眼角瞥了一下殷文昌，鼻子无声地哼了一下。对长老们他是没法这样冷嘲热讽的，但对待他大伯，殷天枢一向是不留余地的。

殷文昌为之气结，但镇定下来一回想，殷天枢说的确是实话。虽然他们聚齐闭关的长老就花费了大半天的时间，但殷玉衡醒来之前的这段时间，也足够他们细细盘问殷天枢。知道他进入洞穴的时候并没有看到洞壁上有符阵和灵兽晶核，他们便判定那时妖兽已经挣脱了封印，殷天枢根本不知情。所以他们讨论的重点便落在了殷岁星的死因上面，妖兽的事情打算等殷玉衡醒来再问。

可谁也没有想到，殷玉衡居然也没有见过那妖兽，而知道情况的居然是殷天枢。

“究竟是怎么回事？”白胡子的胖老头出声询问，本来就细小的眼睛眯得快成一条缝了。

殷天枢侧着头，露出回忆的神态，在众人期待的目光中缓缓说道：“其实这事是风枭告诉我的，之前他为了与小玉儿签订契约，才出手杀了太爷爷，因为妖兽突然醒来而作罢。后来他又回转到洞穴，直到那妖兽魂飞魄散，他才敢回来一看究竟的。”殷天枢扯着风枭的大旗，半真半假地说道。反正风枭那家伙也不可能出现在这里拆穿他的谎话。

殷天枢深谙说谎的精髓，十句话之中有九句话是真的，再掺杂一句假话，就很少有人会起疑。况且他之前说的那些已经间接地被殷玉衡证明是真实的，所以他再说出这句话时，就没有人怀疑什么。

毕竟那些长老是知道那封印的妖兽是什么等级的灵兽的，纵使风枭已经达到八级巅峰，恐怕也不敢在对方面前放肆。

“然后呢？风枭便和玉衡签订了契约？”殷文昌说话的时候几乎有些咬牙切齿，他一想到殷玉衡背部的兽纹已经拥有了第二种颜色，就不由得羡慕嫉妒恨。虽说他早就有了伴生灵兽，但他的两个孩子还没有啊！纵使他们的资质不是顶尖的，但他爷爷殷岁星的资质也不是很高啊！

殷文昌的这句话又成功地让大家的注意力聚焦到了殷玉衡身上，风枭是殷家的守护神般的存在，他选择谁当契约伙伴，谁就最有可能获得族长之位。白胡子的胖老头已经开始打量起站在厅堂中央的殷玉衡，旁边也有人低声议论着这个男孩昨日兽纹觉醒时的情形。

就在这时，殷天枢幽幽地叹了口气，五味杂陈地说道：“没有……风枭没有和小玉儿签订契约，在他之前，有灵兽抢先了……”

众人哗然，有灵兽抢在风枭之前与殷玉衡签订了契约？

而殷玉衡则愣愣地站在那里，有点不敢相信大哥说的话。

他已经和灵兽签订契约了？为什么他一点感觉都没有啊？他和谁签契约了？

殷玉衡震惊的表情落到有心人眼中，那白胡子的胖长老脑补了一下：一个还没有与灵兽缔结契约的御兽师被封印震晕了躺在洞穴中，他资质超绝，又毫无防备，就像是一块珍馐。若他是灵兽，也会拼了命地想要咬一口。

没人注意到，话题就这样被殷天枢转移了。其实这些长老也想过，若是那妖兽没有魂飞魄散，恐怕他们殷家现在早就是一片废墟了。

这是殷家年轻一代所不知道的事情，琅琊山山洞内的妖兽已经被封印逾千年，随着时间的流逝，封印偶有松动，便令殷家如芒在背。在一百多年前，殷家有位以推算出名的先祖预言道，如果有资质上佳的御兽师肯用精血来结印，便可以彻底封印这只妖兽。

哪个天资卓越的御兽师会为一个不知真假的预言付出生命？所以殷家只好从懵懂的后代之中选择，之前阵法都没有任何反应，而这回，轮到了殷玉衡。

封印解除，阵法破碎，而殷家现在平安无事，再加上殷天枢的结论，所以众人都认定那妖兽已经魂飞魄散，再无任何威胁了。因此，现在的焦点就落在了殷玉衡身上，那胖长老揪着白胡子，沉声问道：“殷天枢，你还知道什么？你弟弟跟谁签订契约了？”

殷天枢表情复杂地从怀里掏出一个物事，众人定睛一看，目瞪口呆。

他的掌心里，静静地躺着一条拇指粗细的银鳞蛇，这条蛇的精神不是太好，它慢慢悠悠地吐了吐蛇信，然后又继续垂首睡觉。

银鳞蛇乃是最低级的一级灵兽，连毒性都没有，处于食物链的最底端。因为肉质鲜美，有时还是殷家饭桌上的美味佳肴。

胖长老见状呵呵一笑，道：“银鳞蛇而已，杀掉就行了。小玉衡，祖爷爷到时候再给你找只高阶灵兽，风枭对你另眼相看，也可以请他来和你签订契约。”

对于资质绝佳的后辈，胖长老还是很有耐心的。

殷天枢闻言苦笑，抢在弟弟开口之前叹气道：“祖爷爷，风臬当时就在场，杀死这条银鳞蛇不过是举手之劳，而他却……”殷天枢停在这里，没有继续往下说，但未尽之意让所有人都为之一惊。

胖长老浑身一震，连忙问道：“那是为何？”

殷天枢喟叹一声，吊足了所有人的胃口之后，才咬牙切齿地说道：“因为这该死的银鳞蛇，居然趁小玉儿不备，和他签订了献祭契约！”

献祭契约？！

不知道的小辈们也就罢了，知道的长辈们闻言霍然色变。

那是以灵兽为主导强行签订的契约，御兽师处于绝对的弱势，是一条不公平的契约。

也就是说，如果这条银鳞蛇死了，殷玉衡也要死！

被迫签订了由一级灵兽主导的献祭契约，这是要多倒霉才能遇到的事情啊？

霍然间，整个星辰楼内所有人的目光都变了。

没有人怀疑殷天枢说的话是假的，毕竟若不是这个原因，风臬又岂会放弃殷玉衡这个极佳的契约伙伴？

殷天枢说话的时候，没有压抑心中的愤怒。在别人看来，他的愤怒是因为弟弟被迫与一个一级灵兽签订契约引起的，可是他自己知道，这根本不是他愤怒的真正原因。

殷家只有他拥有灵兽血脉，所以当他昨晚发现小弟手腕上缠绕着这条银鳞蛇后，并没有把它当成一条普通的银鳞蛇。

虽然它的气息已经被压制到最低，但那股慑人的威压依旧存在。

没错，殷天枢有九成的把握，这条看上去和银鳞蛇差不多模样的蛇，就是刚刚突破封印的那位阁下。这也是风臬不敢擅动弟弟的原因。

所以，殷天枢即便有天大的胆子，也不敢对这条小银蛇怎么样，只能绞尽脑汁，编造出一个天衣无缝的谎言。但对弟弟所遭遇的事，殷天枢还是怒火中烧。他养了弟弟这么久，就这样被人不声不响地抢走了，他怎么能不生气？

但他不知道，更火冒三丈的是躺在他掌心的傲苍。

什么叫虎落平阳被犬欺，龙游浅滩遭虾戏？

它就是最好的例子！

九天逆转乾坤大法施展得确实成功，但它也被打回了幼生期的原形，不光五个龙爪都没有长出来，连龙角都变成了头上两个不起眼的包包，看起来就像一条软绵绵的银鳞蛇。而更令它不能接受的是，它居然一转眼就成了别人的仆兽！

傲苍想吐血，若是从前，它早就一头撞死了。但它已经在阵法中求生不得求死不能地熬了千年，一朝获得了重生，反而不甘心起来。

但当傲苍听到殷天枢口口声声说它和他弟弟签订的是献祭契约的时候，还是气得快要内伤了。

天知道，它确实是想和那小子签订献祭契约的，可是为什么会搞成现在这个样子？

但傲苍也从殷天枢的语气中听出来几分内情。

它感觉得到这个少年身上的灵兽血脉，明白对方应是看穿了它的身份。那么他为什么还要护着它呢？

看样子，对方是真的不知道它和殷玉衡签订的实际上是主仆契约。

傲苍吐了吐舌头，装成银鳞蛇的模样，心中却在衡量着这个情报的作用。

果然是愚蠢的人类……嘿嘿……

殷天枢的确认为这位阁下和他弟弟签订的是献祭契约。毕竟那种从灵魂都要拜服的震慑，是绝对无法作假的。这样强大的灵兽，怎么可能和人类签订平等的伴生契约？肯定是献祭契约无疑。

所以，即便殷天枢觉得掌心这条要死不活的银鳞蛇他用两个指头就能捏死，还能炖一小锅美味又大补的肉汤，却完全鼓不起勇气这样去做，反而还要绞尽脑汁地为它打掩护，让别人以为弟弟一失足成千古恨，后半生无望。

胖老头也没有完全相信殷天枢的话，他失神了半晌，回过神来后转头朝殷玉衡问道："玉衡，你昏迷的时候，可有什么感觉？"

殷玉衡也不知道他们在说什么，他根本没听说过什么献祭契约。此时听到大哥说他和一条小蛇签订了契约，尚在难以置信中，听胖长老问到他此事，他便恍恍惚惚地回答道："感觉识海之中有银色利刃刺来……"他的声音极低，语速极慢，还未来得及继续说下去，就听到厅堂内的人不约而同地叹息，便住了嘴。

由当事人说出来，胖长老等人便信了。连八级巅峰的风枭都渴求的御兽师，其他灵兽肯定更加眼馋。

只不过这小子也太背了点，空有资质，却被一条银鳞蛇绑住了后半生。

殷天玑的眼中闪过一丝快意，但他隐藏得很好，除了殷天枢之外，没有人发现。而将此看在眼内的殷天枢微微撇了撇嘴，丹凤眼中满是不屑。

胖长老依旧有些不死心，让殷玉衡脱掉上衣，看到他背上兽纹外围的银色花纹时，才彻底消除了疑虑。契合度为零是很正常的，就算契合度达到十成又如何？一条一级的银鳞蛇罢了。

当下再也没有人对这兄弟俩有任何兴趣，甚至连接下来的会议都没有让他们参加，直接让他们离开了。

殷天枢也不想再留在这里了，接下去这些人肯定会为了族长之位大动干戈。他对谁当族长没什么兴趣，便站了起来，拉着弟弟走出了星辰楼。

殷玉衡扶着殷天枢走下台阶，也不知道他在那里跪了多久，双腿都有些僵硬，走起路来一瘸一拐的。殷玉衡完全不在意自己和一条银鳞蛇签订了契约，而是关切地问道："大哥，你的腿没事吗？"

殷天枢的心中一暖，刚想说点什么，他掌心的那条小银蛇便哧溜一下往殷玉衡的身上蹿去，在殷玉衡的脖颈上一盘，正好绕了一圈，离远看倒像是一条用来装饰的银链子。别人看可能会觉得还不错，殷天枢却觉得极为碍眼。但在此地不好说什么，便咬着牙拖着殷玉衡回了亢宿苑。

到了自己的地盘，殷天枢便再无顾忌，从牙缝里一字一顿地挤出来一句话："到底是怎么回事？"

"我……我也不知道……该说的我刚刚都说了啊……"殷玉衡吞吞吐吐地说道。

"你说的都是实话？"殷天枢闻言，跌坐在院中的石椅上，颓然无语。他怎么忘记了，弟弟向来是不会说谎的，难道签订的真的是献祭契约……

殷玉衡摸了摸脖颈上的小银蛇，心中有些忐忑。他知道这小银蛇肯定不是大哥口中的一级灵兽银鳞蛇，十有八九就是昨晚的那只妖兽。虽然不知道为什么这祖宗现在看起来娇小玲珑、柔嫩可人，但它可是连风枭都不敢正面应对的主儿。

难道他们真的已经签订了契约？

殷玉衡心里仿佛有十万只灵兽奔腾而过，完全没有中大奖的感觉，反而觉得自己遭受了无妄之灾。

缠绕在殷玉衡脖颈上的小银蛇默默地吐了吐舌头，有种小人得志的意味。

两兄弟默默地相对而坐。亢宿苑外，因为不放心而跟过来的殷天玑在听到了这番对话后，终于放下了心，满意地扬长而去。

# 第九章

# 琅琊谷

殷氏兄弟俩愁云惨淡，傲苍却精神一振。

哈哈哈！这小子居然没有意识到他们签订的是主仆契约！

傲苍暗爽，本来蔫蔫的头抬了起来，身体在殷玉衡的脖颈上转了个圈。

哼！愚蠢的人类！最好让他们永远都不要知道真相！

就让契合度永远为零吧！这样即使它的等级提升，这小子也得不到半点好处，也就不会察觉到契约有异了。

毕竟主仆契约与献祭契约是两种完全相反的契约，灵兽提升等级时，御兽师所能得到的好处乃是天壤之别。

殷玉衡被脖颈上那条几乎要跳起舞来的小银蛇折腾得浑身麻痒，下意识地想把它拽下来。刚举起手，他忽然一激灵，想到这个祖宗有多么可怕，又默默地把手放了下来。

虽然大哥说他和对方签订的是献祭契约，但殷玉衡总觉得有点问题，不过他并没有质疑大哥说的话，毕竟他只有十岁，不懂的东西实在太多了。

两兄弟思索了许久，也没有找到应对的法子。纵然束手无策，生活还是要继续的。

尽管对脖子上多出来的那个生物十分不适应，殷玉衡也需要做到熟视无睹。

也许是破除封印的时候消耗了太多的灵力，回来后没过多久，这条小银蛇就陷入了沉沉的睡眠之中。不过即使是在睡眠中，它也仍然缠绕在殷玉衡的脖颈之上。也正是这条小银蛇的睡去，让殷玉衡慢慢习惯了它的存在，把它当成了一条项链，除了感觉有些冰凉外，倒也没有什么不便。

殷天枢看着那条小银蛇就觉得牙根痒，但他没什么闲工夫去对付它。

因为殷家的天变了。

殷岁星的惨死，彻底开启了争夺殷家族长之位的大战。之前这些争斗都是处在水面下的暗潮，而现在都迫不及待地卷起风浪来。

殷天枢年幼时吃了一些抑制灵力增长的有毒食物，其实都是族中内斗时使出的伎俩。

殷氏家族之中的矛盾，不光是殷天玑一代的，甚至还有殷岁星和殷文昌两代之间的。

如今在殷家人心中如心头刺般的琅琊山的封印消除了，殷家再无桎梏，一直为大局隐忍的长老们，也纷纷有所动作。

一时间，殷氏家族风云突变，人人各施手段。

住在偏僻院落的殷天枢与殷玉衡是被人遗忘的存在。殷天枢是无足挂齿的庶子，但若殷玉衡没有和一级灵兽乌龙般地签订契约，恐怕此时亢宿苑的门槛也会被人踩破。可是现在，殷玉衡已沦为一个天大的笑话，自然不会有人想起他。

这样的情况，在殷天枢的意料之中，他就是想要避开风头。

只是这样的遗忘有个缺点，平时虽然没有仆役来给他们洗衣做饭，但好歹还会送来足够的食材，现在却是把他们兄弟两人当成死人，撒手不管了。

殷天枢也懒得去找人理论，这样的刁难，谁知道是不是有人挖了陷阱等他们兄弟俩往里跳呢?

所以他现在不得不出去打猎，好在他们住的地方离琅琊山很近，以他的身手猎点低阶灵兽还是没有什么难度的。

不过，他更想把弟弟脖颈上的那条小银蛇扔进锅里煮了!

殷天枢把猎来的食物丢给弟弟，潇洒地转身离去。

殷玉衡熟练地处理食材，翻炒出锅。

闻到香味的傲苍睁开一只眼睛，顿时觉得身上莫名地一疼，立刻又闭上眼睛凝神补气。

这些时日，都是殷天枢去外面打猎，殷玉衡负责料理。殷玉衡索性也不去昴宿苑学习了，有什么问题直接询问他大哥，因为现在殷家乱成一团，他若是出去，很容易被人当成靶子。

食物的香气很快弥散出来，殷玉衡又炒了几个青菜端了出去，这才发现餐厅里多了两个不速之客。

“五弟，你的手艺不错啊！”殷天璇抽了抽鼻子，站起来帮殷玉衡把菜放到桌上。

殷天枢见状脸却黑了下来。他弟弟做的菜，又不是给他们吃的。

殷天玑见状连忙抓着殷天璇起身告辞，没有一点要留下来吃饭的意思。殷天璇却嘀嘀咕咕地不愿意走，想要蹭一顿饭吃。

殷玉衡满脸黑线地看着那对双胞胎拉拉扯扯地走出亢宿苑，这才坐了下来，咬着筷子问道：“大哥，他们来做什么？”

殷天枢撇了撇嘴，夹了一块肉塞进嘴里。也许是美味的食物安抚了他暴躁的情绪，他的语气柔和了许多：“没什么，家族要召集还没有灵兽的子弟，明日出发去琅琊谷挑选伴生灵兽。”

“啊?”殷玉衡眨了眨眼睛，有点意外。

琅琊谷是琅琊岛上的一处山谷，在琅琊山的另一边，因为地形复杂，植被茂盛，又没有封印着什么力量强大的妖兽，所以那里有很多灵兽。琅琊谷每隔五年便会开启一次，殷家所有没有伴生灵兽的子弟便可以在那时进入琅琊谷，在十日之内挑选适合自己的伴生灵兽。只是，若修为不够的话，进谷有可能沦为灵兽的食物。

但此时并不是琅琊谷开启的日子。

殷玉衡想到了最近激烈的族长之争，琅琊谷不在规定的时间开启，估计是因为这件事。

“大哥，我们也要去吗？”殷玉衡一点都不掩饰脸上的担忧之色，这么重要的事，居然只提前一天来告诉他们，明摆着是欺负人，不给他们准备的时间。

殷天枢轻哼了一声，用筷子指了指自己道：“是我要去，你已经有契约灵兽了，跟着去凑什么热闹。”

殷玉衡听到大哥的话，瞪着眼睛郁闷了许久，才接受了自己已经有契约灵兽的事实。

也不能怪他，后背上的兽纹他自己又看不到，结成契约之后他根本不知道兽纹有没有变化，也就无法提醒他这个事实。而且他脖颈上的那个祖宗就跟冬眠了一样，没有任何存在感，他低头都看不见，久而久之他便把它抛到了脑后。

殷天枢却是天天都能看到自家弟弟的脖颈上多出来的那条碍眼的小银蛇，它每天都在提醒着他自己有多失败。他狠狠地咬了一口筷子上的肉，想象着自己是在咬它的肉，冷冷道："明日起我有十天不在家，你要照顾好自己。"

"嗯。"殷玉衡闷闷地回答道，心里却想着，他在家能有什么危险？真正有危险的是大哥才对。二哥和三哥他们根本就不怀好意，这么重要的事情，肯定早就定下了，结果今天才来通知……

"至于吃的东西，我一会儿再出去一趟，多猎一点回来放着，你自己不要去琅琊山打猎。"殷天枢皱了皱眉，停顿了一下继续道，"若是不够吃，就先吃一些青菜吧。千万别随便出去，有人来敲门也别开。"

"哦。"殷玉衡用筷子拨弄着碗里的米粒，思考着大哥明天出门，需要给他准备些什么。他们还没有资格拥有空间法器，带的东西就不能太多，多了会影响行动速度。但要在山谷中风餐露宿十日，带少了又会非常不方便……

"如果实在有什么事，可以去找昴宿苑的九长老。他那人懒得管家族琐事，倒是对你很不错。"殷天枢仔细地吩咐着。

"哦。"殷玉衡心不在焉地应道，心里却在想，他长这么大，还是头一次和大哥分开这么久……

"小玉儿！你有没有听我讲话？"殷天枢终于发现了弟弟在走神，气愤地用筷子敲了敲碗边。

殷玉衡立刻坐直了身体，讨好地笑了笑："大哥，我能不能也跟你一起去啊？"

殷天枢瞥了他一眼，冷哼道："虽然说拥有伴生灵兽的人也可以进入琅琊谷，但那些人都是为了给契约伙伴改善伙食。你去了，别人一定会怀疑你。就你那条银鳞蛇还想吃其他灵兽？被当成猎物还差不多！"

殷玉衡咬了咬唇，把这个念头硬压了回去。是啊，他去琅琊谷毫无自保能力。颈上缠着的这个祖宗正在冬眠，谁知道它什么时候才能醒来。

两兄弟食不知味地吃完晚饭，殷天枢便放下筷子，出门给殷玉衡猎存粮去了。而殷玉衡洗完碗筷，擦了擦手，在厨房呆呆站了一会儿，才朝亢宿苑的正房走去。

亢宿苑原来是他们的父亲所居的院落，在父亲离开，殷玉衡的母亲被囚禁到万善堂之后，正房便空了下来。殷玉衡每个月来打扫一次，保持这里的清洁。他依旧有着奢望，也许哪天母亲便能从万善堂出来，回到这里。

殷玉衡推开正房的门，他前几天刚刚打扫过这里，没有多少灰尘。他把桌上的油灯点燃，在屋中看了半晌，才走到柜子前蹲下。

这里的东西都是他收拾的，怕落灰不好打理，他早在几年前便把屋中所有的摆设都收进了柜子里。当时的他还小，不能分辨这些物事是做什么用的，而大哥坚决不肯来这里，他也不好去询问，索性全都收了起来。

殷玉衡拉开柜门，他想，在父亲母亲留下的东西里，或许会有空间法器。

柜子里面收的东西着实不少，而且几年前便堆放在这里了，殷玉衡每次只是做屋内外层的清理打扫，柜子里却从不翻找。现下这寻宝一样的过程，让殷玉衡欣喜异常。

这里的东西，大部分是他母亲陆幽天的陪嫁，白藏陆家殷玉衡从未去过，但听母亲以前说起过，是个颇具规模的修真世家。

殷玉衡果然从里面找到了两件空间法器，一件是青白玉龙纹佩，一件是琉璃玉带钩。

这两件空间法器都很普通，只要输入灵气人人都可以使用，内里的空间也不算大。青白玉龙纹佩里放着一些药瓶以及饮用水，琉璃玉带钩内是一些书籍还有少量的日常用品。

除了这两样外，殷玉衡还找到了一条不起眼的乌金手链。也不知道是用什么材质做的，颜色有些发乌。他用灵力探入的时候，感受到了阻碍，显然这个空间法器只有主人才能开启，别人不能随便用。

殷玉衡把这条乌金手链戴在了手上，打算等见到母亲的时候，拿给母亲看。谁也没说他去看望母亲的时候不能给她带点东西——殷玉衡后悔地一拍脑袋，早知道他这几年去看母亲的时候就应该带东西的。

不过这条乌金手链有点大，殷玉衡一甩手就能滑出去，他想了想，蹲下身，把这条乌金手链系在了脚腕上。

找到了所需的空间法器，殷玉衡便不再耽搁，拿着油灯出了正房，开始给大哥准备明天要带的东西。

殷天枢回来的时候，看到殷玉衡已经拾掇出来一桌子的必需品，不由得头疼地按了按额角道："小玉儿，你要整死你大哥吗？这么多东西你要我怎么带啊？"

他话刚说完，就愣在了那里，因为他看到桌上的东西正一点点地凭空消失。

"空间法器？"殷天枢一惊，随即便看到了殷玉衡手中的玉佩和玉带钩，不由得脸色一冷。

殷玉衡抿了抿唇，知道大哥为何不高兴，还不是因为不想用他母亲的东西吗？真是要命的自尊心……

殷玉衡默默地嘀咕了一下，也不问大哥要哪个法器，而是飞快地把桌上的东西都收进青白玉龙纹佩中，然后把这枚玉佩塞进大哥手中。

"大哥，这东西是我娘亲的，我没资格送给你，所以只能借给你用哦！十天之后记得还给我。"

殷天枢本想一口拒绝，但看着弟弟一脸认真的表情，知道这是他的一片心意，只好叹了口气，把玉佩收到了怀里。

第二天早上天还没亮，殷玉衡便摸黑起来给大哥做好了饭，又准备了一大包干粮。可惜青白玉龙纹佩里的空间并不算大，放不下这么多东西，殷玉衡便把多余的干粮装进了琉璃玉带钩，心想着等下让大哥把两个空间法器都带着。

殷天枢却不肯带，因为空间法器里的时间是静止的，所以他把打回来的猎物都装进了琉璃玉带钩，一并留给了殷玉衡。

等到天光初亮的时候，殷天枢便挥别了弟弟，潇洒地往琅琊谷的方向而去。殷玉衡抿着唇目送大哥，看着他越走越远，心中涌起了极度的不安。

他去送送大哥应该没关系吧？送到琅琊谷的谷口他就回来。

这个念头一起，殷玉衡便再也忍耐不住，把院门锁好之后便噔噔噔地尾随自家大哥而去。

殷天枢满腹心事，没有注意到身后还缀着一个小尾巴。他仰头朝东边升起的朝阳看去，金黄色的阳光轻抚在脸上，整个人身上的杂质都像被洗涤一空一般，周围有清新的花香涌动，令他精神一振。

琅琊岛孤悬海外，算得上是世外桃源。这座孤岛之上只有殷家子弟聚居，又因为封印着一只顶级灵兽，其他地方的高阶灵兽便不会来此，所以这里可谓普通灵兽生长繁衍的乐园。

殷家居住的地方有镇宅阵法，普通灵兽不敢侵扰，多数群居在琅琊山与琅琊谷一带。事实上，不光人类害怕灵兽，低阶灵兽也是害怕人类的。

琅琊山是禁止殷家子弟出入的，但琅琊谷却是五年开启一次。每次开启，主要目的是为了给没有契约灵兽的殷家子弟挑选灵兽，同时其他殷家子弟也可以进入，让自己的伴生灵兽猎食。

也就是说，琅琊谷是对殷家所有人开启的。

在争夺族长之位的关键时刻，琅琊谷突然开启，这一趟肯定凶险无比，一些没放到明面上来的争斗，或许会在琅琊谷内用鲜血和性命来解决。可以说，哪一个派系的子弟在十日后平安无事地走出琅琊谷，基本上就能得到殷家的族长之位。

殷天枢懒得去蹚这浑水，他也想找个借口不去，但身为这一辈的长子，又是别人眼中无比碍眼的庶子，纵使他不去，也会有人逼迫他去。他昨日已经和殷天玑那小子说好，只要他进入琅琊谷，他们就不动殷玉衡。说起来，殷天枢反而要谢谢那个抢先和他弟弟签订契约的混蛋，若不是上演了那一出戏，资质上佳的殷玉衡现在恐怕已经是所有人的眼中钉了。

按了按腰间的青白玉龙纹佩，殷天枢俊秀的脸上勾起了一抹笑容，加快脚步朝琅琊谷的谷口处赶去。虽然他起得挺早，但别人更早，待他到达的时候，人都已经到得差不多了。

殷家的子弟这回几乎是全部出动。殷天枢发现他们之间壁垒分明，七八个人为一个小队分开聚堆，大多都是年长者带队，保护年少的。有的甚至还请出了头发花白的长老，所为何事一眼便知。

殷天枢挑了个空地靠着树干闭目养神，摆明了不拉帮结伙的态度。其实他这个只有炼气三层的废柴，也没有谁会放在眼里。之前还有人因为他有个资质颇佳的幼弟试图笼络他，现在则完全当他是一个笑柄。除了殷天玑因为他的身份特殊对他注意了些，在其他人眼中，他孤身一人进入琅琊谷，完全就是炮灰，许多人已经把他当成死人看待了。

琅琊谷的谷口只有一扇大门大小，两旁是两棵粗壮笔直的银杉树，而在这两棵银杉树中央，有一个看起来破破烂烂的栅栏，能看得出有许多年头了。栅栏上面刻着一个繁复的符阵，正是这个符阵限制着琅琊谷的灵兽，使它们不能随意出入。

当第一缕阳光透过两旁的植被，照射到这个栅栏上时，殷家的两位长老进行了开启琅琊谷的仪式。栅栏上的封印被打开，殷家子弟分批进入琅琊谷，上一批进去两炷香的时间后，才会放下一批进入。

殷天枢一直等到所有人都进去之后，才孤身一人走进谷中，他完全没想到，一向听话的小弟，居然就跟在他后面，也打算进入谷中。

殷玉衡本不想违背大哥的话的，他的初衷只是送送大哥而已，虽然他不知道琅琊谷开启的内情是什么，但之前琅琊谷谷口的那些殷家子弟剑拔弩张的状态，他还是能感觉得出来的。

可谁知道他脖颈上的那个祖宗，居然在这时候醒过来了！

"喂，小子，这琅琊谷吾也要去。"傲苍懒洋洋地吐了吐舌头，颐指气使地命令道。反正这小子以为他们签订的是献祭契约，那它为何不利用这一点？

殷玉衡被突如其来的声音吓了一跳，过了一会儿才反应过来这是谁发出来的声音，紧张地回答道："那……那您就去吧……"

他巴不得这位祖宗赶紧走。

"哼，卑微的人类！你难道让这么柔弱的吾独自去琅琊谷？"傲苍的声音可是一点都不柔弱，反而中气十足。

柔弱个鬼啊！

殷玉衡几乎吐血，他下意识地看了看不远处守在琅琊谷谷口的两位长老，发现他们并没有听到傲苍的声音。恐怕这位阁下说的话，只有他能听见。

殷玉衡苦着脸，期期艾艾地问道："不会……不会是我也要去吧？"

"当然！"傲苍扭动着身躯，在殷玉衡的脖颈上一使劲，本来松松挂着的身体便缠紧了对方。

殷玉衡在窒息的威胁下，毫无选择地朝琅琊谷的谷口走去。在谷口守着的一位长老拦住了他，淡淡道："还需要等两炷香的时间才能进去。"

"不，我是和我大哥一起的。"殷玉衡急忙说道。

两位长老见殷玉衡还是个孩童，本想劝他几句让他回去，但见殷玉衡脸上的坚毅之色，还是叹了口气放行。

殷玉衡内心无比悲愤，他不坚定能行吗？若是退缩的话，脖子上的那位祖宗就直接勒死他了……

# 第十章

# 缠鳞瑶草

尽管殷玉衡心不甘情不愿，但还是一步一步地走进了琅琊谷。

进谷后，殷玉衡不敢走得太快，他毕竟是偷偷跑过来的，若是现在被大哥发现，那等待他的肯定是被大哥揪着脖颈扔出谷外。

所以殷玉衡与殷天枢保持着一段距离，轻手轻脚地跟在后面。但在转过一道弯后，殷玉衡感觉到周围的环境忽然一变，虽然入眼的依旧是郁郁葱葱的山林，却和刚才的景色完全不一样了。

这个变故让他连动都不敢动，生怕下一秒踩下去，会触发什么机关阵法。

“啧，无知的人类，少见多怪，只是个小范围的随机传送符阵而已。”傲苍嘲讽道。

“确实没见过……”殷玉衡讷讷道。

他朝身后看去，发现已经完全不是刚入谷口时的景色了。随机传送符阵？他朝前面跑了几步，发现根本没有大哥的影子。那就是说，他大哥也被随机传送到某处了？他根本就找不到他大哥？他只是晚进来一会儿而已啊！

抓着头发郁闷了半晌，殷玉衡只能面对他和大哥走散，要独自在琅琊谷生存一些时日的残酷现实。

不，更残酷的现实是他不是一个人！他还要伺候一个小祖宗！

殷玉衡勉强定了定神，检查了一下自己身上的物品，发现虽然脚腕上的乌金手链他不能开启，但他带在身上的琉璃玉带钩中还有一些给大哥准备的干粮和大哥打来的猎物，起码不用担心没吃的了。

这让殷玉衡放下了心，小心翼翼地询问道：“阁下，要往哪边走？”

这种恭敬的态度，立刻取悦了非常虚荣的傲苍。它探出头，朝四周慎重地看了看，高深莫测地转了转眼珠子，摆足了架势才慢悠悠地开口道：“朝坎位偏东的方向行进。”

殷玉衡花费了十息的时间，才确定了傲苍所指的方向是哪里，殊不知后者其实只是随口一说罢了。

琅琊谷里的灵兽很多，傲苍也不怕没有收获。它这样一副颐指气使的态度，这小子居然也唯唯诺诺，倒是让它很舒坦，几乎令它忘了自己是对方的仆兽的事。

这一系列的阴差阳错，使得这对签了主仆契约的搭档，当主人的没有主人的意识，当仆兽的没有仆兽的自觉。

殷玉衡一个人行走在浓密的山林中，初时还有些紧张，但这山林中平静祥和，金黄色的阳光穿过树上的枝叶，在地上形成了一个个柔和的光斑，脚踩着松软的泥土，听着清脆的鸟鸣，呼吸着山林中特有的清新的味道，让他渐渐觉得心情愉悦。

况且，他脖子上挂着的这个祖宗，虽然看起来柔弱不堪，又难伺候，但也是货真价实的强悍无比的存在。连八级巅峰的风枭在它面前都抬不起头来，又有哪只灵兽能威胁到它？带着它就等于随身携带了一个顶级保镖不是吗？

这样一想，殷玉衡顿时觉得他在这琅琊谷都可以横着走了。唔，不行，还是要早点找到大哥，让他也享受一下拥有终极保镖的优渥待遇。

尽管心里美得鼻涕泡都要出来了，但表面上殷玉衡还是保持着战战兢兢的神色，这种表里不一的性格，归功于这十年来的成长经历。相对于傲娇的大哥，这祖宗不过是个更傲娇的家伙，殷玉衡完全有信心把它糊弄住。

傲苍完全没察觉到殷玉衡的心理变化，它正聚精会神地感受着琅琊谷内的灵气变化。

它进琅琊谷，目标并不是那些不值一提的灵兽。它破出封印大阵的时候，吸收了那么多顶级灵兽的晶核的能量，元神都差点爆掉。它现在需要的，是一些作用特殊的灵草。

虽然它知道，它需要的那几样灵草，殷家的仓库肯定会有，但就它这几日的观察来看，和它结下契约的这个家伙连吃饭都没人管，根本没资格去领那些灵草。除非它想自曝身份，否则它只能另想办法。

琅琊谷每次开启的时间都极为短暂，再加上殷家乃是御兽师家族，并不是炼丹师世家，所以他们对满地的灵草都没有什么兴趣，也就只有他们的伴生灵兽会注意到。每五年开启一次的琅琊谷，实际上也是为灵兽们开放的畜牧场，有灵草吃，也可以猎灵兽吃。

傲苍指挥着殷玉衡在琅琊谷里乱转，能让它看上眼的灵草却一根都没找到。

青龙的眼光是多么高啊！那根缠鳞瑶草枝干上才生出两片鳞，才两百多年，不够不够！那朵玉虹苁蓉才生出四种颜色，离能用的生出七种颜色的层次还差得远呢！那株苍晶兰才六分透明，要再等一百多年才能像水晶那样剔透！

殷玉衡看着这些灵草干瞪眼，若是换了以前，在这茫茫山谷中，他根本就找不到这些对生长环境要求颇为苛刻的灵草，但现在一株接一株地被他亲手翻出来了，竟然因为年份不足还不能摘！

殷玉衡从土里翻出来一块乌参，傲苍嫌弃这块乌参连人形都没长全，只分出来两个上肢，完全不及格。

“那现在怎么办？把这块乌参埋回土里？这根须都被我扯断了，还能继续长吗？”殷玉衡拎着这块只有上肢的乌参无奈地道，若是换了花花草草还好说，但这是根茎啊，摘下来没用难道要扔掉？

“愚蠢的人类，埋回去干吗？”傲苍翻了个白眼，“你自己留着呗！乌参有灵性，极难采到，这一块能分出上肢就已经很不错了。乌参大补啊！就算年份不足，也是难得一见的稀罕物。”

“啊？年份不足也能采？”殷玉衡目瞪口呆。

“哼，当然，只是效用没那么好罢了。”傲苍理所当然地点了点头，旋即愕然道，“不会吧，这你都不知道？怪不得刚才那些灵草你动都没动，吾还以为是你自制力很好呢！”

殷玉衡默默地把乌参放到琉璃玉带钩中，坚定地转身往回走。

傲苍也不阻止他，闲闲地开口道：“那些灵草是可以入丹药的，殷家又不是炼丹师世家，估计没有高阶的炼丹师，也就只有灵兽或者拥有灵兽体质的人才能直接吸收灵草中的精华。”

“啊？”殷玉衡迟疑了一下，停下了脚步，“普通人直接吃不行吗？”

傲苍在殷玉衡的脖颈上转了个圈，吐着舌头，道：“除非拥有仙根慧体，否则只能吸收两三成。”

“仙根慧体？”殷玉衡还是头一次听说这个词。

“一种传说中的修仙体质，可以完全接收天地灵气，是所有修仙者梦寐以求的体质。不过极少人拥有这种体质，就算是吾，也没有听说过有谁是仙根慧体。”傲苍缓缓说道。

说了等于没说。殷玉衡举步沿着来时的路往回走，那些年份不足的灵草摘了也无所谓，反正他不摘，迟早也会被别人摘走。即使吃了只能吸收两三成精华也很不错啊！

就这样，殷玉衡又花了一天的时间把走过的路重新走了一遍，他此时无比庆幸自己身上有琉璃玉带钩这个空间法器，否则这些灵草他都不知道该如何携带了。例如那朵玉虹苁蓉，摘下来之后就要立刻放在空间法器里，否则花瓣的颜色就会在一天之内尽褪，变成一朵灰败的普通苁蓉花。

让殷玉衡比较意外的是，傲苍这个小祖宗居然对他这样浪费时间没太大的意见，在他摘灵草的时候缠着他的脖子呼呼大睡去了。幸好殷玉衡记忆力比较好，按照原路返回，把错过的灵草一一摘下了。

很快就到了入夜时分，殷玉衡琢磨着摘完最后一株灵草就安心睡觉。

夜晚的山林越发寂静，当殷玉衡到达缠鳞瑶草所生长的水潭时，他颈间的傲苍忽然醒来，淡淡道：“小心点，有人来了。”

殷玉衡一怔，他什么动静都没有听到，但还是听从傲苍的指令，藏在了树丛中。在进入琅琊谷的这两天中，别说人了，连灵兽都没有碰到过一只，这给了他一种这里除了他之外没别人的错觉。

在树丛里蹲了几息的时间，殷玉衡忽然听到不远处有树叶抖动的声音传来，若不是他全神贯注，也许就会当成风声而忽略掉了。

更加小心地往阴暗处藏了藏后，殷玉衡很快就在树叶的缝隙中，看到四只银灰色的爪子从他的面前缓缓踱步而过，甚至还在他的面前停留了片刻，像是有些吃不准这里是否有人一样，旋即又朝前而去。

“啧，应该是一匹北印冰狼，看修为也就五级中阶。”傲苍颇为瞧不起地说道。

有什么瞧不起的啊！瞧不起还让他躲起来？这分明是很瞧得起啊！

殷玉衡在内心疯狂嘀咕，他可不像傲苍，说话只有他一个人能听见，况且当着这个小祖宗的面，他也不敢说什么。

在这匹北印冰狼的后面，还跟着三个人。殷玉衡看不到他们长什么模样，但从鞋子可以判断出来是两个年轻人和一个成年人。他们前进的方向，就是缠鳞瑶草生长的水潭处，若是他们眼睛不瞎的话，能有一半概率发现缠鳞瑶草。

殷玉衡犹豫究竟要不要去蹚这浑水。

“嘿，跟上去。”傲苍兴致勃勃地指挥道。

殷玉衡木着脸，并未立刻行动，他有多少斤两自己是知道的，若就这样冒冒失失地跟在三人一狼后面，到时候第一个被灭口的就是他。果然没过多久，前面便传来了说话声，山林间太过寂静，所以殷玉衡听得清清楚楚。

“二伯，你说这个水潭里有寒龙锦鲤吗？”说话的是一个声音略显童稚的少年。殷家的旁支很多，殷玉衡只知道他还有很多堂兄弟，却并不一一认得，对这个声音也完全没印象。

“没错，这个水潭乃是灵脉汇集之地，极阴极寒，正适合寒龙锦鲤生存。那寒龙锦鲤对猎灰有莫大的好处，应该可以助猎灰提升品级。上次琅琊谷开的时候，我和猎灰就曾经在此看到过寒龙锦鲤，可惜那家伙极为狡猾，竟没能抓到。”那个被称为二伯的人声音洪亮，殷玉衡倒是听了出来，这位应该是他堂伯父殷天府，先天宗者的修为。他口中的猎灰就是那匹北印冰狼，是他的伴生灵兽。这人也算是殷家族长之位的有力竞争者之一。

“爹，可这寒龙锦鲤怎么抓啊？难道让猎灰自己下去不成？”一个少年饶有兴味地问道。这应该就是殷天府的儿子殷明堂，殷玉衡曾见过他几次，年纪应该和他大哥殷天枢差不多，也没有伴生灵兽。

“这不成吧，这水潭看起来挺吓人的，下去的话，岂不是会被那寒龙锦鲤吃掉？”先前的那个少年满怀忧虑地说道。

“少微弟说得也是，爹，那可怎么办？”少年也为难了。

殷玉衡听着这三人你一言我一语的，目标竟不是缠鳞瑶草，而是水潭之中的寒龙锦鲤。

奇了怪了，他昨天来这里的时候下过水，怎么半条鱼的影子都没看到啊?

“啧，胆小的人类，有我在，那条小鲤鱼还敢对你怎么样不成？”傲苍像是看出来殷玉衡在想什么，没好气地哼道，“一条锦鲤而已，居然还敢号称是寒龙，没跃过龙门算什么龙？”

殷玉衡这才醒悟，他收集灵草的过程确实有些太顺利了。

灵草大多长在灵脉之上，吸收日月精华天地灵气，才能从普通的草药变成灵草。而在灵脉之上，通常会有通灵智的灵兽栖居，它们会视附近的灵草为自己的所有物。所以，灵草一般都有灵兽守护的传言就是这样来的，不成气候的灵兽，也会不断被其他强大的灵兽打败，殷玉衡能这样轻松地挖走一株又一株灵草，完全是靠着他脖子上的那个小祖宗。

“那我还是先离开吧……那株缠鳞瑶草说不定他们也发现不了，等他们打完架我再来拿。”殷玉衡很没出息地悄悄和傲苍商量道，反正少一株灵草对他来说也无所谓，本来也不知道这些灵草都有什么效用，他是抱着不拿白不拿的心态来摘的，又何必卷入其他斗争呢?

“不行！”傲苍这回反而来劲了。

# 第十一章

# 寒龙锦鲤

小祖宗有令，殷玉衡不得不从。好在傲苍只是去看热闹，并没有要求他不切实际地狼口夺食，这也让殷玉衡松了一口气。

殷玉衡弓着身子慢慢地凑了过去，发现那三人一狼分别站在水潭的四个方向。这倒是有利于他旁观，他几乎没思考，就向看起来最弱的殷少微所站的那个方向靠近。

此时一弯明月已经爬上了天穹，映照在水潭上方。殷玉衡借着月光把那三人一狼好好打量了一番。

他的堂伯父殷天府是一个魁梧的大汉，身上凸起的肌肉，连穿着的青色布衣都遮盖不住。而他的儿子殷明堂和他极为相似，才十四五岁的年纪就长得很高壮，但脸还是稚气十足。那匹北印冰狼的身躯也很庞大，足足有寻常野狼的三倍大，它的头上有枚印记，又是冰属性的灵兽，所以被称为北印冰狼。按理说它应该是对环境最警觉最敏感的灵兽，但也许是期待已久的美食当前，让它没有察觉到外人的靠近。那硕大的狼头一直虎视眈眈地盯着水潭，就好像下一秒寒龙锦鲤就会跳将出来，它要一口叼住。

至于背对着他的少年，殷玉衡看不到他的容貌，但从背影来看，也就十二三岁。

观察完这三人一狼，殷玉衡对这个堂伯父的实力更为了解了。在这争夺族长之位的风口浪尖上，居然敢带两个孩子来琅琊谷历练，可见他对自身和北印冰狼的实力是非常自信的。

他这堂伯父的目标应该只是寒龙锦鲤，只要北印冰狼的实力提上去了，那么他也就不怕什么明枪暗箭了。

殷玉衡又瞄了瞄缠鳞瑶草生长的地方，那位置极为隐蔽，在这样阴暗的环境下，若不是有心探查，一时半会儿也发现不了。

殷玉衡在这边胡思乱想，那边水潭旁的情况已经有了变化。

只见殷天府双手聚集起了灵力，一双巨掌在黑夜中竟然泛起了白色的光芒——这是冰系功法运行的标志。

御兽师不用像普通修炼者那样修炼法诀，因为他们可以共享伴生灵兽的法术技能。北印冰狼是冰系灵兽，殷天府施展的自然也是冰系法术。

当双手上的白色光芒亮到极致之时，殷天府便倾身把双手插进了水潭之中。

水面上传来噼噼啪啪的声响，殷天府双手接触到的水面立刻开始结冰，冰层不断地向外扩展。这个水潭虽不算特别大，但也有亢宿苑的院落大小了，殷天府却只用不出十息的时间，就将整个水潭表面用厚厚的冰层牢牢地封住了。

殷玉衡看得目瞪口呆，这招真的好厉害，那水潭的冰面上还冒着丝丝白气，水潭周边的草木都因这寒气挂上了银霜，此刻，这里在皎洁的月光下宛若仙境。

这是在干什么？把整个水潭冰冻了，在里面的寒龙锦鲤会直接被冻成冰棍？

“啧，没那么夸张啦！这家伙也就只能把水潭表面冻结而已，这水潭很深的。”傲苍伸着脖子看热闹，有些嫌弃殷玉衡选的地方视野不够好。

殷玉衡没再发表意见，他倒是觉得幸亏他靠得不太近，他在这里都感觉到寒气逼人了，若是再往前一点，恐怕要冻出毛病来。

那匹北印冰狼走上了厚实的冰面，左前爪看似轻描淡写地在冰层上一按，便现出了一个人头大小的冰洞。

“嘿，不会是要用狼尾巴钓鱼吧？”傲苍这下也忍不住了。这招说不定还真管用，毕竟灵兽之间无关物种，纯以灵力论高低，说不定在寒龙锦鲤看来，这北印冰狼是送上门的美食。

不过北印冰狼并没有奉献自己尾巴的精神，敲出来一个洞后，就跑回了岸边。这时殷天府转过头来看向殷少微，和颜悦色地说道：“少微，就看你的了！”

殷玉衡一愣，这时夜色正深，所以他能清晰地看到殷少微的头发上飞出了一只莹绿色的小虫。之前他一直以为那抹绿色是发簪上的一颗翡翠。

“不会吧……他的伴生灵兽……是一只萤火虫？”殷玉衡悄声惊叹道，忍不住瞄了瞄他脖子上的小银蛇。那只萤火虫看上去要比这条假冒的银鳞蛇还要弱的样子。

“你可不要小看这只小虫。”傲苍的神色却变了，那双银色的眼瞳居然透出一丝红色，“那只虫子是碧萤，而且是只母虫。”

“碧萤？”殷玉衡一惊，他对灵草不熟悉，对灵兽倒是有些了解。傲苍这一提，他就想起来了。碧萤，是一种类似于萤火虫的灵虫，在夜晚发光，可以在特定的时间散发出一种让灵兽无法抵抗的味道，以母虫为最。

这种伴生灵兽，只作为诱饵存在，除此之外毫无价值。

殷玉衡抿了抿唇，灵兽也有优劣之分，不是所有人都有资格与风枭或猎灰那样强悍的伴生灵兽结成契约，在决定最终伙伴之前，御兽师也可以与其他灵兽先结成契约进行磨合。所以殷少微在这个年龄段，先与碧萤灵虫结成了契约伙伴，倒也正常。

这样看来，殷天府带殷少微这个拖油瓶进琅琊谷也就说得通了，显然是想用碧萤灵虫来引诱寒龙锦鲤。只是不知道隔着水潭，碧萤灵虫的味道管不管用。

只见那只碧萤灵虫在水潭上空飞舞着，慢慢地靠近了那个冒着寒气的冰洞。

水潭边的北印冰狼和殷天府同时屏住呼吸。

虽然没有听到任何动静，但这种大战之前的压抑气氛，还是让殷玉衡的心跳急促了起来。

寒龙锦鲤——殷玉衡回忆着记忆中的灵兽图鉴，自古便有鲤鱼跃龙门之说，鲤鱼每年逆流登龙门山，跃过龙门之后，上天降下天火烧其尾，便可化为龙。也有人说，鲤鱼有龙的血统，所以修炼到一定境界之后，经历天火雷劫，便可以转化为烧尾龙身。

而寒龙锦鲤，则属于鲤鱼中的翘楚。据图鉴记载，世人见过最长的寒龙锦鲤足足有二丈，但化身为龙的寒龙锦鲤并未有人见过，或是见过也认不出来其原身。

眼见那碧萤灵虫闪烁着绿色的荧光往荡漾着水波的冰洞飞去，所有人都陷入了沉默，目光灼灼地看着那只碧萤灵虫在冰洞上空来回飞舞。

碧萤灵虫已经绕了好几圈了，殷明堂按捺不住情绪，频频地往殷天府那里看去，似想说些什么，慑于殷天府的积威，又忍住了。

殷玉衡也有些沉不住气了。别是那碧萤灵虫对寒龙锦鲤压根没用吧？也是，一条鱼会对一只小虫有啥想法呢？正想问问傲苍时，却见傲苍嘿嘿一笑："来了！"

与此同时，殷天府与北印冰狼瞬间绷紧肌肉，如临大敌地盯着那个冰洞。

碧萤灵虫像是感应到了什么，扇着小翅膀拼命地向水潭边上飞去，却没能躲过突然射穿冰层的水柱。

"小碧！"殷少微尖叫出声。越是灵力低下的灵兽，越难与御兽师沟通，殷少微本就年幼，灵力低微，指挥碧萤灵虫靠近冰洞起舞并且催发它身上的味道，就已经耗费了他大部分的灵力了，异变一起，他与碧萤灵虫的沟通就完全断绝了。

殷天府和北印冰狼却处变不惊，对于他们来说，这是诱饵投放成功，鱼上钩的迹象！

只见冰层被几个水柱射穿，一个庞大的身躯破开冰层，势如破竹地冲天而起。

"我的天啊……"殷玉衡忍不住喃喃出声。在银白色的月光下，一条通体金黄的寒龙锦鲤腾空破冰而出，鱼身竟差不多有四丈长！这鱼已形似龙身，一看就知道是个强悍的家伙！

"它居然又进阶了！"殷天府气急，上次见到这家伙的时候它还没有如此厉害，到底是吃了什么灵丹妙药了，怎么会进阶得如此之快？

北印冰狼见状反而越发来劲，嚎了一声，四肢一用力，便朝破冰而出的寒龙锦鲤咬了过去。这咬并不是真的用牙齿咬，而是自口中放出寒气，用灵力攻击。

"真是个大家伙啊……"想到自己昨天居然跟这个庞然大物一起在水潭里游过，殷玉衡后怕得额角直抽搐。这鱼一张嘴就能把他整个吞下，连血都不会流。

"哼，不过是一条跳龙门失败的烧尾鱼罢了，吾这正牌的龙在此，你怕什么？"傲苍看不惯殷玉衡没出息的模样，再一想到这小子居然还是它的主人，就越发气愤了。

在寒龙锦鲤用鱼尾朝北印冰狼拍去的时候，殷玉衡发现这条寒龙锦鲤的尾巴果然有烧焦的痕迹。跳龙门失败了都没有被天火烧死，能在天火雷劫下逃得生天，说明这条寒龙锦鲤离化龙也就一步之遥。

殷玉衡看着那彪悍的巨大身影，又看了看自己脖子上娇小柔弱的傲苍，顿时觉得人家那才像正牌龙。

“应该是跳龙门失败，修为损失了许多，才在这里守着缠鳞瑶草。”傲苍撇了撇嘴哼道，满心满眼的看不起。

“那缠鳞瑶草有什么效用啊？”殷玉衡问。他今天收罗了几株灵草，但都不知道有什么效用。现在发现这么厉害的一只灵兽都守在缠鳞瑶草旁边，顿时觉得身上的琉璃玉带钩无比烫手。

“哦，也没什么大不了的效用，只是对吾等受伤的水族有治疗效果罢了。”傲苍轻描淡写地说道，“缠鳞瑶草生出几片鳞，效用便增大几倍。那条寒龙锦鲤待在这里，恐怕也是想要治好它烧焦的尾巴。如果再跳龙门，尾巴没治好就再经历一次天火，怕是会被烧残了。”

“原来如此……”殷玉衡忍不住又瞄了一眼脖子上的傲苍，这小祖宗想要找缠鳞瑶草，是不是因为它也受伤了？

“哼，别用那种眼神看吾，吾没受伤，吾这是重塑的身体，有缠鳞瑶草的话吾会成长得快一些。”傲苍哼哼了两声，极为不满地说道，“可惜这株年份差得太远了，吾就算吃了也没什么用。”

“哦……”殷玉衡把视线调回到不远处的战场，那条寒龙锦鲤已经用鱼尾和北印冰狼交手了好几回了。

“这寒龙锦鲤天生就是冰属性，跃龙门时降下的天火与其相克，所以它不占优势。也难为它还能在天火雷劫中活下来，以原形隐匿在这水潭中。估计前几年琅琊谷开放的时候，这北印冰狼发现了它，以为它是个好捏的软柿子。啧，这下踢到铁板了吧？”傲苍幸灾乐祸地说道。毕竟究其根源，寒龙锦鲤与它更亲近一些，怎么也算是有那么一点点同族的关系。

这番说辞殷玉衡也颇为赞同，那寒龙锦鲤一看就是无处下口的铁板，连溅起的水花都带着刺骨的寒意，想也知道这不是北印冰狼弄出来的。

估计那寒龙锦鲤根本就看不上那碧萤灵虫，是硌硬这匹北印冰狼在它头顶上折腾出来的动静吧。

这殷天府和北印冰狼可真是太岁头上动土——不要命了啊！

殷天府自然是要命的，他虽然看起来五大三粗，但实际上心细如发，否则也想不出用诱饵来捕捉寒龙锦鲤的法子。他惯会审时度势，在极短的时间内便判断出这条寒龙锦鲤恐怕是六级巅峰灵兽，绝对不是他们应付得了的，自然不会像北印冰狼那样愣头愣脑地冲上去送死。

所以他在第一时间就想要召回北印冰狼，寒龙锦鲤再厉害，也是一条鱼，还不是龙，只要逃离水潭附近，这畜生就拿他们毫无办法。

但他没想到的是，一向和他很默契的北印冰狼并没有听从他的命令。

其实“命令”这一个词用得已经不是很准确了，虽然伴生契约是对御兽师与灵兽来说比较平等的契约，但因为灵兽的生命漫长，灵兽在契约中其实是占上风的。因此北印冰狼在被激起凶性之后，并没有把殷天府的撤退指令放在心上。

“猎灰！”

殷天府大怒，旋即又想起灵兽虽然被称为灵兽，但归根结底还是一只兽而已。猎灰的自尊心非常强，让它临阵脱逃，简直比要了它的命还难受。

殷天府暗叹一声，觉得自己这是一步错，步步错。他从怀里掏出数张符箓，都是他的私人珍藏，毫不吝啬地撒向了正在空中翻腾的寒龙锦鲤。

符箓被灵力激发，瞬间就在半空中发出瑰丽的光芒，形成一个阵法，像一张巨网一般，牢牢地把寒龙锦鲤网在了其中。正好寒龙锦鲤这一跳施的力也已用尽，一下子被拍回了水潭之中。水潭之上的冰层大部分都被砸碎，水花飞溅，把在场的人都淋了个透心凉。

“爹！”

殷明堂看得目瞪口呆，因为猎灰和寒龙锦鲤刚刚纠缠在一起，这一下，不光把寒龙锦鲤拍回了水潭，连猎灰也一起掉入了水中。这到了水里，回到了人家的主场，这寒龙锦鲤岂不是可以为所欲为了？

“快走！”殷天府面色凝重地低吼道。他却不能走，因为身为契约伙伴，猎灰在拼死力战的时候，他也需要把所有灵力共享给它。

殷明堂摇摆不定地看了看水潭又看了看父亲，虽然不舍得离去，但也明白自己留在这里也只会拖后腿。这次父亲带他一起来琅琊谷，也是抱着帮他找到伴生灵兽的念头，结果没想到寒龙锦鲤居然这么不好对付。

当下殷明堂也没多想，朝着已经吓傻的殷少微跑去，等拽到了殷少微的手腕，他才发现那只碧萤灵虫居然还没死。它的翅膀湿透了，正瑟瑟发抖地趴在殷少微的头发上，幽幽地闪着绿光。

这虫子倒是命大，殷明堂有些意外，但也没太在意，当下便拉着殷少微远离水潭，打算往山林深处躲去。

从殷天府拿出符箓到殷明堂准备离开，其实只在瞬息之间。殷玉衡看得呼吸顿止，连眼睛都舍不得眨一下，但他本来就是躲在殷少微背后的，殷明堂拉着殷少微撤退，必要经过他的藏身之地，他刚想悄悄地躲开，却听到傲苍懒懒地道："不用躲，好好看戏吧！"

殷玉衡闻言一怔，就慢了一拍，眼看着殷明堂两人就要发现他了，正在懊恼之时，却骇然发现水潭中斜斜射出一根水柱，正气势如虹地朝这两人袭来。从殷玉衡所在的角度能看清，那水柱的目标是殷少微，而不是殷明堂。

随着那根水柱的出现，北印冰狼也从水潭中一跃而起，本来华丽的银灰色皮毛变得凌乱不堪，上面还带着斑斑血迹，但那绿色的双眸却燃烧着噬人的怒火。

殷天府的手中又捏着几张符箓，却没有在寒龙锦鲤重新跳上来的那一刻催动。之前他使用的是"天罗地网"，是专门用来捕捉灵兽的符箓阵法。但由于时间仓促，没能发挥最大的效用，这一回他便想一举困住寒龙锦鲤。至于殷少微的安危，并不在他的考虑范围内。

"啧，没想到那鲤鱼对那只破虫子还挺在意的。"傲苍闲闲地调侃道。

不同于傲苍看戏的悠闲，被当成猎物的几人却是徘徊在生死一线。

意识到身后那致命的水柱是朝自己袭来的时候，殷少微已经绝望了。他本就是殷家旁支中的一个很不起眼的孩子，身份普通，资质也普通，和碧萤灵虫签订契约也是无奈之举。就算他知道此行是被人利用，也无可奈何，反而还要庆幸自己有被人利用的价值。

闭上眼睛，殷少微并没有感受到身体被刺穿的剧痛，而是感觉到自己被一个温暖的怀抱抱住了。

"明堂！"殷天府暴怒的嘶吼在不远处响起，随后便是一连串击打声和狼嚎声。

殷少微懵懵懂懂地被身后的重量压倒在地，感觉到身上本来就湿透的衣服好像被什么温热的液体再次浸湿。

到底发生了什么？

殷玉衡瞠目结舌地看着发生在自己面前的这一幕，殷明堂替殷少微挡了那致命的一击，胸膛出现了一个血洞，血腥味扑鼻而来。这一切发生得实在是太快了，殷玉衡连反应的时间都没有，殷明堂恐怕也没有时间思考，只是下意识做出了这样的行为。

“啧，愚蠢的人类！果然是报应不爽，本来想拿别人的儿子当诱饵，却没想到诱饵变成了自己的儿子。”傲苍毫不留情地讽刺着。

“快！救人啊！”殷玉衡手足无措，他还是头一次如此近距离地看到这样血腥的场面，吓得他连站起来的力气都没有了。

“喊，救什么人啊？你还是老实待着吧，若是被那个男人发现这儿还有人旁观，恐怕下一秒死的人就是你。”傲苍冷冷地说道，对这个有些天真的主人产生了一种不耐烦的情绪。

若是换了以前的它，恐怕早就把对方整得生不如死了吧？看来经过那么多年的封印，它被磨砺得脾气很好了啊……

傲苍定了定心神，想起来这个小主人今年不过才十岁，便耐着性子跟他解释道：“弱肉强食，这个生存法则不光在灵兽界存在，在人与人、人与兽之间也是存在的。

“你很弱，别人欺负你又不用怕被报复，那么为什么不欺负你呢？

“你小时候肯定也玩过踩死蚂蚁的游戏吧？你会连眼睛都不眨地踩死一只蚂蚁，那么为什么在杀死一只老鼠时很警惕呢？”

殷玉衡皱了皱眉，他虽然年纪小，但因为没有父母在身边，极为早熟。因为无人教导，兄长又不是善于言辞的人，所以很少有人对他讲这些道理。

殷天府和寒龙锦鲤缠斗了片刻，用一个法器把昏迷不醒的殷明堂拽了过去，继而和北印冰狼迅速离开了这个水潭，对躺在地上的殷少微，连看都没看一眼。

寒龙锦鲤被水潭激涌的巨大水柱托着，悬停在半空中，朝着殷天府退走的方向射出了几支冰箭，然后将硕大的鱼目对准了瘫倒在水潭岸边的殷少微。它伸出两根奇长无比的鱼须，即将卷到殷少微身上时，却忽然间停住，然后怯怯地一点点收回了鱼须。

殷玉衡从草丛中缓缓站起身，并未理会面前那条庞大的寒龙锦鲤，而是慢慢地回答着傲苍的问题："因为蚂蚁只会困扰我，没有威胁我的能力，但老鼠可能会在我杀死它的时候，反咬我一口。"

"说得没错。"傲苍点了点头，表示孺子可教。

它淡淡地瞥了一眼那僵在半空中的寒龙锦鲤，连看它第二眼的兴趣都没有，微眯双目，淡淡道："所以，渺小的人类，不要做一只蚂蚁，先努力做一只老鼠吧，即使遇到强者，起码也有一拼之力。"

殷玉衡把唇紧紧地抿成一条线，不愿承认自己现在实际上如同蝼蚁一般。

傲苍在殷玉衡的脖颈上慢悠悠地转了个圈，嘿嘿一笑道："其实吾以前不杀老鼠，是怕杀老鼠的时候，溅出来的血会脏了吾的手。"

扑通！寒龙锦鲤飞速地缩回到水潭之中，连水花都尽量压到了最小，生怕溅到那位祖宗身上。

殷玉衡无奈地翻了翻白眼，那条寒龙锦鲤还挺欺软怕硬的。

和这位祖宗相处了一阵子，殷玉衡也多少猜出来对方是受了伤，急需灵草来恢复。虽然不知道傲苍所剩的修为有多少，但应付这条寒龙锦鲤恐怕不会太轻松。

看来这虚张声势的计策，也不光他会用啊！

"喊，什么烧尾鲤鱼，吾还想吃红烧鲤鱼呢！"傲苍还在不依不饶地放着话。

殷玉衡蹲下身，打算看看殷少微身上有没有受伤，毕竟他现在整个人都躺在血泊中，看起来颇为吓人。

在对方身上摸索了半晌，确认这些血都不是他的之后，殷玉衡有些唏嘘。那殷明堂看起来有些呆，但人确实不错，胸膛上被击了个洞，流了这么多血，又在这荒凉的琅琊谷，恐怕性命堪忧啊！

既然这小子没有什么伤，殷玉衡也不想当滥好人，刚想起身，就被一只冰凉的手拽住了手腕。

"我……我也不想当蚂蚁……"颤颤巍巍的声音响起，却带着令人不可忽视的坚毅和决心。

殷玉衡一开始并没觉得不对，想到什么后，忽然间变了脸色，抓住殷少微的手腕问道："你能听懂它说的话？"

他的另一只手，指着的是他脖颈上的傲苍。

一只绿油油的虫子忽闪忽闪地飞到殷玉衡面前，傲苍颇为意外地说道：“咦，这居然不是普通的碧萤灵虫，怪不得那条鲤鱼怎么都不肯放过他。”

# 第十二章

# 原形毕露

殷少微惊吓过度，腿还有些软，身体没什么力气，他借着殷玉衡的力气坐了起来，勉强解释道：“小碧应该不是普通的灵虫，因为我和它交流的时候，毫无障碍。”

殷玉衡心中一震，他自然知道这毫无障碍指的是什么。

灵兽的等级，不光是根据它们的灵力来划分，还会根据灵智来划分。等级越低的灵兽，就越和普通的野兽没有什么区别。就像刚刚那四五级的北印冰狼，和殷天府的配合就不是很完美。而灵兽达到了七级后，便可以化为人身，与人类无异，可用人类语言交流了。

但这碧萤灵虫顶多就是一级低阶灵兽，怎么可能拥有高阶灵兽才有的灵智，并且还充当起了兽语翻译呢？

“嘿，这只碧萤灵虫是虫皇。”傲苍来了精神，看它那个样子，好像恨不得下一刻就把这只虫子吞下肚去，不过很快它就打消了这个念头，哼哼两声道，“哼，区区一只虫皇而已，还是幼生期。”

“这其实是吃不到葡萄说葡萄酸吧？”殷玉衡撇着嘴嘀咕着，识相地转移话题，“虫皇到底有多厉害？”

殷少微也睁大了圆圆的杏眼，他比殷玉衡大两岁，体形却和殷玉衡相去甚远。皮肤有些发黄，头发也有些干枯，身材瘦削，一看就是长期营养不良。此时被血水和冰水浸得透心凉，他的身体在瑟瑟地发抖。

殷玉衡本来好不容易硬起来的心肠又软了下去，这堂兄肯定没有空间法器，连包袱都没有一个，若是把他就这样扔在琅琊谷里，先不说那招惹灵兽的碧萤虫皇，光他身上这股血腥味就能招来一堆灵兽觊觎，恐怕在他转身走的那一瞬间，就会变成一堆白骨。

殷玉衡从琉璃玉带钩中翻出一套干净的衣物，在殷少微惊讶的目光中递了过去。

殷少微也只是呆愣了片刻，便迅速地接过来。脱下衣服的时候，上面大片的血迹让他神色黯然，连手上的动作都慢了下来。

“啧，放心啦！他爹身上肯定带着救命的丹药，那小子死不了的。”傲苍不屑地说道。它最烦那种背后捅人一刀的家伙了，刚才真应该让寒龙锦鲤把那家伙干掉。

碧萤虫皇在空中飞舞着，把傲苍说的话转达给了殷少微。殷少微的表情立刻生动了起来，他迅速地擦干身体换好衣服。

“喏，我们今天就在这里睡吧，看样子应该不会有人再来了。”傲苍打了个哈欠，懒懒地吩咐道。

这就要睡了吗？还没讲碧萤虫皇到底是什么了不起的家伙呢！

而且就在这里睡真的好吗？！旁边水潭里还蹲着一条虎视眈眈的寒龙锦鲤呢，这样真的安全吗？是不是把缠鳞瑶草先拔下来比较好呢？！

殷玉衡内心不停地问着，和殷少微对视了一眼，发现对方眼中有同样的狂躁，顿时有了遇到知己的感觉。

殷天枢身形灵巧地在树杈间跳动着，若不是间或有树叶飘落，枝丫晃动，恐怕都不会有人发现他的身影。

只是背后伤口不断滴落的血，暴露了他的行迹。

殷天枢跳上一棵高大的榆树，体力不支地一晃，差一点就从树枝上摔了下去。幸亏他用手及时扶了一下，转了个圈钩到了下面的枝丫，才没有很狼狈地摔到地上。

他大口喘着气靠在了身后的树干上，背后的伤口和粗糙的树干一摩擦，痛得他眉头一皱，本来就狼狈的俊颜上更是冷汗直流。

他进入琅琊谷已经六天了，一开始还比较顺利，他并不想参与殷家的混战，也不想在琅琊谷跟灵兽结下契约，所以他依靠着异于常人的敏锐感知，避开了许多危险。再加上弟弟给他准备的干粮和饮用水，让他几乎以为自己是出来郊游的。

这一切在入谷的第三天便被打破，殷天枢没想到会被殷天玑撞到，而且殷天玑居然还带人追杀他。

原来一直看他不顺眼的，是他吗?

殷天枢迅速从青白玉龙纹佩中拿出一颗丹药放入口中，恢复了一下体力，又取出绷带处理了一下背后裂开的伤口。他此时无比庆幸带上了弟弟塞过来的这个空间法器，否则他不可能在这样恶劣的环境下撑三天。

但他伤得很重，再加上这三天三夜都没怎么合过眼，体力也到了极限。

还有四天时间，殷天枢思考了一下，打算往琅琊谷的谷口处撤退。这一路上也许会碰到殷家其他族人，当着其他人的面，殷天玑应该就不会那么明目张胆了吧?

正拨开树叶打算辨别方向，殷天枢却听到树下传来几声刻意发出的笑声，顿时身体肌肉紧绷。

“殷天枢，不逃了吗?还是已经认命，知道自己逃不掉了?”殷天玑再也没有隐藏自己的本性，肆无忌惮地嘲讽着。他这次带来的人都是他的亲信，为了瞒住他的双胞胎哥哥，他故意没有和哥哥一起进琅琊谷的随机传送阵，因为他要趁这个机会，把这个无比碍眼的大哥不声不响地除去。

自然，他会做得一切都像是一个意外。

殷天枢蹲在枝丫上眯了眯双眼，一路上，为了隐藏痕迹，他一直都在树上腾跃，就算血会留下味道，殷天玑也不可能这么快就追来，而且确定他就躲在树上。

难道说这个殷天玑在他身上做了什么手脚?

殷天枢闻了闻自己身上的衣服，三天来他没空睡觉，自然也没机会换衣服。他借着居高临下的位置，看了看周围的情况，发现殷天玑带来的六个人已经形成包围圈，把他牢牢地困在了这里。

“殷天枢，你放心，你走了之后，我会好好对待你弟弟的。”殷天玑畅快地笑了笑，说得倒是光明磊落。对于殷玉衡，他倒没有什么厌恶感。纵使之前无比嫉妒殷玉衡的资质，但现在对方和一条小小的银鳞蛇签订了献祭契约，那样渺小的存在，又怎么会威胁到他？

想到这里，殷天玑朝手下六人摆了摆手，淡淡地道："快点处理好，我们还有其他任务要去完成。"在殷天枢的身上已经浪费了三天时间，殷天玑的耐性也到了尽头。

六道身影先后朝榆树上冲去，殷天玑却没有听到任何打斗的声音，他敏锐地看到一个像是小动物的黑影朝外窜去。

"少爷，目标已经逃走，树上只有一套衣服。"他的手下从榆树上飞落而下。

殷天玑盯着他手上拿着的那套被他撒了追踪粉的衣服，不光是脏兮兮的快要变成碎布的外套，连内衣里衬都在。

殷天枢在树上迅速换了衣服然后逃走了？不对啊，刚刚没有任何人逃走的动静……

殷天玑忽然想到那个像是小动物的黑影，神情一僵，某些疑点和父亲偶尔说漏嘴的话语，完美地对接在了一起……

殷玉衡和殷少微两人结伴而行，算起辈分来，他们俩还是比较亲近的堂兄弟，再加上都是从小受人漠视的存在，很有共同语言，感情也就飞速升温。他们在过去的成长过程中都没有年纪相近的伙伴，所以很快变成了无话不谈的好兄弟。

当然，殷玉衡知道什么该说什么不该说，他没有说傲苍的身份，尽管他觉得那碧萤虫皇八成已经把傲苍的不寻常之处告诉了殷少微。因为殷少微在之后的几天中，完全没有因为碰不到半只灵兽或者经常挖出珍稀的灵草而有半分疑惑。

殷少微是自小看着别人脸色长大的，个性已经磨炼得十分圆滑。知道自己带着碧萤虫皇这种惹祸精在琅琊谷能平安无事都是托了殷玉衡的福，所以一路上砍柴生火、洗衣服做饭等杂事他都抢着做，搞得被伺候的殷玉衡十分不适应，虽然他知道人家是看在傲苍的面子上。

至于那株缠鳞瑶草，殷玉衡最终还是留给了那条寒龙锦鲤，希望它能等到缠鳞瑶草成熟，治好它的烧尾。傲苍在这几天中还真找到了两株年份到了的灵草，不过它却没直接服用，因为但凡优质的灵草，吃下去之后需要一个吸收天地灵气精华的过程。它先让殷玉衡把灵草放进空间法器里，打算出了琅琊谷再找合适的时机。

殷玉衡掰着手指头算着日子，据殷少微说，等他们进入琅琊谷十日后，谷口便会重新开启，若是错过了这次开启的时间，他们就要在琅琊谷里待上五年，等下一次谷口开启才能出去。现在还差三天，他们必须要往谷口的方向靠近了。

"咦？玉衡！你看这里好像躺着一个小东西。啊，它受伤了！"走在旁边的殷少微忽然惊呼了一声，向前快走了几步。

殷玉衡的心跳突然无端加快了几分，他抬起头，朝殷少微的方向看去，发现在草丛中躺着一只棕褐色的毛茸茸的小动物。

傲苍懒洋洋地睁开了双眼，饶有兴味地吐了吐舌头。

殷玉衡抢上前几步，发现躺在草丛中的是一只棕褐色的小狐狸。

它的身形只有家猫那般大小，华丽柔顺的皮毛有些脏污，那些粘连起来的毛下，细看才发现都是干了的血渍。

殷少微其实也只是发现这只狐狸时随口说了一句，见这只小狐狸不知生死，便没再有什么举动，毕竟这里是琅琊谷，灵兽生生死死是很正常的一件事。就在他想说什么的时候，却见殷玉衡已经弯下腰去，丝毫不嫌弃小狐狸会弄脏他的衣服，把它小心翼翼地抱在了怀中。

殷玉衡也不知道是怎么回事，觉得这只突然出现的小狐狸牵动了他所有的心神，看到小狐狸毫无声息，他甚至紧张得手指头都在颤抖。幸好这个小家伙的身体还是温暖的，呼吸虽然微弱但还是有的，他这才放下心来。

从空间法器里哗啦啦掏出好多灵草，殷玉衡着急地问傲苍："哪株灵草对它管用？"

傲苍那双银色的眼瞳瞪得溜圆，简直不敢相信这臭小子对这只刚见面的小狐狸这么好。难道真的是兄弟连心吗？傲苍咂巴了几下嘴，用头随便点了点其中一株苍晶兰，然后尾巴一甩，立刻把其他灵草全部收到了琉璃玉带钩中。

这里面还有两株是它想要用的呢！傲苍小气地想。

因为灵兽可以直接吸收灵草中的天地精华，殷玉衡便直接摘下苍晶兰的一片花瓣，打算捏碎了喂进小狐狸的嘴里，却突然发现昏迷中的小狐狸口中居然还叼着什么东西。

“这是……”殷玉衡震惊地拿起那块青白玉龙纹佩，这分明是他给大哥带上的空间法器，而且里面的东西除了少了许多吃食外，和他记忆中的毫无差别！

大哥难道遇到了危险？否则怎么会连他给的空间法器都丢掉了？

殷玉衡愣了半晌，强迫自己镇定心神，把手中的那瓣苍晶兰喂给小狐狸。

殷少微倒不是没见过世面的，知道殷玉衡手上的这朵苍晶兰虽然只是六分透明，还未到像水晶一样清澈瑰丽的程度，但对灵兽来说也是疗伤的圣品。而殷玉衡就这样毫不犹豫地随手喂给一只半路捡来的小狐狸，这让他对殷玉衡好感倍增。

这样的人，对朋友一定更加真心吧？

殷少微看了一眼那只凄惨的小狐狸，这一眼便发现了异常，他轻呼一声道：“咦？这小狐狸居然有两条尾巴！”

殷玉衡一怔，这才发现确实如此，这小狐狸的两条尾巴虽然有些脏，但都蓬蓬松松的，可以想象健康的时候，是多么的可爱。

“喊，大惊小怪的人类，不就是一只九尾灵狐幼崽嘛！才生出两条尾巴，离九尾还早呢！而且皮毛还是棕褐色的，到了九尾时，可是会变成非常漂亮的火红色……”傲苍说着说着觉得很不是滋味，它干吗要夸别人？况且它这也是听说的，它还真没见过一只能长出九尾的九尾灵狐。

殷玉衡一听傲苍这么说，就愣住了。

灵兽不光有等级高低之分，还有血统贵贱之分。就像傲苍和寒龙锦鲤，虽然同属龙族血统，但明显傲苍的血统要远远高于寒龙锦鲤的。而越纯粹的血统，孕育出来的灵兽就越强大。在狐族之中，九尾灵狐就属于最顶尖的存在，要比青狐、灵幽狐等等狐族都高贵许多，而且传说已经很多年没有出现过了。

像寒龙锦鲤这种想要跃龙门的普通灵兽，就必须用天火雷劫来淬炼，炼化自己肉躯血脉之中的杂质，只有硬生生地扛下来，才能真正化鱼为龙。血脉高贵的灵兽在这一点上就极有好处，在七级门槛的时候，不用经历天火雷劫。

殷少微听了碧萤虫皇的翻译，也不禁遗憾地道：“可惜我是不能放弃小碧的，玉衡你也……”他说到这里就不好再往下说，所有殷家人都知道殷玉衡和一条银鳞蛇签订了献祭契约，尽管他已经知道了那祖宗并不是银鳞蛇，但也改变不了献祭契约的事实，殷玉衡是不可能再与其他灵兽签订契约的了。

殷玉衡知道他的意思，一只九尾灵狐的幼崽重伤，自然是签订契约的好机会，但可惜他和殷少微都没有条件。此时殷玉衡反而庆幸这里没有其他人，若那个殷明堂在这里，八成已经二话不说地开始签订契约了吧？

“一定要在两天内把它治好，我不打算带它出琅琊谷。”殷玉衡说给自己听，但更多的是在说给殷少微听。

殷少微点了点头，虽然觉得有些可惜，但他也没实力提什么意见。

“听到了没有？要快点好起来哦！”殷玉衡捏了捏小狐狸细软的耳朵，一边细心叮咛着，一边把手里剩下的苍晶兰继续喂给了它。当他看到手里的青白玉龙纹佩时，也不由得叹气道：“你快点醒过来吧，我好问问你有没有见到我大哥……”

傲苍翻了个白眼，心想，一会儿这个询问的差事不用说，肯定又要落在自己身上。

不过，它倒要看看殷天枢能怎么编。

一朵苍晶兰喂完了之后，殷玉衡发现小狐狸还没醒，便想要继续喂灵草，却被傲苍阻止了。这小狐狸修为不够，灵草一下子吃太多，反而会因吸收不了爆体而亡。殷玉衡便只能按照傲苍的指示，找了一处安全的地方安定了下来，静待小狐狸自行醒转。

这一等就到了晚上。殷天枢还没睁开双眼，就已经闻到了弟弟身上特有的味道，这让他非常安心。

殷玉衡看着小狐狸在自己怀里蹭了蹭，已经被他擦干净的皮毛柔软顺滑，令人爱不释手。当对上小狐狸那双橙黄色的双瞳，确认它已经完全清醒后，殷玉衡就迫不及待地朝傲苍道：“能帮我问问它是怎么得到这块玉佩的吗？”

傲苍已经期待这个时刻很久了，着急看戏的它毫不犹豫地向小狐狸询问。

小狐狸瞅了眼笑得阴险的傲苍，又看了眼一脸焦急的殷玉衡，便抖了抖身上的毛，从殷玉衡的怀里跳了下来。

殷玉衡看着小狐狸优雅地拱了拱身子，在地上伸了个懒腰，然后……然后看着它的身上泛起红色的光芒，竟比一旁的火堆还要明亮。在这团红光中，小狐狸的身形慢慢地变大。

这是……这是要化为人形了?

殷少微愕然道:“这不可能啊!这小狐狸撑死只有三级,还没到七级的化形门槛啊!”

殷玉衡此时已经说不出话来了,因为红光散去,那个正朝着他微笑的人,正是他亲爱的大哥!

# 第十三章

# 半灵兽

殷天枢并不介意自己的秘密暴露在小弟面前，因为他笃定，不管他是什么身份，殷玉衡都不会嫌弃他的。

况且他这一逃，殷天玑虽然没有看清楚自己的原形，但他大伯可是完完全全知晓内幕的，之前因为有太爷爷殷岁星在，所以他们不好撕破脸皮，现在可是毫无顾忌了。

说不定在出琅琊谷之后，殷天玑那小子就会把他是半灵兽的事情公开，到时候小弟还是一样会知道的。

相比起让小弟从其他人口中听到自己的事情，殷天枢更希望能亲自和他解释。

虽然身上不着寸缕，但殷天枢依旧大大方方地站在那里，伸手朝呆愣的殷玉衡勾了勾食指道："衣服。"

那种随意中带着趾高气昂的语气，让殷玉衡下意识地服从了他的指令，立刻从青白玉龙纹佩中拿出一套衣服递了过去。若不是傲苍在殷玉衡脖子上狠狠地勒了一下，他甚至还想上前帮大哥穿衣服。

"大哥……"殷玉衡回过了神，特意绕着他走了一圈，又忍不住观察他的举止和表情，还是有些不确定这个人是不是小狐狸幻化出来的。毕竟狐族是以幻术出名的，而殷玉衡也完全没有想过朝夕相处的大哥实际上是半灵兽。

殷天枢此时已经穿好了衣服，正在整理衣襟，一看到殷玉衡的表情，就知道他在想什么，抬手给了他一个爆栗子，没好气地说道："连你大哥都不认识了？我养你这么多年都白养了。"

殷玉衡摸着脑门中央被弹的地方，咧着嘴笑了。因为这力道，和他大哥经常用的是一致的。殷玉衡立刻扑了过去，开始重新扒拉开殷天枢的衣服，检查他身上的伤口是否愈合了。

殷天枢也纵容着小弟对自己上下其手，不过在看到他脖颈上的小银蛇后，眼神便自然而然地冷了下来。

因为他想到，若不是这个家伙横插了一脚，现在他应该已经很顺利地跟自家小弟签订契约了。

只不过须臾，殷天枢便很好地掩饰了自己的情绪。他揉了揉殷玉衡的头，难得柔和地笑道："苍晶兰很好，我的伤都好了。"其实他也是下意识地在琅琊谷寻找小弟的气息，重伤之下他完全只能遵循本能，幸好老天虽然没有让他完成夙愿，但也没有让他堕入绝境。

因为殷天枢柔和的表情，殷玉衡有那么一瞬间怀疑了一下这人是不是他大哥，但随即便想起来一个很重要的问题："大哥，究竟是谁把你打伤的？"

殷天枢挑了挑眉，并没有回答这个问题，而是有意无意地看了眼呆愣在一旁的殷少微。见殷少微因为自己冰冷的眼神抖了一下，回过神，并且知趣地走远了去拾柴，殷天枢这才满意地眯了眯眼睛，岔开话题道："哦？你难道不先问问我为什么会化身为灵兽吗？"

殷玉衡撇了撇嘴道："那不重要嘛！"

殷天枢心中那道一直以来存在的壁垒，就这么简单地因为小弟的一句话而化为飞灰。

尽管他坚信小弟对他的态度不会因为他的身份而有所改变，但真正到了这一刻，他才知道原来他一直都是心存忐忑的。

殷天枢表情又温柔了几分，拉着殷玉衡席地而坐，不自觉地瞥了眼他脖子上的那位不速之客，虽然手痒地想要把它直接扔飞，但也知道自己不能随意招惹这个小祖宗。按捺下心中的不爽，殷天枢直截了当地说道："我娘亲是一只七级灵兽，和我们的父亲是契约伙伴。"

殷玉衡吃惊地张大了嘴，但随即又觉得可以理解。看大哥的兽型，他娘亲一定是一只九尾灵狐，而且还跨过了七级化形的门槛。狐族的女人必定美得少有人能抵抗得住，更何况父亲当时年少，与其日夜相伴。易地而处，殷玉衡也不能确定自己能不能禁得住这种考验。

“哎哟喂，居然真的是人兽恋，一只九尾灵狐能看得上一个毛头小子，和他签订契约？那肯定是资质颇佳的。”傲苍也震惊了，抛开了惯用的单音的口头禅难得地说了三个字的。它自是一打眼就看出来殷天枢的半灵兽血脉，但也没往心里去。毕竟在它还没被镇压的年代，半灵兽是普遍存在的。但问题是，他父母的等级相差得未免也太多了吧？

殷天枢压根就没理会傲苍的冷嘲热讽，继续淡淡地道：“他们两人相恋，在有心遮掩之下，倒是也没有人发现什么不正常。但我出生之后，这个秘密就完全藏不住了。

“虽然殷家是御兽师世家，但出了这种事，也相当于是丑闻了。所以我母亲被赶出了琅琊岛，对外则说她是我们父亲的侍妾，生我的时候难产而死。”

殷玉衡听着这些秘辛，心中很是难受，尤其大哥还特意强调他的母亲，他们的父亲。但他一向口拙，根本不知道怎么说好。

“我娘在生我的时候，发现我的资质不似其他半灵兽那样平庸，怕她不在的时候不能护我周全，便封了我的灵兽血脉，直到我长大才可以变回原身。”

“哦，怪不得你到现在都没与人签订契约。”傲苍对懵懂的殷玉衡解释道，“半灵兽既可以作为灵兽与御兽师签订契约，也可以作为御兽师与其他灵兽签订契约。但这也要建立在两种资质都不错的情况下。你大哥很幸运啊，两种资质都很不错。”虽然有些看不惯殷天枢，但傲苍仍实事求是。

殷玉衡这时才注意到，大哥额头上的赤色兽纹繁复而精致，就像是一顶尊贵的王冠一般，让人惊叹。他迟疑地开口唤道：“大哥……你的兽纹……”

殷天枢冷冷一笑道：“半灵兽的资质一向很差，为了不引人瞩目，我娘亲封了我的灵兽血脉，身为半灵兽的我资质平庸并不奇怪，很快就没人在意我了。那帮老东西却不甘心我们父亲这么好的血脉断绝，便骗他说我娘亲被风枭所杀，哄他在几年后娶了你娘亲。”

殷玉衡闻言一怔，旋即垂下了眼帘，掩住了眼中的黯然。

是了，大哥才是父亲挚爱的那一个，而他只不过是父亲被哄骗后的产物。

小时候的记忆已经很模糊了，但殷玉衡却完全没有被父亲疼爱的感觉，连母亲抱他的次数都很少。原来是这样的，他不是被期待着出生的。

殷天枢看着小弟的表情，心里也并不好受，但依旧硬着心肠说道："殷家的祖祖辈辈，都期待着有个资质颇佳的后辈，可以作为祭品来解除琅琊山的威胁。"他言罢，目光特意在傲苍身上转了一圈。

傲苍听得牙直痒痒，到底谁是祭品啊？被迫签订主仆契约的是它！

偏偏这种话还不能说出来，牙都要咬碎了，表面上也要装出得意扬扬的神情。傲苍要郁闷死了。

"至于你娘亲为何会被囚禁在万善堂，我也不太清楚。"殷天枢摸了摸小弟冰凉的额头，轻哼一声道，"被期待着出生的，或者不被期待着出生的又有什么分别？我的存在让我爹娘分离，从小父亲也不待见我，幸亏后来有了你。"

"有人故意挑拨，他一知道我母亲没死，便轻易地离岛而去，一点都没有考虑到年纪还小的我和还在襁褓之中的你究竟该如何生活。"殷天枢越想心就越发冷硬，"殷家很多人都不知道我的身份，单看我是长子就觉得不顺眼的人很多，小时候我毫无防备，吃了许多压制我资质的有毒饮食。甚至有人觉得这样可以阻断我在御兽上面的发展，只能成为别人的契约灵兽。"

殷玉衡此时才知道，为何大哥从不吃外人送的东西，为何现在额头上的兽纹和平时完全不一样。殷玉衡悄悄地拍了拍殷天枢的肩膀表示安慰，在心中暗下决心，以后一定要好好保护大哥！

见殷玉衡表情如常，殷天枢这才松了口气，他把以前的事情和盘托出，并不是要弟弟难过，只是想把事情都跟他说明白，因为他也是有权利知道这一切的。

两兄弟把话一说开，倒是觉得他们现在只有彼此可以依靠，感情更深厚了一些。殷玉衡这些天一直没放松过，此时在大哥身边，很快就累得合上了眼睛。捡了柴火回来的殷少微看到在火堆旁依偎的两兄弟，目光中透出毫不掩饰的羡慕。

殷天枢并未太过在意，只是淡淡地抬了抬下巴，示意他把柴火放在旁边："你也睡，我来守夜。"

还是一贯地充满着殷天枢架势的命令口吻，但殷少微却察觉出其中的维护之意，连忙表忠心道："大哥，我不会随便对外说的。"他所指的，自然是殷天枢是半灵兽的事情。

殷天枢却不甚在意地道："你知道就好。"

殷少微暗中咀嚼着这五个字的含义，心里七上八下地和衣入眠。

殷天枢看着跳动的火焰，心知他苦心隐藏的身世，在他出琅琊谷的那一刻，便会毁于一旦。

他知道这一天迟早会到来……

翌日清晨醒来，三人便往琅琊谷谷口的方向行进。因为他们都不想惹麻烦，所以都遵照傲苍的提示，提前避过了与其他人相遇的可能。

至于其他殷家人在怎样血拼，他们不想管，也没有权利管。

殷玉衡觉得与殷天枢重逢后，大哥一直都盯着他，好像有什么话想要对他说，却不知道如何开口一样。

但这些都是不重要的事情，本来殷玉衡还想偷偷问问傲苍可否帮大哥在琅琊谷中找个契约灵兽，但被傲苍瞪了好几眼。吃它找来的灵草就已经够碍眼的了，而且这里已经靠近谷口了，强悍一点的灵兽又怎么可能选择这里作为栖居地？

殷玉衡没胆量跟傲苍讲条件，只好灰溜溜地认命。

待出谷的那一天，琅琊谷谷口亮起了冲天的蓝光时，三人一直等到中午后，才往谷口而去。也是因为他们三人在殷家其他人眼中毫无价值，才令他们最终有惊无险地从琅琊谷出来了。

殷少微环视了一周，没有看到殷天府和殷明堂的身影，脸色不禁变得很难看。

"别着急，去问问看守的长老，说不定早上他们就出来了。"殷玉衡知道他在想什么，连忙提醒他。殷明堂的伤势，不可能几天之内就好，除非像他一样幸运地挖到灵草。但那个概率委实有点低，否则琅琊谷的那些灵草年份就不会那么足了。

待殷少微重新回来的时候，脸色就已经平和多了。殷玉衡也没多留他，交换了彼此的信息，表示以后有机会再联系后，便与他分开了。

殷天枢感觉到周围投向他的目光中，夹杂着许多复杂的情绪。在出谷的时候，他的额发向后梳着，完全袒露了额头的兽纹。

这回他再也没有任何掩饰，繁复而且华丽的兽纹明晃晃地出现在众人面前，更给他增添了一抹慑人的气势。

他并未有任何慌乱，迎着所有人或震惊或嫉妒或难以置信的目光，好整以暇地带着殷玉衡离开了琅琊谷。

还不知道有多少人能从琅琊谷中走出来呢，殷家必然会有巨大的动荡，这把火暂时还烧不到他们身上。

# 第十四章

# 同时契约

从琅琊谷出来之后，殷玉衡和大哥又过了一段悠闲的日子。

虽然和傲苍完全没有契合度，但御兽师一样可以通过其他方法提升修为。殷玉衡便在大哥的指导下学习如何精进御兽诀。

初期的御兽诀其实和其他门派炼气的入门法诀没有什么不同，都是调动人体中的灵气。之后便是学习如何和低阶灵兽交流，如何控制与其的灵力沟通。这些殷玉衡都完全用不上，傲苍和他完全没有交流障碍，但灵力沟通也完全没有，因为他们的契合度为零。

殷天枢虽然知道这一情况，但也只能把这些知识按部就班地教给殷玉衡。他还抱着一丝希望，也许以后和这位小祖宗的关系处好了，对方会主动解除和小弟的献祭契约。

只是他没想到傲苍和殷玉衡之间签订的其实是主仆契约，傲苍根本没法单方面解除契约。

御兽师签订契约之后应该根据契约伙伴的体质，挑选属性功法，至于这一点，殷玉衡就更没办法了。因为他根本不知道傲苍是哪个属性的灵兽，所以只好继续修炼御兽诀。

傲苍自琅琊谷出来后，便吞了一株罡玉莲子，在殷玉衡脖间陷入了调息状态，倒让殷玉衡觉得好像又回到了以前和大哥相依为命的日子。

只是每日都有人来到亢宿苑找大哥，虽然大多数都被大哥的毒舌讽刺走了，但依旧有百折不挠的主存在。殷少微有时候也会过来蹭顿饭，或者带点好吃的过来。他很聪明，知道什么应该说什么不应该说，所以倒是让殷天枢容许他在亢宿苑偶尔出没。

这一日晚上，殷玉衡送走殷少微，刚要关上苑门，便看到大哥从外面回来，不禁好奇地驻足。因为大哥和他一样非常宅，就算有人邀约，大哥也会丝毫不给面子地驳斥回去。

殷玉衡在苑门口灯笼的映照下，看到殷天枢的脸色凝重，也没莽撞地直接就在这里问，而是在大哥进了院落后，紧闭了苑门，紧紧地跟着他回到屋里。

殷天枢坐在桌边，见圆桌上摆着一些吃食，还有两副已经用过的碗筷，便知道刚刚殷少微来过。他很准确地坐在了殷玉衡之前的座位上，毫不嫌弃地拿起殷玉衡的茶杯喝了一口凉茶润喉。

“大哥，是不是出什么事了？”殷玉衡按捺不住地问道。

殷天枢深深地看着弟弟，唇边露出一抹无奈的笑容，淡淡道：“白藏陆家出事了，你要不要替你娘亲回去看看？”

殷玉衡闻言一怔，白藏陆家，这四个字听起来有些耳熟，他仔细想了一下，才回忆起这是他母亲的娘家。他也坐了下来，追问道：“出事？出什么事了？”他对白藏陆家完全没有印象，但好歹也是他姥姥家，若是有什么意外，娘亲肯定接受不了。

“据说被人灭了满门。”殷天枢把玩着已经空了的茶杯，看着小弟震惊的神色，缓缓建议道，“传言作不了准，若是贸然告诉你娘亲，恐怕会惹她横生心结，再说那帮老家伙也不会放她出来。我今日去长老会恳求，也没得到半分情面。”

殷玉衡这才知道殷天枢今日为何这么晚才回来，他大哥现在是众多势力哄抢的香饽饽，但他不想为了救娘亲出来，而让大哥受委屈。两个人都是他挚爱的亲人，没有亲近疏远之分，谁都不能舍弃，没道理为了其中一个人而委屈另外一个。

殷玉衡想了想，觉得自己待在琅琊岛，恐怕也只会拖大哥的后腿，便点了点头道：“好，我去一趟白藏陆家。”说罢，抬手给大哥空了的茶杯里倒满茶水。

殷天枢心中松了口气，白藏陆家的事情可不是他瞎编出来的，但消息传到琅琊岛，恐怕事情过去已经有段时间了，不会有太大的危险，这绝对是支开殷玉衡，使其离开琅琊岛的一个好借口。殷天枢一点都不担心才十岁的孩子一个人单独上路会有危险。

会有危险吗？还有谁能危险过在小弟脖子上睡觉的那个小祖宗？

殷天枢自从听说了小弟在琅琊谷的经历，再加上最后两日的亲身体会，便彻底明白了这个贴身保镖到底有多好用。琅琊谷那么凶险的地方都如此，那么出去溜达一圈肯定没有什么问题。

不过想归想，殷天枢还是有些不放心，那傲苍看着就有些缺心眼，否则也不会被殷家的祖宗封在大阵中那么多年。那个殷少微看起来倒是机灵，但殷天枢想到对方那羸弱的小身板和弱小的碧萤虫皇，觉得还是别给小弟多带个包袱了。

低头看到茶杯中倒映着的自己的脸，繁复的赤色兽纹映在不断波动的水面上，殷天枢眯了眯双目。

殷玉衡还坐在那里等着殷天枢接下去的交代，却被殷天枢一把拉住了手腕，把他往内间带去。

他们兄弟俩在亢宿苑都有专门的静修室，殷玉衡跟着大哥走进属于他的那一间。静修室并不大，什么东西都没有，只有地上放着两个旧蒲团，殷玉衡挑了一个，和殷天枢两人相对盘膝而坐。

殷玉衡面露疑问地看着殷天枢，却见殷天枢身上泛起一片红光，身形倏然变小，衣物簌簌而落。再一眨眼，红光便已然消散，一只棕褐色的小狐狸翘着两条大尾巴，坐在一堆衣服中间，呆萌地歪着头看着他。殷玉衡的手立刻就痒了，好想捧在怀里揉捏啊！但不行！那是大哥！

殷玉衡伸到半空中的手僵在了原地，而那只小狐狸却迎上前，一口咬住了他的食指指尖。

食指指尖的穴位名商阳，是修炼的重穴，殷玉衡只觉得一痛，便感觉到识海内亮起了一个复杂的图形阵法，倒是和之前傲苍在他识海内用过的差不多，只是颜色有区别。

这是在做什么？殷玉衡来不及多想，神识便完全沉入了识海。

殷天枢在做什么？他其实是想在小弟离开之前，和他签订契约。

是的，几乎所有御兽师都以为每个御兽师只能拥有一只契约灵兽，即使想要更换，也必须是在契约解除或者契约灵兽死亡的情况下。

这是御兽师一脉口口相传下来的铁律。

但殷天枢的娘亲在封印其灵兽血脉之时，在他的识海内打下了一记灵兽传承，这是有别于御兽师一脉的记载。

御兽师为何被称为御兽师，关键就在那个“御”字身上，在天下大陆还未分成四季之地之时，灵气充足，修炼者成大道要比现今容易万倍。御兽师在与灵兽签订契约之时，自是多数签订主仆契约，只有对待高阶灵兽时，为了更好地与其合作，才会签订伴生契约。

更重要的是，事实上，御兽师可以签订不止一只契约灵兽。

当然，这也是和兽纹是否繁复有关，资质太低的御兽师，签订一只灵兽都困难，遑论再签订一只了。

殷天枢在得知小弟被傲苍抢先签订了契约之后，并没有动过这个念头。毕竟他也是有尊严的人，在正常情况下，即使是小弟，也不会让他破例低头。

但现在情况不一样了。

他的身世暴露得比他想象的早，让小弟离开琅琊岛是必需的，否则殷天玑撕破脸抓住了小弟这个弱点，他肯定会难以抉择。

不想让自己后悔，就不要让最危险的局面发生。

殷天枢知道殷天玑在想什么，若是殷天玑回去询问殷文昌，恐怕就会知道自己是九尾灵狐。正巧，殷天玑缺少伴生灵兽。

说不定，最终他会被逼着和殷天玑签订契约。这可不是他希望看到的。

但这整个琅琊岛，也没有第二个人能入得他眼。所以殷天枢咬牙决定和小弟结成契约。

并且是主仆契约。

殷天枢以为傲苍与殷玉衡签订的是献祭契约，他虽然可以和其签订伴生契约，但傲苍的元神何其傲然，估计不会甘心与外人分享自己的祭品。伴生契约虽然看似平等，但在某些时刻双方可以灵力共享，这种情况自然不会是傲苍希望看到的。

所以殷天枢只能选择主仆契约，至于传说中的那种同生同死的真正平等的血契，他更是不敢随意签订。

呸！若是小弟没被那傲苍染指，他又何必如此忍气吞声，还不是想怎么样就怎么样？

殷天枢越想越生气，但情势所逼，正巧也赶上了傲苍因为需要消化罡玉莲子里的天地精华陷入休眠状态，所以再三挣扎之下，他才出此下策。

深吸一口气，排除了心中的万般杂念，殷天枢化成的小狐狸闭上了那双橙黄色的眼瞳，在识海中控制着契约图阵的形成。

“叮……”契约图阵在即将完成的时候，却发出一声响，拒绝收缩成形。

咦？居然排斥主仆契约？

殷天枢感到迷惑，因为主仆契约是对御兽师最有利的一种契约，灵兽主动发出契约邀请，御兽师若不是坚决抗拒，是绝对不会缔结不成的。殷天枢确信小弟是不会提防他的，那又是什么原因呢？

这其实就是因为傲苍已经先于他和殷玉衡签订了主仆契约。青龙是多么骄傲霸气的一个种族，一旦和某人签订了契约，自然会产生排他性，但这种排他性也仅限于同一种契约，就是说殷玉衡以后不能再与其他灵兽签订主仆契约，但献祭契约和伴生契约都是可以签订的。

当然，这也要看傲苍肯不肯。

但这时候的傲苍在休眠状态中，对将要发生的事情一无所知。在它看来，这臭小子跟它这种级别的灵兽签订了主仆契约，就绝不可能再让别的灵兽爬到它头上了！

可它漏算了一个人。

殷天枢又不死心地试了几次，主仆契约的最后一笔总是画不上去。一想到若是不能和小弟签订契约，就只能捏着鼻子和殷天玑那家伙纠缠一辈子，殷天枢就觉得恶心。束手无策之下，殷天枢也不知道是怎么想的，将识海内浮起的契约图阵，改成了伴生契约的图阵。

殷玉衡的识海没有拒绝这个阵法的形成，殷天枢也没料到这回居然如此顺利，只见识海内光芒大放，竟是契约缔结完成的迹象！

殷天枢也不懂为何主仆契约不能签订，对他有利的伴生契约反而如此简单就签订成功了。但这已经是最好的结果了，他也没有多想。

殷玉衡体会着身体内涌入的新力量，这是和傲苍签订契约时完全没有经历过的，毕竟他和傲苍的契合度为零。大哥的属性是火，这股全新的力量蔓延至他全身的每一寸经脉，并不难熬，就像是整个人从内到外都浸入了一池温泉之中，既舒服又有些痛楚，仿佛身体被重塑了一般。

不知道过了多久，感觉到自己的衣服被人拉扯着，殷玉衡这才睁开了双目。已经恢复了人形的殷天枢随意地披了件外袍，正在拉开殷玉衡的衣服。

殷玉衡知道大哥的意思，便配合地转过身，关心地问道："怎么样？"

殷天枢眯着眼睛，看着自家小弟背后的兽纹，满意地露出笑容。

原本青蓝色的兽纹现在已经变成了紫色，颜色浑然天成，仿佛本来就是这个颜色一般，表示着他们两人的契合度是前所未有的百分之百。当然这也是凑巧了，若不是殷天枢走投无路，毫无保留地孤注一掷，若不是殷玉衡对其全心全意地信任，也不会有如此好的效果。

只是，在这紫色兽纹的外围，那一圈与紫色壁垒分明的银色实在是碍眼无比。

殷天枢的眼瞳闪过一抹杀意。

没有听到殷天枢的回答，殷玉衡正要追问，却听到一个暴怒的声音突然吼道："你们！究竟背着我做了什么？！"

# 第十五章

# 离岛

傲苍简直要暴跳如雷。

正在消化罡玉莲子的它本来在巩固境界，感觉到有异样传来，本以为是自己的境界出现了问题，内视了许多遍都没有发现异状，这才反应过来是它的契约主人殷玉衡那边的波动。

这一探查，就让它火冒三丈，居然有灵兽和殷玉衡签订了伴生契约!

它都没有做到的事情……为什么会这样？！

傲苍瞪着一双银色的眼睛，死死地看着殷天枢，肺都要气炸了！它不过是休眠了几天，居然就有人如此大胆地撬它墙脚！傲苍开始考虑直接弄死这只小狐狸会不会让它的心情变好一些。至于殷玉衡的境界会不会因为伴生灵兽的死亡而下降，傲苍根本不在意。

殷天枢有些莫名其妙地看着大发雷霆的傲苍，虽然突然降下的龙威让他也不是很好受, 但他还是一直保持着脊背挺直的姿势, 淡淡地道:“阁下与小玉儿签订的是献祭契约, 现在我与小玉儿签订的是伴生契约, 算起来阁下还多了一个下属呢! ”

傲苍被噎得一口气差点上不来，它签的若是献祭契约就好了！

要杀！一定要把这个得了便宜还卖乖的家伙杀掉!

尽管和傲苍的契合度为零，殷玉衡也能感觉到它那股滔天的杀意，当下连忙站起身道：“大哥，我这就收拾收拾起程吧。”

这句话正合殷天枢的意，虽然夜晚离岛在海上危险了点，但可以避开殷天玑的耳目。不过令殷天枢最为在意的，还是傲苍过于气愤的反应。因为他一开始时便知道和小弟签订伴生契约会让青龙傲苍介意，所以才选择最卑微的主仆契约。但主仆契约无法完成，签订伴生契约的时候又不见傲苍出来阻拦，所以殷天枢便以为这是傲苍默认允许了。

因为傲苍应该对自己的祭品了如指掌才对，即使是在深度调息的阶段。

这个疑问在殷天枢的脑海也就停留了一下，毕竟现在的结果好得超出他的预期太多，他已经别无所求了。

殷天枢额头上的兽纹依旧是赤红色的，没有任何变化，外人也看不出来他已经选择了契约伙伴，这也是半灵兽体质的好处之一。

虽然决定下得仓促，但既然要走，殷玉衡就没有再拖延。尽管他一个十岁的孩童去了白藏陆家也帮不上忙，但能代替娘亲亲眼去看看，也是好的。因为有了琉璃玉带钩这种方便的空间法器，所以只要觉得有用的殷玉衡就都装了进去，还从大哥那里拿了一些银两，据说在外面吃穿用度都是需要用银两来买的。

殷天枢开始有些后悔了，小弟连出门需要用银子的常识都不知道，放他一个人出岛真的可以吗？

但他自己好像也没有离开过琅琊岛……

傲苍还在琢磨着怎么杀死这个胆敢与它的所有物签订契约的大胆人类，但还未等想好怎么做，便发现殷玉衡居然打算离开琅琊岛了。这个发现让它呼吸急促起来，一点动静都不敢出，生怕会节外生枝。

等收拾好了，趁着夜深人静，殷天枢领着小弟从亢宿苑出来，直奔琅琊岛的东南角。殷玉衡不辨方向，但在看到浅平的海滩时，才发现这里并不是琅琊岛的码头。

“这……我怎么走啊？”殷玉衡此时才发现一个大问题，就算是有船，他也没办法一个人划船啊！

“有船。”殷天枢微微一笑，从怀里掏出一个桃核大小的物事，递给了他。

殷玉衡定睛一看，才发现这是一艘微雕核舟，在大拇指长的橄榄核上，雕出的小船巧夺天工，连船舱上面的窗户都可以开关。

“这是核灵舟，我来教你怎么用。”殷天枢手把手地教导殷玉衡在这艘核灵舟的什么地方输入多少灵力，然后再抛向海中。只见黄光一闪，一艘看起来很平常的小船便出现在两人面前。

“核灵舟不需要扬帆也不需要划桨，只需要微薄的灵力便可前行。它不惧风浪，最适合海上出行了。来，我再教你怎么收回核灵舟。”

殷玉衡试验了几次后，便能熟练地收放核灵舟了。殷天枢又交给他几个防身的法器与几张符箓，都是最后关头保命的护身宝物。殷天枢不厌其烦地唠叨了许久，直到傲苍都忍无可忍地怒斥道：“可恶的人类！你这是什么意思？你弟弟有吾陪着，难道还能让他少了一根毫毛不成？”

殷天枢等的就是傲苍这句话，当下便收了声，轻松地笑了笑道：“阁下一诺千金，在下关心则乱，鲁莽了。”说罢便把殷玉衡举到核灵舟上，抬手运起灵力轻轻一推，那核灵舟便轻飘飘地朝海中荡去。

“大哥!”殷玉衡坐在船沿,看着大哥离自己越来越远,不由得心中发堵。

傲苍则欢乐地在殷玉衡的脖颈上转了个圈，终于有机会离开这个岛了，还以为至少要等这臭小子长大才可以呢！嗯……就先不考虑杀那只小狐狸了，先让他嘚瑟几年也无所谓。

殷天枢并未在海边呆立多久，随意地朝船头眼巴巴看着自己的弟弟挥了挥手，便转头离开了。把时间放在离别上面，还不如早点面对现实。

只是越靠近亢宿苑，殷天枢的脚步就越发地慢了下来。小弟被他送走了，那个院落里再也没有人会等他回来了。

殷天枢抿了抿唇，在月色下自嘲地笑了起来。

这才分开不到一刻钟，他就已经开始想念小弟了。看来其实没长大离不开人的，是他才对。

尽管走得极慢，殷天枢还是回到了亢宿苑，但在推开门之后，脸上的表情僵硬了起来。

殷天玑拿着一把扇子，悠闲自得地在院子中央仰头赏月。

“三少爷莅临寒舍，有何贵干？”殷天枢眯了眯眼睛，他从来不会错认殷天璇和殷天玑这对双胞胎，因为后者总是散发着让他恶心的味道。

殷天玑在听到“三少爷”这三个字时，摇扇子的手微微停滞了一下，随即又扇得更快了一些。他的表情狠戾了起来，冷笑道：“大哥，你别敬酒不吃吃罚酒。”说完这句话，亢宿苑的屋中、墙头、院落中倏然出现了数个黑衣人。

殷天枢不为所动，笑得越发猖狂，毫不客气地嘲讽道：“哟！现在又肯管我叫大哥了？我说三少爷，这种事要讲究你情我愿，强人所难是不会有好结果的。”反正现在唯一能够用来威胁他的小弟已经被他送走了，他没什么可担心的。毕竟签订契约这种事，若是有一方极力反抗，就算是签订下来也没有什么好结果。前车之鉴就是风枭和殷岁星，还有一对更倒霉的是他小弟和傲苍。

殷天玑的耐性已经到了极点，眼看着在族长竞争中父亲的情况越来越占优势，他便开始筹划自己的事情了。九尾灵狐的血脉有多高贵，简直无法形容，殷天玑万分懊恼为何父亲没有告诉他这件事。虽然父亲再三强调殷天枢的半灵兽血脉一定很平庸，但还在幼生期的半灵兽便可以化出原形，已经证明他的能力有多强悍了。

啪的一声合拢折扇，殷天玑沉声道：“大哥，你一直误会我的好意，天玑以前做了许多错事，希望可以弥补。暂时请你到我的毕宿苑做客吧，我们兄弟两个好好谈谈。”

“嗯？毕宿苑？不和你二哥住一起了吗？”殷天枢挑了挑眉，又上前了几步。他和殷天玑年纪相仿，所以身高相差无几，殷天枢抬手捏住了殷天玑的下颌，在他惊疑不定的目光中肆意地端详了半晌，啧啧有声地摇头道：“可惜，虽然你和天璇长得一模一样，可是我怎么就这么看不惯你呢？”刻意地停顿了一下，殷天枢压低了声音浅笑道，“想要我做你的灵兽？你还不够格。不过要是你二哥嘛，我还可以考虑考虑。”

殷天玑的双瞳中闪过愤怒、嫉恨、难堪等等复杂的情绪，最后用折扇拨开了殷天枢放肆的手，强装镇定地吐出两个字：“带走！”

一直待令的黑衣人一拥而上，殷天枢耸了耸肩，毫不反抗地和他们走了。

殷天玑在院落中站了许久，黑暗中又跳出一个黑衣人，低声禀报道：“少爷，殷玉衡下落不明。”

“应该是被他送走了，所以他才这么毫无顾忌。”殷天玑用折扇敲了敲掌心。人真是一种很奇怪的动物，即使知道对方是刻意挑拨离间，也还是会觉得如鲠在喉，非常不舒服。

殷天玑深深地吸了口气，彻底恢复冷静："走吧。"

"是。"

殷玉衡保持离开琅琊岛时的那个姿势已经很久了，久到连岛屿的影子在夜色中都看不清楚了，还是舍不得收回目光。

傲苍心里不是滋味，嗤笑道："哼，别看了，看得眼珠瞪出来你也回不去了。"

殷玉衡抿了抿唇，神色黯然。

"喂！话说，我们这是去哪儿啊？"傲苍的小眼睛转了转，它刚醒过来就发现自己的所有物被人染指了，还不明白殷天枢究竟为什么刚和殷玉衡签订了伴生契约就把他送走。正常情况下，不是应该好好在一起修炼吗？

"秋之地的白藏陆家。"殷玉衡回答着，这才想起自己为什么离开，垂头丧气地简单解释了一下。他姥姥家有可能被灭了满门，虽然他一次都没有见过那些亲人，但这也让他很难过，为万善堂的母亲而难过。若是母亲知道了这件事，肯定会伤心至极。

傲苍弯过头来端详着殷玉衡，不解这小子为何突然一下子就情绪低落了。显然对于它这样生下来就没有父母亲人的青龙来说，这种感情是极为陌生的。

灵兽的传承很多都是通过父亲或母亲在幼兽的脑中打入一记灵魂传承，这是因为大部分灵兽淡漠血缘，有些灵兽只养育孩子三四个月便弃之不管了。一记灵魂传承省了许多事情。所以傲苍早就忘记了记忆中模糊的双亲形象，青龙又是如此尊贵的血脉，一般灵兽或者一般人在它眼中皆如蝼蚁。

而现在，它成了这样一个蝼蚁的仆兽！

虽然这件事发生了好几个月，但傲苍只要一想到此，就气得要发疯了。

不行，一定要找到机会解除这条契约。

但在这之前，它要先恢复自己的力量才行。

傲苍思索了一下，它的元神当年被镇压在琅琊岛，身体肯定被肢解了。龙骨、龙角、龙血、龙皮、龙爪……但凡能用的无不是炼丹炼器所需的无上臻品。傲苍很愤怒，恨不得把那些胆敢冒犯它躯体的人都撕碎，但它冷静下来也意识到，即使那些丹药都还没被人服下，即使那些法器都还完好，它也不可能把这些东西变回为它的身体了。

根本不可能了。

但有一样是可以拿回来的!

那就是它的内丹!

青龙的内丹便是龙丹，通俗一点讲也就是它的晶核。但不同的是，它的修为比其他灵兽的修为高出许多，本来透明的晶核已经凝成实质，已经是结丹的修为了。它的龙丹凝聚了它大半的修为，就算是修道之人也不敢随意服用或者用来炼器，因为这世上还没有谁有这个能力，所以最大的可能就是被用来作为某种大型阵法的阵眼。

虽然世界这么大，几乎无处可寻，但这问题不大，因为是它的龙丹，它若是与其接近到了一定距离自然会有所感应。

傲苍本来没奢望这么快就能顺利地离开琅琊岛，但既然出来了，肯定要忽悠这小子多转悠几个地方。

傲苍想到此处，便转换了语气，主动搭话道："喂，你小子和大哥签订了伴生契约，还不赶紧修炼？"

殷玉衡尚处在离别和纠结的愁绪中，听到傲苍这话，一时没反应过来，不解地眨了眨眼睛。

"嘶，我刚才瞥了一眼，你和他的契合度是百分之百，也就是说无论你们谁修炼，都可以分享对方的修为，可谓事半功倍。"傲苍啧啧称奇。契合度百分之百的情况，它还是头一次看到。

"修炼？我怎么修炼？"殷玉衡诚恳地请教着。他已经认识到了强大的实力是多么重要，不仅仅可以保护自己，还可以保护自己在乎的人。

"喏，你大哥是单火系的灵兽，虽然和你偏水系的体质不太相配，但也没大碍。"傲苍琢磨了一下。御兽师的兽纹的颜色代表着他的天赋属性，殷玉衡的兽纹是青蓝色的，证明他是偏水系的仙根体质。可惜殷天枢的天赋属性是单火系，有道是水火不相容。不过炼器师最起码要拥有风、水、火三种天赋属性，这世上也不是没有成就颇高的炼器师存在。

傲苍扭了扭身子，想到这小子是水系的体质，倒是和自己很相配。

青龙本就是水系神兽，修为到了一定程度之后还可以化冰、引雷、布风，甚至掌控天地灵气，成为一方之主。

傲苍回忆着自己旧日的荣光，再想想自己现在的窘境，气不打一处来，好心情也不翼而飞，冷冷地扔下一句："哼，吾看你大哥往你的琉璃玉带钩里扔了许多书，你自己翻看吧！"说罢便往殷玉衡的脖颈上一盘，找了个舒服的位置合上了眼睛。

殷玉衡也没当回事，对这小祖宗动不动发脾气已经习以为常了，若是它哪天好言好语地跟他说话，反而会吓他一跳。殷玉衡从船头站起，拖着已经坐得麻木的双腿走进核灵舟的船舱。这艘核灵舟在出发前已经被大哥校准了目的地，应该是直接去往秋之地的海岸，所以也不用他再注意航向，只需要每隔一段时间，等核灵舟的船舱中央的灵石光芒黯淡之后，往里面输入灵力就可以了。

船舱中央的灵石足有一个人的巴掌那么大，正散发着明亮的黄光，殷玉衡觉得这样的光线看书也足够了，便从琉璃玉带钩中翻找着大哥塞给他的书。在翻的时候，他才发现琉璃玉带钩中本来就放有一些书籍。他之前在父母房中找到琉璃玉带钩的时候没太在意，现在有了空，便一本一本地拿出来翻看起来。

但越翻殷玉衡的表情就越古怪，原因无他，因为这些书籍基本上都是契约灵兽修炼的典籍，甚至还有一本和九尾灵狐有关。他娘亲应该是不知道殷天枢母亲的事情的，所以，这个琉璃玉带钩其实是他父亲的空间法器？

殷玉衡发了一会儿呆，才醒悟过来他现在的情况其实和父亲差不多，也是和九尾灵狐签订了伴生契约。这么一想，那这些典籍对他来说就有着很大的作用，当下他便开始用了十二分的心力学习。

傲苍心情不爽，并不能静下心来继续调息，装模作样了一会儿，就张开了眼皮，悄悄地也跟着殷玉衡看他手上的典籍。那上面讲的东西对于傲苍来说简直就是小儿科，看了一会儿就无聊得要睡着了，它却突然感觉到了一阵灵力波动。

已经是惊弓之鸟的傲苍迅速地检查了一下殷玉衡的状态，然后郁闷地发现这小子和殷天枢的契约居然这么快就上升到了通灵的阶段。

御兽师和灵兽之间的关系一般分为五个阶段，分别是结契、通灵、同犀、神合、共生。结契指的自然就是结成契约，这也是现在傲苍与殷玉衡的状态，因为两人都没有意向继续合作，契合度也为零，所以他们便只停留在结契的层面，没有更进一步的打算。

通灵是指契约伙伴之间开始共享灵力，到达这一层面之后，就算双方离得再远，也可以共享修为增长的幅度。一般御兽师和灵兽至少要一年到十年甚至更长的时间才能达到的境界，殷玉衡却在调息不到一刻钟的时间内达到了。

看来契合度百分之百还是有很大助力的。

傲苍眨了两下小眼睛，不承认自己心里有种被抢走东西的感觉。

哼！不是它不肯和殷玉衡通灵，若是他们两人签的真是献祭契约的话，它早就督促这小子修炼了。

殷玉衡沉浸在自己的识海之中，感觉被温暖的红光包围，知道此时在琅琊岛的大哥也在修炼，便按照父亲留下的典籍上的方法运转灵力。殷玉衡尚是头一次与契约伙伴一同修炼，初时还有些慌乱，好在大哥很快就接过了主导权，带领着他一起修炼。

虽然无法在识海中沟通，也无法看到大哥的脸，但殷玉衡仍很高兴。有那团红光存在，就好像大哥在他身边一般，令他无比安心。

红光在识海中飞舞了几圈，发现了在角落里的莹莹银光，又绕着那点银光转悠了半天，才缓缓地飞离。

傲苍心中的不爽达到了极点。

核灵舟虽然看起来不大，但速度极快，在海面上就像是一艘飞梭。即使速度那么快，在船舱内也感受不到一点颠簸，舒服得很。

殷玉衡坐着核灵舟在海上漂荡了一个多月，天气慢慢变热再慢慢变凉，便知道已经穿过了夏之地，快要到达秋之地了。这一个多月以来，殷玉衡毫无杂念，专心学习火系法术，修为有了很大长进，十岁的年纪，便已经达到了炼气六层。这要是还留在琅琊岛的话，那些他与一条废物银鳞蛇签订了契约的传言，就会不攻自破了。

除了他的修为大有长进之外，殷玉衡察觉到大哥的修为提升得比他还要快。说起来，殷玉衡并不知道大哥原本的修为怎么样，毕竟他连兽纹都可以伪造，修为上就更加可以作假了。

核灵舟的速度终于慢了下来，殷玉衡出了船舱，便被迎面的海风吹得打了个喷嚏，连忙从琉璃玉带钩里面拿出一件外袍披上。大陆之上分四季之地，并无一年四季之分。例如春之地常年都温暖如春，刚经过的夏之地常年是炎热的酷暑，而秋之地则甚为凉爽。

核灵舟缓缓驶向秋之地的一处繁忙的码头，这还是殷玉衡头一次看到这么多人，不由得左顾右盼，眼睛完全不够用。

核灵舟的外表看上去和其他小船没有什么区别，所以一开始也并不引人注意，但当殷玉衡旁若无人地把核灵舟收起，变成一个橄榄核时，码头上所有看到这一幕的人眼神都变了。

修道者在俗世间虽然并不是传说，运气好的话间或也能看到修道者驾着飞剑从头顶上御风而行，但那都是高不可攀的仰望，少能看到修道者从海上而来。殷玉衡的这一手，立刻让码头上很多看他衣着华丽、养尊处优想要讹诈一笔的小混混停住了脚步。

殷玉衡有礼貌地找了个看起来和蔼的大爷询问了一下怎么去白藏陆家，大爷敬慕修道者，热情地告知了他如何前往陆家，因通过殷玉衡的言谈举止察觉到他不谙世事，便主动帮他联系好车马行。殷玉衡虽被大哥叮嘱过在外面要经常使用银两，但他对银钱根本没概念，所以琢磨了一下，便递给那位大爷一块银元宝。

这位好心的大爷本不想求回报的，但看殷玉衡挺好说话的样子，不禁小心翼翼地提了个要求："仙家，可否赐老朽一枚丹药？不求能治百病也不求长生不老，对身体有益就行。老朽的孙子今年刚出生，因为不足月，身子有点不太好……"

殷玉衡歪着头想了想，从琉璃玉带钩里掏出来一瓶玉晶丸，随手塞给了他："这瓶玉晶丸你拿去吧，应该有十二枚，每月十五满月时取一枚给他调一碗水服下，一年后应该就没事了。"玉晶丸是比较温和的调养身体的丹药，他小时候当糖豆吃，很适合小孩子服用。

大爷喜出望外，差一点就要跪拜道谢，殷玉衡自是不肯让他这样。那位大爷见他如此，便叹了口气道："仙家，那白藏陆家是秋之地颇有名望的世家，但在前阵子听说被人灭了满门……"

殷玉衡扶着大爷的手一僵，随后勉强笑了笑道：“多谢大爷相告，但去还是要去一趟的。”

那位大爷虽然还想劝，但看周围看他的人目光都有些异样，便知道自己这是怀璧其罪了，多少人在虎视眈眈地盯着他手中的丹药瓶呢。

殷玉衡虽然是头一次出门，不懂人情世故，但他在那么大的家族中长大，也知道自己刚刚随手做的善举恐怕要害得别人家破人亡了，当下高深莫测地微微一笑，道：“大爷，别怕，我已在药瓶上下了禁制，只有你孙儿才能服用，其他人吃下去瞬间就会变成毒药。”

他说这几句话时声音并不是很大，但偏偏让在码头上的所有人都听到了，这软软糯糯的童音回荡在每个人的耳边，所有心怀歹意的人都以为是特意对他们说的，当下心中一紧。

殷玉衡笑了笑，这番话自然是鬼扯的，只要是修道之人便能拆穿他的把戏，但修道之人也看不上这区区一瓶玉晶丸。

跟着欢天喜地的大爷到了鸿雁驿站，任凭对方给他安排好住宿和车马，殷玉衡便踏上了去白藏陆家的行程。

鸿雁驿站据说是一家遍布全大陆的大商行，这个车队足有八辆马车，殷玉衡包了一辆。鸿雁驿站的车队并不像其他驿站那样，需要养很多人来当护卫，只需要一名修道者坐镇即可。在普通的地方，一名炼气六层以上的修道者，已经足够打发各种马贼强盗，而且他们这个车队，车厢上都画着鸿雁驿站的标志，很少有人主动来触霉头，连迎面遇到的行人都会主动让路。

每个车队都有炼气六层以上的修道者坐镇，说起来简单，但实际上并不是一件容易的事，分散各地的鸿雁驿站几乎每日都会有新的车队起程，由此可见这家驿站拥有的修道者的数量是多么恐怖。

殷玉衡虽然也是炼气六层，但他很好地收敛了自己的气息，这是临走前大哥教给他的。不过，他一个十岁大的孩子，也没有谁会把他看在眼内。

车队缓缓地驶出码头，殷玉衡挑开车厢的窗帘，好奇地往外张望着。

“啧，幼稚的人类，刚才那件事办得不错啊！”傲苍打了个哈欠，百无聊赖。在这孩子随随便便给对方丹药的时候，它就知道会出问题，但没想到他补救得还算及时。本来它还想趁机给这个不知人间险恶的小少爷上一场残酷的教学课呢。

殷玉衡笑了笑，没有解释。他虽然被大哥保护得很好，但自幼在殷家那样的家族长大，虽然懵懂但也知道轻重。纵使一开始太过于冲动，仔细思量后也知道自己做错了事。幸好没造成什么不好的后果。

“哎，这回出来，我们不要这么快就回去好不好？”傲苍见现在气氛不错，便开始得寸进尺起来，用额头亲昵地蹭了蹭殷玉衡的小脸蛋。虽然内心抖掉了一地的鸡皮疙瘩，但傲苍不得不承认这孩子的小脸蛋还是挺嫩挺软的。

殷玉衡却被傲苍这个突兀的动作吓得寒毛直竖。无事献殷勤，非奸即盗！但殷玉衡没法说个“不”字，只好暂时安抚道：“先去白藏陆家看看情况再说。”

傲苍哼唧了几声，各种不满。

若不是担心这孩子在路上就被人拐走坑杀掉，它才不会这么低声下气的呢！要知道主仆契约中，如果主人死亡的话，仆兽也会因为契约力量而随之死亡。它可不想死得不明不白，只好守在这孩子身边寸步不离。

哼！若签的是献祭契约……

傲苍只能自个儿脑补了。

鸿雁驿站的车队绕过了暮秋岭的边缘地带，在几天之后来到凤栖城。

凤栖城是暮秋岭之下最大的城市。暮秋岭乃是秋之地的圣地，顾名思义，暮秋岭是在暮秋山脉之间天然形成的一道占地庞大的山岭，经过成百上千年的积累，其中生长的草药不知凡几，若是好运的话，还能进入暮秋岭的深处，采得无上珍品。暮秋岭俨然就是这片大陆之上无数炼丹师的圣地。

虽然炼丹师和炼器师一样要求三种天赋功法同时精进，但说起来，在这片大陆上，在一般人眼中，炼丹师的地位仍要比炼器师高上那么几许。

毕竟顶尖的炼器师，几个月、几年甚至几十年才能炼成一件法器，最后也只能交给一个人使用。但炼丹师只要达到一定境界，所炼的丹药便可让任何人都受益匪浅，更别说丹药炼起来要比法器快得多。至于那费工夫的极品丹药，光是丹方就难求，更别提凑齐上面珍稀的草药了，就算侥幸凑齐，越难炼的丹药成功率就越低，面对着那些求之难得的草药，天下能面不改色去浪费的炼丹师根本没有。所以传说中的极品丹药，除了各门派辗转千百年战战兢兢传下来的，用一枚少一枚，就只在传说中才有。

世间其实并不缺惊才绝艳的炼丹师，只是那集天地灵气的灵草，并不是一朝一夕之间就能长成的，所以这样算下来，倒是炼丹师易求，草药难求。

当然，这种易求难求，是相对的。炼丹师个个都眼高于顶，普通人难得一见，但若是手中有珍稀的灵草，就等于获得了一笔巨大的财富，不光炼丹师会心动，有所求的人也会心动。因此往来于暮秋岭的人只多不少，这凤栖城作为入暮秋岭的必经之路，便越发繁华起来。

殷玉衡还从未见过如此恢宏壮阔的城墙，就像是一只巨兽一般，雄踞在此地，让人从心底生出敬畏之感。

此时鸿雁驿站的车队正在排队入城，混杂在许多行人之间，殷玉衡断断续续地听到了一些关于凤栖城的介绍。

秋之地由两个大国和几个小国组成，但凤栖城绝对是特别的存在，因为凤栖城是有城主大人的。单单一个城主，便镇住了这个城市，没有偏向任何一方势力，仅仅以暮秋岭为靠山，迅速地发展了起来。

当然，凤栖城的独立，离不开暮秋岭背后的白藏教的支持。

在秋之地，白藏教的地位相当于夏之地的昊天谷，再加之白藏教地处暮秋岭深处，得天独厚，可想而知在这千百年间，教中积攒了多少灵丹妙药和珍稀草药。所以白藏教的地位超然，炼丹师众多。当然，三系同修的天才炼丹师相对少些，能修至先天以上的炼丹师更是稀少，但白藏教还有更多其他顶尖的高手。在教中丹药充沛的情况下，教众进步神速，所以打算抛弃一切进入白藏教的高手不计其数。当然，白藏教也并不是来者不拒，严苛的要求筛掉了大部分人，留下的自然都是百里挑一的高手。

可以说，在秋之地，白藏教几乎一手遮天，无人能敌。

殷玉衡知道这个白藏教，因为白藏陆家之所以可以冠名为“白藏”，就是因为陆家之中有人是白藏教的弟子，陆家属于依附于白藏教的修真世家。不过陆家并不在凤栖城，而是在远一点的集安镇。鸿雁驿站的这个车队中有许多人的目的地是凤栖城，殷玉衡会在凤栖城中休息一晚，明天一早再继续赶路。

不过当他听到凤栖城中有许多有声望的丹药店回收各种草药时，就动了换些银两的念头。他的琉璃玉带钩里有着许多在琅琊谷采摘的灵草。虽然大哥给的银两够用，但万一出点什么事呢？况且若是碰到陆家的人，他也是要表示一点心意的嘛！

但这个念头被傲苍无情地掐断了。暮秋岭虽然灵草无数，又有天然的阵法保护着灵草，使之可以持续生长，但琅琊谷的灵草万里挑一，被傲苍看上眼的灵草更是顶级品质，万金都换不来，用来卖钱岂不是白痴至极？

殷玉衡只好打消这个不靠谱的念头，老老实实地在凤栖城的客栈待了一晚上。第二天早上启程之时，车队的车老大却特意过来和他商谈。

原来他们车队之中要加个女客，但又没有多余的马车了，所以只好过来和殷玉衡商量，让对方搭他的马车。毕竟他还是个孩子，不用避讳什么。

殷玉衡觉得无所谓，有人在路上陪着总比他一个人听傲苍发牢骚好多了，况且车老大还给他减了一半旅费。

是的，傲苍自从上了岸之后，就像是换了一个灵魂一样，每天都唠叨着它以前的事情，而且大部分殷玉衡完全听不懂。若是有外人在，它好歹会收敛一下。

不多时，车厢帘布便被一只纤细白皙的手撩了起来，殷玉衡没想到这位女客居然只有十三四岁，相貌俏丽可人，一看便给人很舒服的感觉。穿着的衣衫看起来平常，但殷玉衡只一眼，便认出她身上的首饰都不是普通的玉石水晶，而是法器。

两人交换了一个眼神，都好胜心强地试探了一下对方的修为，愕然发现彼此都是炼气六层。

"咦，这个小妮子居然也是炼气六层？"傲苍也吃了一惊。女子修炼先天不易，更何况是在这个年纪就修炼到了炼气六层。这样下去，修得先天也不在话下。

花涓则是大为惊异，她身为富甲天下的花家小姐，花家有什么好的都给她用，从小就用无数的灵丹妙药和法器改造了身体，所以她才能在十三岁时达到炼气六层。而她面前的这个孩子才十岁，居然和她有一样的修为。难道是什么大家族或者教派出身的小公子？

想到这里，花涓笑了起来。她一笑，唇边就现出了两个可爱的梨涡，更是让人大起亲近之意。花涓大大方方地坐进车厢，又主动地坐在了殷玉衡旁边，笑盈盈地自我介绍道："我叫花涓，花朵的花，涓涓细流的涓。鸿雁驿站是我花家的产业之一。”

“殷玉衡，殷实的殷，北斗七星之一的玉衡。我来自琅琊岛。”殷玉衡出门之前被大哥教导过，自我介绍是很有说道的，不光要说明白自己的姓名，如果对方说了自己的来历，那么自己也需要自报家门。

花涓琢磨了一下，发现自己居然没有听说过琅琊岛，不由得尴尬一笑，道：“久仰久仰。”

殷玉衡自然能听得出来她说这四个字时的言不由衷，却也不在意，很认真地发问道：“花家？是不是很有钱啊？”习惯把话憋在心里的殷玉衡，因为觉得花涓看起来很好说话的样子，所以一下子没憋住，就问出了口。

花涓直接被这个问句击溃了。花家有没有钱？这小子是装傻还是纯粹想刺激她啊？花涓压下升腾起的怒气，发现殷玉衡双眼清澈，表情真挚，便发觉自己错怪了他。她寻思着，这琅琊岛究竟是个什么鸟不拉屎的地方？花家的商会居然没有把那里覆盖在内，这绝对是父亲决策的失误，等这次回去，一定要提出来。

花涓的大眼睛转了转，捏了捏殷玉衡的小脸蛋，笑眯眯地说道：“是啊，姐姐很有钱的哦！你想要啥？”

殷玉衡眨了眨眼睛，没料到花涓会问他这个问题。他从小到大都很口拙，平常还好，一旦对方有意戏弄，他一着急便连话都说不出来了。

“我……我什么都不要。”

花涓嘿嘿地笑了笑，刚想再逗他两句，却突然发现这孩子脖颈间的那条银链动了一下，骇得她立刻缩回了手。

“这……这是活的？这是银鳞蛇？”花涓向后挪了一下，不想承认自己有点怕蛇。

“嗯。”殷玉衡简短地应了一声，他不擅长骗人，所以只好岔开话题，“花小姐，你去哪里啊？我到集安镇就下。”

她去哪里？

花涓提起来这件事就窝火，本来她在凤栖城的鸿雁驿站工作得好好的，偏偏在给一个小孩子弄传信葫芦时，一失手让他的信件化为灰烬了，更糟糕的是，她忘记审查那孩子的身份，就那么放他离开了。结果她在凤栖城找了一个多月，都没找到那倒霉孩子的下落，最后倒霉的变成了她，因为此事就这样被赶出了凤栖城，被下放来接手鸿雁驿站旗下车队的生意。

“唉，太惨了！本小姐以后就要天天风餐露宿了，再好的覆颜霜也扛不住啊！”花涓可算找到一个可以诉苦的人了，叽里呱啦就把她的悲惨事迹说了出来，说完还眼泪汪汪地看着殷玉衡，期待他安慰几句。

殷玉衡只好顺着她说了几句，心底却觉得那个无端被焚了信件还一无所知的孩子比较倒霉。

“咦？仔细地看，你和那孩子长得还有点相似哦！喏，鼻子最像了。”花涓忽然凑过来，扳着他的下巴，盯着他看个不停。

因为殷家的女孩子都没有资格论序齿，甚至连名字都是随意取的，不像殷家的男孩子会用星辰命名，所以殷玉衡根本没有见过他的堂姐堂妹。

说起来，这还是他头一次和女孩子离得这么近，这个认知立刻让他面红耳赤、手足无措起来。

傲苍冷眼旁观，用尾巴尖搔着殷玉衡红通通的脸颊，嘲笑道：“哟！还害羞了？”

虽然知道花涓听不到傲苍的话，但殷玉衡也受不住傲苍的冷嘲热讽，连连后退。谁知道他越退，花涓就越来劲，她兴致勃勃地追问道：“话说你有没有兄弟？嗯，那孩子和你年纪差不多，亲兄弟不可能，也没那么像，会不会是堂兄弟？”

殷玉衡结结巴巴地摇头道：“不会……应该不会……”他说着说着觉得有点底气不足，殷家确实是在琅琊岛上避世不出，但也是有弟子入俗世的，他父亲就是其中一个，保不准他爹找到了大哥的娘亲，然后又给他们添了个弟弟呢？

不过殷玉衡又很快地打消了这个念头，因为花涓强调那个孩子是孤身一个人，若真是他弟弟的话，他父亲不可能离开他半步的……想着想着殷玉衡觉得自己和大哥有些委屈，但旋即又感到自己为这些莫须有的事情感伤实在是太不坚强了，连忙抿紧了唇，克制自己的情绪。

花涓盯着殷玉衡一会儿羞愤一会儿懊恼的表情，有趣地用手指戳了戳他的脸蛋，觉得这一路上肯定不会寂寞了。

两人有一搭没一搭地说着话，倒是消磨了路上无聊的时间。花涓从殷玉衡那里得知了一些琅琊岛的事情，殷玉衡也从她那里了解了很多四季之地的事情。

春夏秋冬四个季节，分割了整片大陆，四个地方季节各不相同，盛产的物品也不同。

春之地的九环溪原来是各种灵兽喜欢聚集的地方，圣地春晖潭更是传说中顶级灵兽的居住地。许多修炼之人即使没有御兽师血脉，也喜欢去春之地碰碰运气，想着也许有机会和自己气息相符的灵兽做伴，修为能有所提升。而夏之地的圣地赤炎山则是一处火山，昊天谷就在火山口的附近，由于特殊的地理位置，赤炎山经历千百年岩浆的洗礼，许多溶洞中有各种珍稀的宝石，吸收了千百年来的天地灵气，是修炼之人渴求的极品宝石。秋之地的暮秋岭拥有各种各样珍贵的灵药灵草，是炼丹师梦寐以求的珍品。冬之地盛产炼器需要的矿石，传说穹天崖的某处有万年寒铁，可以打造至尊法宝。

殷玉衡对春之地的九环溪顿生向往，琅琊岛就处在春之地的边缘地带，九环溪他也从典籍中看过多次，传说那里栖息着各种珍奇异兽。对于御兽师来说，那果真是圣地般的存在。

“喊，天真的人类，别妄想了，那肯定不是什么好地方。”傲苍闲闲地打破殷玉衡的妄想。而殷玉衡吃惊地发现，因为有花涓在，傲苍这回是直接在识海中和他对话的。

“为什么这么说？”殷玉衡也试着在识海中与傲苍对话，他不相信傲苍的说辞，觉得这家伙肯定是想尽办法给他添堵。“咦，等等，为什么我们能在识海中对话？我们之间的契合度为零吧？”

“哦，契约伙伴之间的识海对话要求其实并不高，契合度不是必要条件，重要的是灵兽的灵智是否能支持这样的对话。”傲苍哼了哼，撇嘴道，“灵兽修炼到七级之后才能化为人形，在这之前都无法学会人类的语言，就没办法与御兽师沟通。”

“那少微的小碧是怎么回事？”殷玉衡突然想到这个问题，连忙问出口。上次在琅琊谷傲苍只说了一半。

“喊，碧萤灵虫之所以对灵兽有那么大的诱惑力，是因为吞噬碧萤灵虫可以增加灵兽的灵智。”傲苍不屑地说道，“灵力可以靠修炼提升，但灵智的提升却非常难。很多灵兽卡在七级这个门槛不得寸进，就是因为灵智修炼得不够。嗯，就是太笨了，没药救的意思。”

殷玉衡无言以对，他下意识地觉得傲苍的话没有说全，碧萤灵虫就这么稀有了，那碧萤虫皇岂不是更加难得?

不过殷玉衡识趣地没有问出口，他觉得他就算问了，傲苍可能也不会回答，当下便岔开话题道：“你说九环溪不是什么好地方是怎么回事？”

“啧，你自己想想，灵草可以因为暮秋岭灵脉聚集而大肆生长，灵石可以因为岩浆洗礼而凝实沉淀，矿石也可以因为地域变化而盛产，但灵兽可都是活生生的存在，为什么这么多年就只在春之地聚集？虽说不是全部灵兽都在那里，但也极为恐怖了。要知道灵兽的生活习惯都不一样，而高阶灵兽一定会独占大片地域，我不相信九环溪非常大，大到可以容纳几乎所有的高阶灵兽。”傲苍像是终于发现了通过识海对话的好处，语速奇快地唠叨起来。

“啊？那这么说……”殷玉衡也察觉到不对劲了，在琅琊岛，灵兽虽然大都聚集在琅琊谷，但其他地方也可以见到。而他出来这么久，但凡看到的飞禽走兽，都像是灵智未开，没有经受过天地灵气洗礼的野兽，真正的灵兽却是一只也没有见到过。

“哼，所以说，九环溪可能存在一个什么阵法，约束着灵兽。”傲苍转了转小眼睛，露出了它的狐狸尾巴，笑眯眯地建议道，“要不我们之后也去九环溪转悠转悠，看看到底是怎么回事？”

“那么危险的地方，就不要去了吧。”殷玉衡一口回绝。对于他来说，早点回去和大哥团聚才是他的期望。出来这些时日，他异常想念大哥，恨不得下一刻就回到琅琊岛。

傲苍被噎得不轻，破罐子破摔，开始撒泼打滚。反正是在识海中，除了殷玉衡也没人能看到它这样丢脸的一面，它算是豁出去了。

殷玉衡没料到傲苍能来这一招，又没有什么能克制它的办法，只好一边忍着头痛，一边和花涓聊着天。因为有时候表情怪异，还会招来花涓的关心询问，以为他身体不适。不过殷玉衡很快就回过味来，问道：“对了，识海中可以对话，那我和大哥是不是也可以？”

“啧，贪心的人类，那怎么可能？你们离得近还可以，这都离了十万八千里了，你还指望这识海能当千里传信玉符用啊？”傲苍气正不顺，毫不客气地反唇相讥。

殷玉衡只好失望地抹了把脸，彻底不理傲苍了。

# 第十六章

# 封魂噬骨阵

车轮就在一人一龙的冷战中慢慢地驶进集安镇。花涓听说殷玉衡的目的地是白藏陆家，想起陆家被灭门的传闻，担心殷玉衡一个人出事，便自告奋勇地陪他一起去，反正鸿雁驿站的车队也要在集安镇休息一晚再出发。

集安镇是一个比较繁华的城镇，陆家是集安镇上绵延数百年的大世家，在集安镇的街道上，随处可见陆家的外门子弟所开的店铺。只是现今陆家遭逢大变，店铺还没有来得及转手，一个个铺门紧闭，只剩下外面挂着的“陆”字幌子，随风毫无凭依地晃动着，显得无比荒凉。

花涓早就私下问过车队的车老大了，后者经常路过此地，自然是知道陆家事端始末的，便把道听途说来的各种传闻全部跟花涓说了，把这个花家的小姐吓得花容失色，越发担心殷玉衡接受不了。她小心翼翼地观察着殷玉衡的表情，试探地说道：“小玉衡，你别太伤心啊……”

殷玉衡的脸色确实有些不太好，但他来之前就已经了解了陆家的情况，知道陆家是因为后代中出现了一个仙根慧体的孩子，才遭此劫难的，所以街上萧条的景象也没太出乎他的意料。但当他看到被烧成一片废墟的陆家宅院之后，还是站在那里久久不能回过神。

陆家的祖宅堪比一座城堡，放眼望去都望不到边，可以想象得出陆家在鼎盛的时候是何等的辉煌。可在殷玉衡面前，原本雕梁画栋的宅院已经变成了断壁残垣，华美的庭院已经变成一片焦土，让人无法想象当日究竟发生了什么惨事。

花涓体贴地找了个借口离开了，让殷玉衡独处。而殷玉衡则下意识地走进这片废墟，期望能发现点什么线索。傲苍也难得安静了下来。一时间殷玉衡竟然觉得周围寂静得可怕，让人生出想要拔腿就跑的念头。

唯一值得庆幸的是，他一路走来，都没有看到血迹，陆家的大部分族人应该是逃过了杀戮，躲起来了。

伸手捡起一个碎裂的瓷瓶，殷玉衡还看得到里面被烧毁的丹药留下的黑灰，他头一次这么近距离地感受家破人亡的可怕，若是陆家换成了琅琊岛……

殷玉衡生生地打了个寒战，他紧了紧衣襟，顿时心生恐惧，哪怕一秒钟也不想在此处多待。

“嘁，究其原因，就是不够强大嘛！仙根慧体居然真的存在？！啧，也怪不得有人动心，想要抢夺。”傲苍看不起殷玉衡这没出息的样子，讽刺道，“只要足够强大，所有人于你而言都是蝼蚁！你大哥就是不够强大，才会把你送出来，你不会不知道他的良苦用心吧？”

殷玉衡站在废墟上，捏紧了双拳，丹药瓶的碎瓷片刺破了掌心，鲜红的血丝缓缓溢出。

它问他知不知道？纵使一开始不知道，但出来这么久，也想明白了大哥的用意。此时正值殷家族长之位争夺激烈之时，大哥的兽纹又刻意显露了出来，让他离开琅琊岛，就是为了防止他被人胁迫吧？

尽管不想承认，但他是大哥的弱点，这一点毋庸置疑。

而他又怎么甘心让大哥一个人面对殷家的暴风骤雨呢？

还有被囚禁在万善堂的母亲……

“你太弱了。”傲苍冷冷道。

“是的，是我太弱了。”殷玉衡深吸了一口气，承认自己很弱并不难，但难就难在要下定决心让自己变强，还有如何变强。

他抿了抿唇，终于向傲苍发问道：“我想变强，你能帮我吗？”

傲苍愉悦地在他的脖子上绕了个圈，嘿嘿一笑道：“当然可以。下一站我们去九环溪，那里肯定有你需要的东西。”同样也有它需要的东西。

“好吧……”殷玉衡回答得不情不愿，但并不是不想磨炼自己，而是有些不安。识海中与大哥的联系变得若有似无，让他有了些不好的预感。但现在说什么都是没有用的，因为他太弱了，就算回去，也是大哥的负累。

傲苍见殷玉衡应允，异常兴奋，这小子终于被它“诱拐”了！真是不容易啊！

不过……傲苍扭着小身体，哧溜一下便从殷玉衡的脖颈上钻了下去，游移到了他的拳头上，贪婪地舔着上面的血丝。啧……这小子的血果然还是一样的美味，可惜不能喝太多，太补了啊……

琅琊岛。

殷天玑和自家双胞胎哥哥相对修习了一下午的御兽诀，收功起身。

殷天璇见自家弟弟随意道了一声晚安后就要走，连忙伸手拽住他的袖子，不满地道：“天玑，不留下吃晚饭吗？”

殷天玑回答的时候犹豫了片刻，但看着那张和自己一样的脸正期盼地看着自己，不由得点头道：“……好吧。”

殷天璇立刻换上了喜悦的表情，吩咐下人们赶紧开席。两兄弟在十岁之前是跟着父亲殷文昌一起住在翼宿苑的，但十岁兽纹觉醒之后，便搬到了参宿苑居住，从未分开过半日。但琅琊谷一行之后，由于殷家族长之位的争夺，很多人永远地留在了琅琊谷，院落便空余下来许多。殷天璇永远不会忘记，有一天弟弟和他提出要分开居住，虽然两人逐渐长大了，住在一起也十分不方便，但殷天璇还是无法接受。可他的弟弟他最清楚，这个提议只是告知他一声，并不是为了取得他同意的。

看着走在前面的弟弟，殷天璇脸上露出无奈的神色。不知道从什么时候起，喜欢同他穿一样衣服的弟弟，突然换上了黑色衣袍，这回倒是再也无人会把他们两兄弟认错了。殷天璇之前犹豫着自己是否也穿黑衣，却被父亲阻止了。

能被人分辨出来，也不是一件坏事。父亲如此说时，脸上露出了意味不明的微笑，但他觉得非常不舒服。

殷天璇无声地叹了口气，发现弟弟已经走得很远了，连忙加快脚步跟了上去。

殷天玑缓步到了餐厅，在侍婢的服侍下净了手，坐在桌前看着一盘盘他爱吃的菜肴端了上来，不禁有些感动。

他和殷天璇虽然是一母同胞，却只是长了一张很相似的脸而已，许多爱好和生活习惯完全不同。算起来，他已经很久都没在参宿苑吃晚饭了，这些菜肴这么快就端了上来，可见是殷天璇吩咐做的。

殷天璇看到弟弟眼中呈现的柔和笑意，也抛去心中的忧虑，满意地笑了起来。

两兄弟吃了一顿久违的温馨晚餐，殷天玑难得的好心情，却在最后喝甜汤的时候被破坏了。

“天玑，对不起，父亲叫我过去。你要不要在这里休息一下？”殷天璇抱歉地说着，他手中的玉符正亮着光芒。

殷天玑认得，那是父亲只交给重要手下的传信玉符，小时候他想要一个，想随时随地和父亲通话，父亲却苛责他胡闹，根本没有理会他，他渐渐也就淡了这个心思。现在却在哥哥的手中看到，这让殷天玑觉得无比讽刺。

这并不是哥哥得到了一个他想要而不得的法器的问题，而是他父亲在他和哥哥中间终于选择了谁的问题。

虽然这个选择早有苗头，父亲也一直坚持认为殷家族长应该由正统的长子嫡孙继承，来彰显他当族长的正统性，所以选定长子殷天璇为利益集团的核心也不出人意料，但殷天玑此时还是心灰意懒。他哪一点比不上哥哥？就是从娘胎里晚出来一刻钟，从今以后就必须要仰人鼻息地生活？

尽管心中万般恼怒，殷天玑脸上还是不动声色，甚至还扯出一个微笑来：“哥，你去吧，我吃完就自己回去了。”

殷天璇并没察觉到弟弟破天荒地管他叫了哥，匆匆擦了嘴，换了身衣服就出去了。

参宿苑的下人们以前就服侍着两兄弟，所以殷天玑在这里就跟主人一般，面对着熟悉的人熟悉的屋子，按理说他不应该感到不自在，可是现如今却觉得无所适从。按捺住起伏不定的心绪，殷天玑食不知味地坚持把面前的甜汤喝完，这才起身离开。

殷天玑脸上一直保持着笑容，但他在走进属于自己的毕宿苑的那一刹那，立刻面罩冰霜。

毕宿苑内冷冷清清，没有得到他的允许，不会有下人乱走。而且他没有从殷天璇那里带走任何一个自小服侍他的下人，因为下人大部分对他不够忠心，而忠心的，可以留在参宿苑当耳目。

在庭院中站立了许久，一直到星光满天，殷天玑才收拾好心情，走进毕宿苑的小厨房。他亲自下厨做了一盘炒饭，趁着热气腾腾的时候，又拿了一竹筒水，端着进了书房，按了一下书架上的玉镇石，玉镇石确认了是他输入的灵力后，光芒一闪，地板上咔嚓咔嚓地出现了一条通往地下的秘道。

秘道幽深黑暗，隐隐还能看得到秘道尽头闪烁的暗红光芒，殷天玑的脚步声在死一般沉寂的秘道中显得特别清晰。在几个呼吸之后，他便看到了盘膝坐在巨大阵法中央的少年。阵法之中的暗红光芒像几条有生命的蛇一般沿着阵法游动着，少年低垂着头，在黑暗中看不到他的面容，脊背却挺得很直。他的衣服已经全部被汗水浸湿了，就连他坐的地方都比其他地方颜色深上少许，可见这阵法对他的影响之大。

殷天玑在阵法外停下了脚步，看着少年身周放着的餐盘上分毫未动的饭食，也不恼怒，微微一笑道："不吃饭吗？大哥，你要跟我怄气怄到什么时候呢？"

少年闻声抬起了头，他的脸上布满汗水，额发也散落下来，贴在脸颊上，虽然狼狈不堪，却更显得容貌清俊逼人，甚至还有种令人心折的倔强和骄傲。若是殷玉衡在这里，必然会心疼地发现大哥瘦了许多。

唇边正好有一滴汗水滑落，殷天枢伸出舌头舔到嘴里，尝到了些许咸味后，微微一笑道："这封魂噬骨阵倒是很有趣，我想多待一阵。"

殷天玑不把他逞强的话放在心上，这封魂噬骨阵是殷家祖辈研究出来，专门对付不听话的灵兽的。只要把灵兽投入阵中，便可使之遭受如万蚁噬骨般的痛苦，即使是再强悍的灵兽，也承受不住这种如同炼狱般的惩罚，很快就会乖乖听话。

所以当殷天玑见到殷天枢居然还能这样看似轻松地与他对话，心中也佩服万分。他初时笼络殷天枢，还保留着几分耐性，但周旋了两个月后，见他油盐不进，便硬着心肠把他扔进了封魂噬骨阵。只是没想到，这人居然还死撑着不低头。

想到殷天璇日渐丰满的羽翼，殷天玑急躁了起来。说到底他也只是个十四五岁的少年，能在外人面前保持沉稳就已经很不容易了。他知道，若是他能和一只九尾灵狐签订契约，就算父亲不立他为继承人，殷家的其他人也会因此而动摇。

什么正统的长子嫡孙，都敌不过强大的实力。当年殷岁星能上位，不也是因为他和风枭那条八级螣蛇签订了契约？殷家如此乱，实际上是因为没有一个异常强大的存在可以震慑所有人。虽然殷天枢在灵兽中还算幼崽，但殷天玑看好他未来的发展。况且依着自己的兽纹资质，能遇到这样的机会已经是千载难逢了。

所以在各种理由交织下，殷天玑对殷天枢志在必得。殷天玑深吸了几口气，压下了心中烦躁的情绪，笑了笑，踏入了阵中。这封魂噬骨阵只对灵兽有禁锢、噬骨的作用，对御兽师却毫无影响。殷天玑径直走到殷天枢的身边，弯下腰，把手中还冒着热气的炒饭和新的竹筒放在他触手可及的地方，又把剩饭和旧竹筒拿走。这一连串的动作殷天玑做得很熟练，虽然这人还在坚持着不低头，但殷天玑不信他能一直挺下去。

离开封魂噬骨阵时，殷天玑并未回头，只是淡淡地扔下一句："你以为你把五弟送出岛就没事了吗？他一定会回来的。"

殷天枢的目光立刻变得冰冷起来，他知道这是殷天玑在给他施加压力，若殷玉衡只是单纯地出岛去陆家看一眼就回来的话，那么他还真拿殷天玑毫无办法。但他只是紧张了片刻，便放松了下来。因为他弟弟不是一个人出发的，傲苍那个家伙在琅琊岛上被镇压了那么多年，还不借此机会多转悠转悠？况且那家伙肯定能看得出来他的用意，会劝住小弟的，这一点倒是不用太担心。

看着殷天玑的背影慢慢地融入秘道的黑暗之中，脚步声也渐渐远去，殷天枢都一动未动，直到秘道尽头的门轰然关上时，殷天枢才完全放松了下来，立刻毫无形象地向后瘫倒在地。

空旷寂静的秘道中，少年毫不克制的喘息声显得越发粗重和急促，殷天枢用手抠着地面的泥土，忍受着那种深入骨髓的痛苦。

刚才他一听到地道门响，就知道是殷天玑下来了，便拼死挣扎着坐起来，让自己看上去不那么狼狈。他这种死要面子活受罪的性格，真的是怎么都改不掉了。

封魂噬骨阵，他早就知道这阵法有多恐怖，只是没想到自己还会有亲身体验的这一天。

殷天枢看着一旁的墙壁，艰难地抬起手，咬破了手指尖，伸指一弹那滴血珠，正好在“正”字下面添上最后一笔。这是殷天玑第五次来看他，应该是过去五天了。

才五天啊……殷天枢盯着墙壁上血红的“正”字，在封魂噬骨阵中，他简直是度日如年。

殷天枢庆幸自己在殷玉衡走之前，与他签订了伴生契约。否则在封魂噬骨阵的折磨下，他说不定就会忍受不住，答应与殷天玑签订契约。那样的话，他以后肯定会追悔莫及。

小弟……再过些日子，你应该就能到陆家了吧？若陆家没被人灭门该有多好，他就有借口让陆家收留小弟几年了。

正胡思乱想转移注意力以减轻全身痛苦的殷天枢，忽然觉得眼前有什么东西在飞舞，立刻睁大了双目。黑暗的秘道中，一点碧绿的萤光无比显眼。

“小碧？”殷天枢挣扎着爬起身，果然见那点萤光正是殷少微的契约灵兽，碧萤虫皇。

小碧好像很高兴殷天枢能注意到它，欢快地在空中飞舞着，但是它也不敢太靠近阵法，靠近边缘便不再前进。殷天枢可以和小碧对话，但它飞行的轨迹并不是给他看的，而且翅膀振动的频率也发生了微妙的变化。

过了片刻，借着阵法的光芒，殷天枢看到一个黑布包裹在地上移动着，等其近了一看，才知道是被一群蚂蚁扛着走的。这群蚂蚁只是普通的蚁虫，所以封魂噬骨阵对它们根本起不到任何作用。

那个黑布包裹缓慢移动到面前，殷天枢伸手解开系扣，两个馒头呈现在他眼前。可能是因为虫蚁经过的地方很狭窄，这两个馒头都被挤得很扁了，但这也是殷天枢看到过的最好吃的东西。没错，这五天他都是靠着殷少微托小碧指挥虫蚁送来的馒头度日，才撑过来的。

把两个馒头抓在手里，殷天枢并未着急吃，而是对着一群勤勤恳恳给他送吃食的虫蚁笑了笑，对小碧说道：“辛苦它们了，这一盘炒饭就送给它们吃吧。”

小碧绿色的萤光闪了闪，也没问殷天枢为何前几日没有这个吩咐。只见它飞舞了两下，这群虫蚁便朝着那盘已经冷掉的炒饭一拥而上，每只都顶着一粒米饭，浩浩荡荡地排着队离开了。一刻钟后，盘子里光溜溜的，什么都没有剩下。

小碧和殷天枢打了招呼，便飞走了，秘道中又恢复了死一般的寂静。

只是这一回，殷天枢就不那么难受了。不碰殷天玑送的饮食，并不是什么可笑的自尊心作祟，而是因为对方在饭菜中下了可以控制和削弱他心志的赤炼草。而他让虫蚁吃掉这盘炒饭，也不是向殷天玑妥协，毕竟五天五夜不吃东西，又在封魂噬骨阵中备受折磨，如此还能挺下来，殷天玑肯定会怀疑的，这么做是为了麻痹他。

艰难地伸出手把竹筒拨倒在地，看着里面的清水尽数倒在了地上，殷天枢才长舒了一口气。

因为身体不断地在出汗，他现在渴死了，这一竹筒水对他来说简直就是致命的毒药。那些虫蚁需要穿过地底的缝隙，所以根本没办法给他带水来。

殷天枢并没有继续躺倒，而是用手捏着馒头，一点点地送入口中，细细地咀嚼着。

这个动作看起来虽然简单，但对他来说完全是酷刑。身上每一寸骨头都像在不断地被打碎然后再重组，牙齿也是。每咀嚼一次，都用尽了他所有的意志力。

很快，身上汗如泉涌，殷天枢使劲地把口中的馒头咽下肚，朝黑暗中的某处翻了个白眼道："看我出丑很满足吗？快点把水给我。"

在他说完的那一刻，从那处飞过来一个指头大点的小玉筒，正好砸在了殷天枢的怀里。殷天枢虽然渴得嗓子都要冒烟了，却还是动作缓慢地将小玉筒举到唇边。并不是他非要装得这么优雅，实在是他没办法做得更快了。

小玉筒虽然不大，却是个专门装水的空间法器，殷天枢喝了几口，终于缓过了劲，大口大口地喘着气。

黑暗中，一个穿着黑色风袍的男子走了出来，在阵法边停住了脚步。风帽遮住了他的脸，但那气势让人绝对不会错认他的身份，正是八级螣蛇风枭。

风枭碧绿色的眼瞳上下打量着殷天枢，像是在评估他的状态。但让他意外的是，殷天枢看起来甚至要比前几天好一些。他还记得第一天看到他的时候，他瘫软在阵法中，现在居然能坐起来了。风枭也是亲身体会过封魂噬骨阵的，记得那也是很早很早以前了，他还是低阶灵兽时，被殷家的人强行签订契约，不肯屈服的他就被扔到了封魂噬骨阵之中。

当时他好像连三天都没撑过就屈服了……

风枭眯了眯碧瞳，不得不承认他开始佩服起面前的这个少年了。封魂噬骨阵经过多年的改良，现如今的效果要比当年他承受的还要强上几倍。

这么单薄的少年，意志究竟是有多坚强？看起来居然打算在里面长期奋战。

风枭冷硬的心里莫名涌起一股怜悯，他原本就是想和这个拥有半灵兽血脉的少年签订契约的，现在更是无比渴望。

“如果你答应我，就不必在这里受这个罪了。”风枭看似轻描淡写地说道，心中却不免有些紧张。以他现在的修为，在外破除这个阵法也不是不可以，但要付出不小的代价。而这个代价，他更想换取一些对自己有利的东西。

殷天枢攥紧了手中的小玉筒，笑着调侃道：“你不会因为我不答应你，就不再给我送水喝了吧？”他一边说，一边用少得可怜的灵气掂量着小玉筒里还剩多少水，可以让他再坚持几天。自从他被关入封魂噬骨阵后，这风枭就天天来给他送水。殷天枢本想看看这家伙能忍几天，结果风枭今天就忍不住开口说话了。

风枭盯着殷天枢脸上的表情，缓缓地摇了摇头：“放心，就算你不答应，我也不会看着你不管的。”风枭虽然口中这么说，但实在难以克制心中的不满，同时也理解了殷天玑的愤怒。这人居然宁可在封魂噬骨阵中备受折磨，也不肯和他签订契约！

殷天枢夸张地松了口气，摇晃着小玉筒轻笑道：“那我就放心地在这里多待一阵喽！记得下回拿点咸肉来，光吃馒头实在是太没味道了。咦，怎么这就走了？记得明天要带咸肉哦……咸菜也是可以的……”

秘道中又恢复了寂静，殷天枢就着凉水把剩下的馒头吃完，摸了摸肚子，这才缓缓躺倒在地。

这秘道虽然看似隐蔽，但根本就拦不住像小碧那样身形的灵虫和风枭这样的强人。不过能来这里的，也就这两位了。殷天枢感激殷少微的帮助，这份情自然被他放在心里，至于风枭要求的签订契约，殷天枢实际上也是很心动的。但这种施舍和胁迫来的契约，他宁可不要。

若是两人处在平等的状态下，他还是会考虑考虑的。

不过，他已经和弟弟签订了伴生契约，不知道还能不能以御兽师的身份，和其他灵兽签订契约呢？有趣……有机会可以试试看……

殷天枢思考着漫无边际的事情，来分散身体上的痛苦。

他并不喜欢自虐，若真扛不住，他不会向殷天玑妥协，而是会和风枭谈条件，那条看似冷酷实际上呆傻的螣蛇，估计很容易被他搞定。但在阵中熬过了三天之后，他渐渐体会到了这个阵法的妙处。

他娘亲打入他识海的传承印记深处，有封魂噬骨阵的资料。这个阵法最开始研究出来，是为了给灵兽改穴换脉、重塑筋骨的。事实上，这是一个很有益处的增幅修炼阵法。但重塑筋骨又怎么可能是那么轻易就能完成的事情，这个过程无比难熬，少有灵兽能够通过这阶段的考验，所以渐渐地，这个阵法便成了封魂噬骨阵，成了关押不听话的灵兽的存在。

最初的三天真的很艰险，若不是他确信娘亲不会骗他，他早就认输了。他这一生中最漫长的三天一过，他便体会到一些阵法的好处来。

由于一天十二个时辰都在与阵法对抗，他的灵力总是处于一产生就枯竭的状态，这反而刺激了他的灵力的凝聚速度。而身上的每根骨头都处于炼化状态，他相信在这个阵法中坚持越久，他的肉身就能变得越强大。灵兽虽然是以修习法术为主，但强大的肉体也是不可或缺的。

待的时间长了，痛苦已经成了习惯，相比之下，迫于无奈送弟弟出岛，对于心高气傲的殷天枢来说，才是最无法原谅的一件事。

要变得更强大，强大到没有人可以对他们兄弟俩指手画脚。

殷天枢握紧了手中的小玉筒，肌肉震颤着，忍耐着炼狱般的痛苦，在阵法中央闭上了双目。

# 第十七章

# 九环溪

殷玉衡并不知道大哥正忍受着世上最痛苦的煎熬，他只是觉得最近一段时间，大哥的气息在识海中若隐若现，是不太好的迹象。但仔细观察，他发觉那些红光虽然变少，却渐渐凝实起来，颜色也越发鲜亮。

这一定是大哥的一种修炼方式。

殷玉衡深信不疑。因为伴生契约的关系，他可以感觉到自身的灵力变得精纯起来，这就是签订契约的好处。

对大哥的担心少了许多，殷玉衡便考虑起傲苍的提议来，虽然傲苍并没有强迫他去九环溪，但自以为是人家的献祭祭品的殷玉衡，在某些情况下还是觉得不能违背傲苍的要求。所以在集安镇短暂地休息了一下，打探到陆家的人已经全部离开后，殷玉衡便和花涓家的车队一起向前行进。

花涓得知殷玉衡还会和她同行很长一段路后，顿时兴奋起来，毕竟有个好同伴可比一个人枯燥地赶路好多了。花涓越发健谈，一路上遇到什么建筑或者城镇都如数家珍。殷玉衡从未出来过，傲苍也是被关了上千年的“宅龙”一条，这一人一龙听得津津有味，倒也找不到机会吵架了。

在得知殷玉衡的目的地是九环溪后，花涓在几日后终于忍不住问道：“小玉衡，你难道是个御兽师？”毕竟是初识的朋友，花涓也不想突然问这么隐私的问题，但实在架不住她旺盛的好奇心。

“哦？花姐姐是怎么看出来的呢？”殷玉衡也没太在意花涓的莽撞，毕竟御兽师也不是什么见不得人的身份，只是一般人很难看出来罢了。

花涓拨弄着手指头，嘿嘿一笑道：“在秋之地见你没买什么灵草或者丹药，刚刚经过赤炎山脉的时候也没看你找什么宝石，但一提到九环溪你就很激动，这不是显而易见吗？”

殷玉衡这才知道自己的破绽居然这么多，不过他把花涓当成了朋友，倒也没什么防备，笑着点了点头。

花涓的目光越发炽热了起来，凑了过去，神秘兮兮地问道：“小玉衡，御兽师家族是不是都特别排外啊？”

殷玉衡再次点了点头。琅琊殷家自成一派，就算是招婿或者娶媳，都会严格挑选对象。除了他父亲，很少有殷家子弟出琅琊岛。哦，现在还要算上他一个。

花涓越发觉得殷玉衡身上的光芒让人不能直视，她这些天私下偷偷问了花家车队的老大，才知道琅琊岛居然是那么有名的存在，并非人人皆知，而是不够格的人无法得知的神秘家族。

御兽师不像炼丹师或者炼器师那样交游广泛，因为后两者需要炼丹或者炼器的基础材料，也有许多的人需要丹药和法器。况且炼丹师和炼器师需要三系天赋，一个家族之内少有人能满足这样的条件，所以炼丹世家或者炼器世家通常只有一两个人坐镇，如果继承人出现断层，就很难传承几代以上还屹立不倒。而御兽师却是自成体系，以血脉传承为主，所以家族尤为强大。只要族中的血脉不断，就会有御兽师产生，也许还会有兽纹繁复、资质上乘者诞生。因此御兽师家族，往往都是真正传承千年以上的大家族。

琅琊殷家，千年前在大陆之上是响当当的家族，虽然岁月的变迁让这四个字的影响力淡去了一些，但在很多有见识的人心中，这个家族依然是一个不可动摇的庞然大物。

花涓吞了吞口水，虽然花家富甲天下，但只是因为他们花家天生是做商人的料，这财富也是近几百年才积累起来的，花家目前属于低阶层的世家，在其他世家眼中完全排不上号。像琅琊殷家这种神秘家族，是他们急需拉拢的对象。但对于年纪尚小的花涓来说，显然最感兴趣的并不是这个。

“小玉衡，你脖子上的那条银……鳞蛇，不会是你的契约灵兽吧？”花涓踌躇了半晌，终于问出了口，“银鳞蛇”三个字说得吞吞吐吐，像是生怕说错了。

殷玉衡僵硬地点了点头，事实上，过了这么久，他还是无法接受自己成为别人祭品的事。只是最近一阵，傲苍对他的态度日益变好，若不是花涓今天提起，他都快忘记这个契约了。

花涓瞄着殷玉衡脖子上的小银鳞蛇，这条小蛇好像每天都在睡觉，银色的鳞片熠熠生辉，远远望去，就像是一条银项链一样。花涓咬了咬下唇，八卦地问道："小玉衡，你和你的契约灵兽是不是不怎么亲密啊……我一次都没有看到过你抚摸它……"

殷玉衡一愣，随即掩饰性地摸向脖子上的傲苍，冰凉的触感让他忽然间回过神，才醒悟这是他第一次主动碰触傲苍，他立刻像烫了手一般缩回了指头。

"哟！胆子大了啊你，居然敢摸小爷我了。"傲苍懒洋洋的，一副大爷模样。

殷玉衡在识海里泪流满面，车队里有个纨绔少爷就是这个派头，成天"小爷"来"小爷"去的，傲苍听多了居然也学得有模有样，这不，还上瘾了。

殷玉衡当下只好伏低做小，学着那纨绔少爷的小厮回道："是是是，都是小的冒犯了。"

花涓在问出口的那一刹那就后悔了，看到殷玉衡的脸色有异，她暗中懊恼自己真是不会察言观色，殷玉衡此去九环溪，说不定就是为了寻找解除和银鳞蛇的契约的方法呢。许是直接杀掉这条银鳞蛇对他有什么不好……以花涓对御兽师粗浅的了解，自然无法推测出殷玉衡和银鳞蛇签订的是什么契约。

当然，这世间也只有傲苍一个人知道。

花涓只好另找话题化解车厢内的尴尬气氛，她眨了眨那双黑白分明的杏目，忽然说道："小玉衡，你的银鳞蛇头顶上怎么有两个包啊？是不是生病了？"

殷玉衡不敢直接把这位小祖宗从脖子上扯下来看，只好从琉璃玉带钩中翻出一面水晶掌中镜，照着镜子随意看了一眼。但这一眼，就让殷玉衡的手定住了。

"咦？我头上的角快要长出来了啊！"傲苍此时也借着水晶掌中镜看到了自己的样子，颇为得意地昂了昂头。它这些时日以来的静修，还有消化的那两株灵草，让它的修为大幅度提升。现在的它就相当于幼生期的青龙，要不是感觉到九环溪应该有它所期盼的龙丹，它肯定要在暮秋岭转悠一段时间。不过暮秋岭的迷雾阵实在是太烦人，傲苍觉得自己这个急性子绝对受不了那种折磨。

现在回头想想，傲苍觉得一千年的囚禁没有让它发疯，真是一种奇迹。

“幸亏出了琅琊岛，否则可要被人发现了。”殷玉衡庆幸，外行人估计看不出来傲苍和一般银鳞蛇的区别，但琅琊岛上个个都是人精，之前傲苍头上的两个包不太明显，现在到了花涓都能看出来的地步，估计再过一阵就要破出头皮，完全变成龙角的模样了。

“哼！愚蠢的人类，发现了又能咋样？小爷我还怕他们那些蝼蚁？”傲苍越发地踌起来，直接顺着殷玉衡的耳朵爬到了他的头顶上，盛气凌人，气势十足。

喂……那些蝼蚁说的好像是他的家族亲人啊……殷玉衡内心不服，但迫于他脑袋上面的那个小祖宗，只有捏鼻子认了。他现在算是摸清楚这家伙的性格了，只要顺毛摸，绝对没有什么问题，但若是稍微让它有点不如意，它就睚眦必报。例如前两天车队里的那个纨绔少爷，不过是在下车休憩的时候多看了它两眼，眼中轻蔑的情绪触动了这位小祖宗某根敏感的神经，当时虽然没有什么异常，但当天晚上傲苍消失了一个时辰，第二天就再也没有见到那位纨绔少爷出过车厢，连对小厮呼来喝去的声音都小了许多。天知道他是怎么被整治得那么老实的！

殷玉衡正在这里担心花涓过于唐突会引起傲苍这位小祖宗的不满，就发现这胆大包天的花家小姐伸出了玉葱般的小手，摸向了他头顶……上的傲苍！

完了，这下他说什么都没用了！

殷玉衡紧闭双目，心想着傲苍要是暴怒的话，他要怎么劝阻才行。可这心思还没转两圈，他就听到一阵银铃般的笑声。殷玉衡疑惑地睁开双眼，在他预料中本应花容失色的花家小姐，此时正笑靥如花，一脸宠溺地看着他头顶上的那位小祖宗。

殷玉衡心中大为震惊，把手中的水晶掌中镜往上一照，就看到镜中映照出傲苍正眯着眼睛，享受地被人抚摸头顶的画面。

真是没节操没下限的龙……

为什么对他态度这么差，却对别人那么好？

殷玉衡差点把手中的水晶镜捏碎，但又没胆怒骂傲苍偏心，只好没出息地微低下头，让花涓不用抬手抬得那么辛苦。

这次之后，花涓和殷玉衡的感情迅速升温……哦，不，是和傲苍的感情迅速升温。

若不是花涓依旧有些怕蛇，估计早就把傲苍捧在手心里了。而傲苍也像是懒得挪窝，现在开辟了殷玉衡的头顶作为新的据点，半步都不肯动。但每天至少要让花涓摸头摸很长时间，一人一龙都乐在其中。

这就苦了殷玉衡，每天都要低头低到脖子抽筋，被花涓身上的香粉呛到鼻子过敏，还要同时跟傲苍和花涓两个人对话，简直让人精神崩溃。这一路就这么前进，很快就到了九环溪边上一座繁闹的村镇——通谷镇。

通谷镇，取自“振溪通谷”四字，属于九环溪的最外围。虽然是最外围，但也在九环溪的范围中，御兽师便随处可见了。花涓的眼睛都险些不够用了，通谷镇中很多人都随身带着灵兽，一般等级不高的御兽师，与其签订契约的灵兽也不会太高级，很多都是幼崽状态。所以“绒毛控”的花涓看着那些猫猫狗狗猴猴，恨不得当街抢一只过来玩。

但不知道为什么，每个经过他们旁边的灵兽都低着头无比乖巧，御兽师都惊讶于他们契约伙伴的异常，有些甚至以为自家灵兽生病了，对其嘘寒问暖。

傲苍盘在殷玉衡的头顶，虽然殷玉衡的身高暂时不能让它睥睨众生，但显然它也不在乎这点小瑕疵。因为它已经越来越清晰地感觉到原本属于自己的龙丹的气息了。

通谷镇的建筑风格和秋夏两地的城市完全不同，虽然繁华，但并没有任何城墙，大抵和一个自由群聚成的市集差不多。通谷镇坐落在一片宽广的草原之上。在厚厚的青草之上，大片大片洁白的帐篷一望无际，就像是天上一朵朵白云散落。鸿雁驿站在此处也有分店，拥有着颇大的一片帐篷，车老大在安排好一切事务之后，便陪着花涓和殷玉衡朝九环溪而去。

春之地的九环溪，是一条螺旋状的溪流，中心处便是春晖潭，溪流总共向外环了九圈，所以被人称为九环溪。殷玉衡站在九环溪边，根本想不通这样一条宽广得像江河一样的水域，居然会被称为溪流?

花涓也没有来过春之地，车老大便在一旁陪着他们，顺便回答他们的疑问。相传一千年前，九环溪真的就是一条小溪，但在漫长的岁月中，溪流越变越宽，也吸引了越来越多的灵兽在此定居。

殷玉衡对九环溪的气候十分适应，和琅琊岛差不多的温度，一下子就让他从夏之地的高温中解脱出来。他站在岸边，再往远处看，便能看到九环溪潺潺流入大海的景象。再往茫茫海面上看去，海天一线，虽然目力所及什么都看不到，但他知道，琅琊岛就在这一片汪洋之上。

如果他现在取出核灵舟，跳上去，是不是过不了多久，就能回到大哥身边了?

只是想象，就让殷玉衡克制不住双手的轻颤，几次想要抬起手摸向腰间挂着的橄榄核。

“哼，愚蠢的人类，不是想要变强吗？”傲苍看不惯殷玉衡这副没出息的样子。不过它自动忽略了他只有十岁这个事实，这个年龄想家是极为正常的。

快要摸到橄榄核的手立刻紧握成拳，殷玉衡最后留恋地看了一眼琅琊岛的方向，便毅然转过身，对花涓笑了笑道：“花姐，我们这回是真的要道别了。”

花涓十分不舍，也不知道自己的这种不舍是对面前这个少年还是他脖子上的小银蛇。但她不是那种无理取闹的娇小姐，一番道别之后，她给了殷玉衡一枚紫络铜钱。紫络铜钱是一种低级法器，都是成对炼制的，两枚铜钱相距一定的距离时，就会发出嗡嗡响声。紫络铜钱多用于即将分离的朋友之间互赠，这样他们以后离得很近时不会错过。

殷玉衡发现这对紫络铜钱上各刻有两个字，他的这枚是“吉祥”，花涓留下的那枚是“如意”。殷玉衡看着花涓把她的那枚如意紫络铜钱编进发辫里，这时才发现花涓的头饰居然都是这种紫络铜钱，仔细看来上面刻的字都不同，想来是为了区分开来，分别和很多人联络用的。殷玉衡不由得无语，本来把铜钱戴个满头是挺俗气的一件事，但偏偏这位大小姐居然搞得这么风雅艺术，甚至让人看不出来那是铜钱，这审美果然不是一般家族能培养出来的。

郑重地把自己的那枚紫络铜钱挂在了橄榄核上面，殷玉衡便和花涓道了别，沿着九环溪朝内陆而去。

九环溪很宽，上面并没有什么桥，不能横跨而过直线到达九环溪中心，只能沿着溪流前行，这走一圈就相当于绕了大半个春之地。九环溪本地人称九环之内的溪流为八环溪，八环溪之内称为七环溪，以此类推，用数字来命名。殷玉衡独自上路，走得倒不是太艰辛。九环溪外围还比较繁华，他走了没多久就搭上了一辆马车，那个主人好心地载他一程，但也只能送他到八环溪附近，还好言相劝叫他不要再往内深入了。

一个月后，当殷玉衡站在八环溪附近时，发现这里有个躺倒在地的界碑，标明这里是九环溪与八环溪的分界点。九环溪大部分都是平坦的草原，但八环溪这里，就是低矮的灌木丛了。

“啧，想好了吗？再往里去，没有个三四年出不来的。”傲苍意味深长地说道。九环溪真是个折磨人的地方，本来走直线到九环溪中心，一个月就能走到了，现在坐着马车走了一个月，也不过是在外围转了一圈而已。接下来还要继续转八圈，但肯定不会这样轻松，毕竟越深入，就越偏僻，所遇到的灵兽的等级就越高。

“想好了。”殷玉衡淡淡道，毫不犹豫地跨过了地上的界碑。八环溪实际上也有御兽师经常出入，但每个经过的人都行色匆匆，尽量在这里少待上一刻钟，而且绝对不会和陌生人有任何眼神交流。

“喂……那个……摸摸我的头行不？”傲苍爬下殷玉衡的头顶，缠绕在他的左耳上，压低了声音说道。

殷玉衡的嘴角抽了抽：“不会吧？你还被花姐惯出毛病来了？”

“哼，愚蠢的人类！吾是角快长出来了，头很痒好不好！你不愿意摸，吾还不想让你碰呢！谁……谁稀罕！”傲苍发火了。

殷玉衡一惊，忽然发现自己居然把内心的想法直接说出来了。

这样可不太好，识海中交流实在是太方便了，都不用说出口，很容易就把自己内心所想的直接在识海交流时表露出来。

不过殷玉衡发现，傲苍已经很久没有自称过吾了，也没有再发过脾气。这……应该算是好现象？是在识海交流的缘故，让傲苍逐渐卸下了伪装的面具？

殷玉衡来不及多想，连忙学着花涓的动作，尝试着去摸傲苍的头皮。

傲苍已经痒了一个月了，一直碍于面子挺着不说，实在忍不住了顶多在殷玉衡的头顶上打个滚蹭一蹭，这回被暖暖的指尖抚摸，一下子舒服得闭上双眼直哼哼。不过他还是半睁开一只眼睛，挑刺地问道：“咦，你最近好像很少管小爷我叫阁下了？”

“其实你的自称也从‘吾’改为‘我’了……”殷玉衡见傲苍情绪不错，不咸不淡地跟他顶了句嘴，同时加大了手指上的力度。

傲苍立刻就忘记了殷玉衡刚刚说了什么，哼哼唧唧地说道：“嗯……用力，再用力一点！对！就这个地方！不要停！”

殷玉衡一脸黑线，正在犹豫是不是收回手，忽然见旁边的灌木丛中跳过一个灰影，下意识地停下了脚步。

“哎，不要停！”傲苍不满意了，就像是干渴多日的人终于喝到了清水，却只喝了一口水壶就被收回去了，那还不如不给喝呢！“不过是只胆小的阴木鼠，理它作甚！”

“什么？那是阴木鼠？”殷玉衡又不是没见过阴木鼠，那是一种很胆小却又极为阴险的灵兽，善于躲藏在阴暗之处，有剧毒，行动敏捷，令人防不胜防。但琅琊谷的阴木鼠只比普通老鼠稍微大一些，可刚刚那个灰影，足足有野猫那么大！

“嘿，这里是九环溪，琅琊谷能和这里比吗？”傲苍翻了个白眼，发现殷玉衡并没有收回手，便决定自力更生，主动往他手上蹭。

殷玉衡没再管它，而是加倍小心地往前行进。这是他的失策，本以为有脖子上的这位小祖宗在，九环溪内的灵兽会像在琅琊谷那样绕着他走，但刚刚那只阴木鼠，分明是冲他而来的！

“啧，忘记告诉你了，愚蠢的人类。在九环溪，像小爷我这样的存在，反而像肉骨头一样吸引着高阶灵兽。”傲苍像是恶作剧终于被发现的孩子一样，嘿嘿嘿地窃笑起来，丝毫不觉得把自己比喻为肉骨头有什么不妥，“否则你觉得为什么我会向你保证这里能让你变强呢？努力保护小爷我吧！无知的人类！”

殷玉衡收敛心神，把傲苍的笑声当成噪音，仔细听着四周的动静。

他知道，这是自己选择的道路，只能前进，不能后退。

# 第十八章

# 误会

殷玉衡的变强之路充满了血泪，他在八环溪磕磕绊绊地前进，过程简直难以用言语描绘，花了一年的时间才踏进七环溪。到后来他的空间法器琉璃玉带钩中的生活用品也都消耗殆尽，所有衣服都在各种战斗中被撕得粉碎，他只好吃灵兽的血肉，用灵兽的皮毛来遮体。

虽然他的实力强了一些，且九环溪越往里所绕的圈也越来越小了，但他行进的速度并没有更快。因为越往里去，灵兽的等级就越高，一不小心就会尸骨无存。好在真正危险的时候，傲苍也不会坐视不管，只是每次请这位祖宗救场之后，它就要闹很久的脾气，哄半天才能哄好。后来殷玉衡遇到危险了，也咬牙不喊傲苍帮忙，这般数次下来，居然把他的实力生生地逼得进步了许多。

时间一晃就又过了四年，殷玉衡终于看到了四环溪和三环溪交界处的界碑。越往九环溪的中心去，灵兽就越少，但危险的是，这里基本都是高阶灵兽的聚集地，若是惹上了一只，就会惹来一群。

殷玉衡在五年的生存考验中，早就学会了如何分辨此处是否有灵兽来过的痕迹。仔细在周围检查了一番后，确定此处暂时安全，他便脱掉了身上的火斑虎皮，跳到溪水中开始清洗身体。昨天夜里刚和一只五级巨雾角犀殊死搏斗了一番，身上沾到的血渍干了还没有清洗，委实难受得紧。

在岸边上，一条手腕粗细的银蛇盘踞在殷玉衡脱下来的火斑虎皮上，懒洋洋地晒着太阳。准确地说，这应该不能算是一条银蛇，因为这条银蛇的脑袋上，长着两只银色的龙角，在阳光下熠熠生辉，而蛇身上的鳞片也不是纯正的银色，而是银中泛青。这正是长大了的青龙傲苍。

傲苍眯着眼睛打量着在溪水中清洗身体的少年，这五年不光它恢复了一些实力，就连殷玉衡也从一名十岁的孩童长成了一个翩翩少年。也许是风餐露宿的原因，少年的皮肤泛着蜜色，身上伤痕累累，但每一处都是和灵兽搏斗留下的勋章。身材急速地拉长抽条，肌肉线条优美，而背后的兽纹……

傲苍的双目又眯得更深了，殷玉衡背后兽纹的异样，也是它最近两年才发现的。这世上，居然有兽纹可以生长的御兽师存在！

御兽师身上的兽纹，自十岁觉醒之后，便固定了，不会扩大或者缩小，只会随着与契约灵兽的契合度的变化而产生颜色的变化。可是殷玉衡背上的兽纹，一开始只占据了肩胛骨的位置，像后背生出了双翼，而现在却已经蔓延到整个后背上部，图案也越发繁复。

到底是怎么回事呢？

傲苍在火斑虎皮上打了个滚，仰躺着透过头顶茂盛的枝丫看向碧蓝的天空，他们现在处在三环溪，自五环溪后就深入了山林地带，越往深处树木就越古老，就像它头顶上的那棵云松，几乎可以遮天蔽日。

傲苍最近几年修炼的速度飞快，不光是自己的原因，也是身为殷玉衡仆兽的福利。

时隔五年，再想起自己仆兽的身份，傲苍的情绪没有太大的波动了。毕竟这个秘密只有它自己知道，而殷玉衡把它当祖宗般供着，它还能挑什么刺呢？正舒服地晒着太阳，傲苍的视线里忽然多出来一张英俊帅气的面容，占据了它的整个视野，也挡住了那片碧蓝的天空，那人湿漉漉的头发甚至还在往下滴水。

“傲苍，你要不要也洗洗？”殷玉衡建议道，没有直说这家伙身体现在变大了，更容易脏了，如果不洗澡的话，一会儿缠在他手臂上，岂不是让他刚洗的澡也白洗了吗？

“嗯。”傲苍算了下，发现自己有好几天没洗过澡了，不过它只是哼了一声，连动都没动，甚至连眼睛都闭上了。果然，片刻后，一双手便温柔地把它抱起来，掬起溪水往它身上浇来。那冰冰凉凉的溪水洒在它身上，立刻让它舒服地哼唧了一声。

不错，有这样服侍周到的仆人，它就勉为其难地继续留下吧！

当袁小鸦来到三环溪边时，看到的就是这样让她震惊的场景。在齐腰的溪水中，一名看起来和她年纪差不多的俊秀少年，正赤裸着上身站在溪水中，仔仔细细地给一条银蛇洗澡。那条银蛇整个身躯都缠绕在少年的手臂和身上，看上去既恐怖又具有一种令人震撼的美感。

袁小鸦当场就呆在了那里，连目光都舍不得转开。她自小就被族人教育，不得擅自靠近溪水边。春晖潭被称为九环溪的圣地，而占据春晖潭的袁氏家族，实际上连春晖潭的边都没有摸到过，只能待在三环溪附近，不得寸入。而她这回和家中怄气，赌气似的跑到了溪边，谁承想会看到这样一幕。

这少年是谁？不会是山林中的高阶灵兽所化吧？

袁小鸦正芳心大颤，就见到那少年抬起头朝她的方向看来。那一双黝黑的眼睛，幽暗深邃，一旦对上视线，就像是要把人的灵魂都吸进去一般。他的五官俊秀，黑色的长发自然垂落而下，发梢漂在水面之上，当真就如同山林精怪化成了人形一般。袁小鸦在族中也见过几只高阶灵兽的人形，知道灵兽化形外貌往往都极其俊美或者妖冶，当下便更为肯定她撞上的就是一只高阶灵兽。

胆子颇大的她，完全没有危机意识。如果她面前确实是一只灵兽的话，那么她的下场往往只有一个，那就是被撕碎。

殷玉衡则颇为惊讶地看着袁小鸦，他早就听到了跑动的声音，本来以为是来攻击他的灵兽，绷紧了浑身的肌肉打算迎敌，却没想到出现的是一个十五六岁的少女。这名少女的服饰他从未见过，手腕和脚腕都用各色布带绑紧，减少了在丛林中被树叶、枝干刮到的麻烦，也让她整个人看起来更加具有异域风情。这名少女长得并不特别美丽，但胜在一双眼睛水灵灵的，而且脸蛋圆滚滚的有点婴儿肥，倒是可以称得上可爱。

“喂！愚蠢的人类！你多久没见过女人了？怎么看到一个就移不开眼了？还没伺候完小爷我呢！”

傲苍不满地收紧了身体，自从它的身体长大之后，它最满意的就是可以随时折腾它这个“仆人”了，只要不满意就立刻缚刑伺候！

殷玉衡很熟练地在傲苍使力的时候就做了准备，不至于因猝不及防而窒息，他在识海中抱怨道:“那你突然把角收回去做什么?我才刚给你洗完其中一个。”

“哎呀,给女孩子看到不太好嘛!我和她又不熟。”傲苍装作不好意思地说道,实际上它也没把这个误入的少女当回事,只是它的恶趣味发作,又打算装回无害的银鳞蛇了。好吧,虽然好像没有银鳞蛇能长到它这么大的。

殷玉衡彻底无言以对,这五年里和傲苍越混越熟,也越来越感受到这家伙的下限根本就不存在。

不过这也提醒了殷玉衡,自己现在这个样子,实在是不好让别人继续直勾勾地瞅着。他已经看出来这名少女是个人类,而且还有可能和他一样是御兽师。这样的话,他后背的兽纹就最好不要让她看到。虽然他从未看到过自己背后的兽纹,但傲苍最近几年经常盯着他的后背若有所思,他也察觉出来他的兽纹应该是有点什么异于常人的问题。

殷玉衡想张口跟岸边的少女打招呼,但嘴张了张后,一点声音都没有发出来。这时他才惊觉,自己居然已经有五年没有说过话了。

因为在九环溪一个人类都没有遇到过,和傲苍的交流也是在识海中,根本不用出声,这才导致他现在突然想说话,却一下子找不回声音来了。不好意思地笑笑,殷玉衡用手指了指岸边石头上的火斑虎皮,示意她扔过来。

没想到殷玉衡的这个动作,越发地让袁小鸦确定他是高阶灵兽化成的人形,因为从未与人接触过,所以根本不会说话。

袁小鸦按捺住心中的兴奋,若是能把一只高阶灵兽诱拐回家族,肯定是大功一件!她这时才注意到石头上的火斑虎皮,又是一阵激动。火斑虎是一种恐怖的存在,九环溪之中甚少有灵兽敢打它们的主意,因为火斑虎是群居的灵兽,惹到了一只就等于惹了一群。况且火斑虎自出生就是五级灵兽,成年的火斑虎一般都能突破到六级,看这块火斑虎皮的大小和纹路,像是一只成年火斑虎。那么可以肯定,她面前这位少年一定是只超级危险的高阶灵兽。

虽然稍微有了一些危机意识,但袁小鸦也不能掉头就走,一是不甘心,二是若不完成对方的要求,说不定她会死得更快。而且看少年表情平和,应该不会对她不利。

袁小鸦把火斑虎皮朝溪流中的少年一扔,才反应过来对方身上什么都没穿,她居然就那么呆看了对方许久，这才面红耳赤地转身避开了对方穿衣的动作。

身后水声响起，待袁小鸦再转过身来时，就看到那名少年已经穿好了火斑虎皮做的背心，身下围着同样用火斑虎皮做的短裙，笔直修长的双腿露在外面，立刻让袁小鸦脸上刚褪去的红潮又蔓延了上来。

“啧，这小姑娘怎么这么容易脸红啊？”傲苍挑剔地说道，“看她修为也不高，虽然不清楚兽纹繁复与否，但估计也不是什么好资质，在九环溪资源这么丰富的地方，都没和灵兽签订契约。”

殷玉衡才不管这姑娘有没有和灵兽签订契约或者资质几何，他现在迫切需要的，是一件衣服、一顿家常便饭和一张温暖的床。他这五年在九环溪中，最难熬的并不是要经常面对层出不穷的灵兽袭击，而是没有正常的饭菜吃！天知道他现在有多希望能吃一顿香喷喷的大米饭啊！还有五年之中都没有睡过一晚安稳觉，每次看到傲苍这家伙在他身上睡得天昏地暗，他都有种想要暴打它一顿的冲动！

所以在袁小鸦一边用手势比画着，一边发出请他去她家做客的邀请时，殷玉衡毫不犹豫地点了点头。

袁小鸦欣喜若狂，没想到这么容易就诱拐成功，果然是涉世未深的高阶灵兽。不过，她这时才看到这少年身上一直缠着的银蛇，居然是一条硕大无比的银鳞蛇。

银鳞蛇能长这么大吗？这么大肉会更好吃？不会吧，应该更老才对吧？难道这是少年随身携带的储备粮？不过对储备粮这么好还给它洗澡，应该是马上要吃了吧？

傲苍感受到袁小鸦怜悯的眼神，不禁莫名打了个冷战。

袁小鸦为了表示友好，也不管殷玉衡能不能听懂她说的话，自我介绍后就热情地叽叽喳喳地介绍起了她的家族。虽然她说的话有一些地方口音，但殷玉衡也能听懂大半，借此了解了一下传说中春晖潭的所在。

在大陆上，四大圣地中春晖潭袁氏家族最为神秘，也少有族人现身于人前，就殷玉衡的切身体会来说，实在是因为九环溪的地理位置太特殊了。除了飞行灵兽，出去一趟至少要一两年。袁小鸦说她从小到大都没有见过一个外人，据说六环溪七环溪一带还是存在一些御兽师家族，但极少有人进来。这也是她打心底认为殷玉衡是高阶灵兽的缘故，否则这样年轻的一个少年，又怎么可能孤身一人从外围的九环溪走进来呢？

三环溪内都算是春晖潭的地盘，但从没有人进入过二环溪内，甚至连溪水边都是禁地，因为灵兽都喜欢在溪水边喝水，每一段溪水周围都是各种灵兽争斗的地方，若有外人侵入，肯定会被灭杀或者被驱逐。

殷玉衡听到这里时，不禁脚下一滞。原来是这个原因吗？因为他一直沿着溪水走，才没碰到任何山村和门派？因为没人敢靠近溪水边？殷玉衡一阵无语，他又被傲苍这家伙耍了，是谁告诉他一定要沿着溪水往里走的！

傲苍无辜地眨了眨眼睛，在殷玉衡的手臂上又缠了一圈，防止他突然发怒把它捶一顿。

殷玉衡深吸了几口气，把心中的怒火压了下去。

罢了，当初想要变强的人是他，如果走中间比较安逸的路线，也许能很快到达九环溪的中心，但那也一点意义都没有了。他早就注意到了，九环溪确实有蹊跷，不仅仅是因为此处有个隐秘的阵法，约束着灵兽不能擅自离开，九环溪的溪水中也蕴含丰富的灵力，灵兽喝了会有巨大的作用，这也是此处灵兽要比琅琊谷或者别处的灵兽灵力强大的最根本原因，灵兽也因此不愿离开此地。而且随着在九环溪的持续深入，殷玉衡也察觉到溪水中的灵力越发凝实，那么到最中心的春晖潭又会如何呢？

跟随着袁小鸦往树林内走去，殷玉衡的心情忽然间变得忐忑起来。这也是正常的，毕竟他离开人群已经五年了，现在连说话都不太正常，沟通上会不会有麻烦呢？

想着想着，他的脚步就不由自主地慢了下来，到最后完全停住了。

袁小鸦一回头，发现这俊秀少年站在那里一动不动，满脸的犹豫之色，便知道他是打退堂鼓了。她又怎么肯让他离开，连忙跑了回去，索性拉住了他的手腕，拽着他往前走。

“你别怕啦！我的族人都是很好相处的。来嘛！”袁小鸦放柔了声音，擅自拉住殷玉衡却没有遇到反抗，故而胆子变得越来越大。

殷玉衡连怎么说话都差点忘记了，对这样的热情邀请更是难以应付，只好跟着袁小鸦快步向前走。

傲苍可看明白了袁小鸦的心思，八成是把它的小“仆人”看成了高阶灵兽，想要诱拐回去签订契约呢！不过它也不戳破她的误会，想看殷玉衡出丑的它一个字都没和殷玉衡说，打了个哈欠等着看戏。

袁小鸦生怕到手的“高阶灵兽”跑了，恨不得脚下生风，都顾不得看路。但过了没多久，她被身后的人一把拽住，硬生生地停住了。袁小鸦此时才注意到，她居然差一点不小心踏入青金王蜂的地盘，这种青金王蜂虽然只是三级灵虫，但成千上万只青金王蜂可以轻易地杀死闯入它们地盘的七级灵兽。它们颇为难缠，不死不休。

看着不远处那个硕大的蜂巢，袁小鸦的后背骤然布满冷汗，差一点连站都站不稳。她同时也庆幸自己的好运气，因为之前她就是从这条道路跑向溪水边的，居然避开了这片禁地。

袁小鸦小心翼翼地收回脚步，打算拉着身后的少年绕路而行，可是后者却纹丝不动。

再用力，也还是拽不动。

“阁……阁下，您请勿动怒……”袁小鸦见少年面无表情，以为他生了气，小心翼翼地赔着礼。同时自己也无比懊恼，若是换了她，恐怕也会觉得初次见面就被人急吼吼地拉上黄泉路，绝对是不安好心。

殷玉衡张了张唇，这回从嗓子眼里发出了嘶哑的声音：“指……指……路。”

袁小鸦这回听懂了，意外于少年能简单地讲话，也惊喜地发现对方想要跟她回去的初衷并没有改变，她马上抬手指了个方向，之后便发现少年轻易地挣脱了她的手，朝着她指的方向带路。

跟在少年的身后，袁小鸦看着他悠闲地迈步，就像在闲庭信步，每一次都恰好地避开了一些不明的危险动植物，连发梢都不会波动一下。袁小鸦不由自主地踩着他的脚印前行，时间长了也注意到少年一直留心她的步伐，若是她没有跟上，就稍微放慢速度等她。这种小细节让袁小鸦颇为感动，开始考虑是不是跟族中长老说自己想要和这位阁下签订契约。

殷玉衡浑然不觉身后少女的内心波动，他此时正在识海中和傲苍闲聊：“青金王蜂、箭毒齿蚁、钩吻蛙……这小姑娘就是从这条路跑过来的？居然还平安无事？运气太好了吧！”

“啧，少见多怪了吧，人类。是她身上带有驱除毒虫的法器，才会如此的。而且她的身上也带有高阶灵兽的毛发，对其他灵兽也是一种震慑。喏，就和我让你把火斑虎皮剥下来穿在身上的道理是一样的。”傲苍在殷玉衡的肩膀上找了个舒服的位置，将已经拳头大的头懒洋洋地靠了上去。

“毛发？”殷玉衡忍不住回头朝身后的袁小鸦看去，袁小鸦发现了他的注视，奉送了一个可爱的微笑。

殷玉衡连忙回过头，说：“哪里有什么灵兽毛发啊？就是头发上插着根紫色羽毛。”

“哼，那应该是七级凤头苍鹰的翎羽！”傲苍说完，发现殷玉衡没有任何反应，加强语气道，“不要小看飞行灵兽，因为天与地的差距，七级的飞行灵兽足以对抗八级陆地灵兽了。当然，等级这么高的灵兽，除了有深仇大恨，甚少有真正拼命的殊死搏斗。”

殷玉衡没敢接话，实际上他真想问一句，现在傲苍伪装成银鳞蛇，万一真碰到了那凤头苍鹰，会不会直接被当成美食吞吃入腹啊？蛇和鹰好像是天敌来着……一想到这个可能，殷玉衡就想立刻掉头，但内心深处又很想看到这幅画面，不由得开始做起了激烈的思想斗争。

傲苍也等着看自家“仆人”被误认为是高阶灵兽的混乱画面，这一人一龙都想看对方的好戏，同时陷入了沉默。

也许是越来越靠近袁氏家族的聚集地的关系，毒虫越来越少了，殷玉衡也渐渐地看到在参天古树的缝隙处，间或显露出来的一排排建筑物。离得更近一些时，才发现这些建筑物都是直接用森林中的木材搭建而成的一座座造型古朴的木屋。有些木屋上还缠绕着藤蔓，藤蔓之上还开满了娇嫩的花朵，充满了世外桃源的雅致。

这些建筑周围并无外墙，可见袁氏家族中有足够强大的御兽师与高阶灵兽坐镇，才会如此嚣张。殷玉衡倒是来不及多想什么，他现在急需一顿饭和一张床，在野外独自修行了五年，和用实力说话的灵兽们打交道，预知危险已经成为他的本能。若是他思虑过重，恐怕也无法从那么多危险的境地逃出生天。毕竟灵兽虽然有灵，但更多时候是遵循本能行事。殷玉衡有时候也会想，如果自己继续在九环溪这样待下去，是不是会变成和灵兽差不多的存在?

他还未靠近这些木屋，便警觉地停下脚步，朝一棵参天大树凝望着。

树梢未动，只见一个黑影轻松地从树上跳了下来，落地无声。

傲苍掀了掀眼帘，不屑地扫了对方一眼，又重新闭目假寐起来。

这是一个正当盛年的男子，服饰和袁小鸦穿的差不多，干练精神，上身是简单的短褂，露出肌肉结实的胸膛。一头半长的紫发整齐地束在脑后，露出宽大的额头。他相貌英俊至极，比殷玉衡还高出一大截，只是站在那里，浑身就显出一股令人不可小觑的霸气。

“沧……沧叔……”袁小鸦立刻畏畏缩缩，躲在殷玉衡后面不敢冒头。

“你还知道回来?”沧瀛语气冷厉威严，目光却没落到袁小鸦身上，而是紧盯着殷玉衡这个不速之客。

殷玉衡这五年来倒是习惯了与各种危险的灵兽对峙，沧瀛的眼神虽然锐利，但没有杀机，他站在那里坦然相对。

沧瀛倒是对殷玉衡有些看不透了。袁小鸦离家出走，他第一时间就给林子里的灵鸟发出了讯息，一路自有灵鸟飞回来跟他汇报情况。再加之袁小鸦身上有避毒法器和他的翎羽，所以他一点都不担心她的安危。倒是这个凭空出现的少年，他也和袁小鸦一样认为对方是九环溪中的高阶灵兽。因为在这种地方，遇到高阶灵兽的概率要远远大于遇上人类。

这个先入为主的观念，让沧瀛混淆了判断。再加之殷玉衡这五年中逐渐丢下了人类的生活习惯，总是下意识地模仿着灵兽的思维和想法，而最主要的是，傲苍还恶作剧地用自己的气息把殷玉衡整个笼罩了起来，让沧瀛完全判断不出来面前这名少年的深浅。

能让他都看不清深浅的存在，那必然是比他还要强大的灵兽。

沧瀛判断完毕，收敛了试探的目光，神色已经转为恭敬，对殷玉衡郑重地躬身道:“阁下，欢迎来到袁氏家族，吾名沧瀛。”

袁小鸦这回彻底肯定了自己带回来的少年有多强悍，居然只是一个对视，就让高傲无比的沧瀛弯下了腰。她甚为得意，自来熟地挽住了殷玉衡的手臂，嘿嘿一笑道："来，我领你去四处逛逛！"说罢示威地朝沧瀛扬了扬下巴。哼！不肯和她签订契约？看她一出去就找到了个更好的！谁稀罕啊！

殷玉衡被沧瀛的那声"阁下"砸得头昏眼花，下意识地抚摸着身上的傲苍，急忙问道："他是看出来你的身份了？也难怪，对方至少有七级了，和我们以前遇到的那些灵兽不一样。对，风枭那家伙也是一打眼就能看出来的。那我们怎么办？你不是说飞行灵兽很难对付吗？他是不是想要瓦解我们的警惕心，然后……"

傲苍闻言差点喷笑出声，再次被自家"仆人"的想象力折服。它压下要笑场的情绪，懒洋洋地用尾巴尖扫了扫他的手背，淡淡地道："啧，胆小的人类，你不是想要吃东西想要睡觉吗？放心，没事的。"

殷玉衡得到傲苍这句话，才放下了心，他知道这家伙虽然不靠谱，但绝对不会害他，便随着袁小鸦走进了那片建筑群。

沧瀛也跟在他们身后，看殷玉衡身上遮不住多少地方的火斑虎皮怎么看怎么不顺眼，便招来一名袁氏家族的族人，吩咐他先准备去了。

这是殷玉衡这五年来头一次见到这么多人，他到来的消息很快就被散播了出去，所以只要是在聚集地的袁氏族人便都出来围观他了。有很多都是御兽师，衣服款式都差不多，异于秋之地流行的峨冠博带和夏之地的遮面长袍，这里的人都穿着绑手绑脚的服饰，配合着山林木屋的背景，倒是别有风味。还来不及多看这些御兽师裸露在外的兽纹，殷玉衡就被带进了一座建造极为考究精致的木屋。

袁小鸦并未跟着进来，而是沧瀛从其他人手中接过一套衣服递给了他。

殷玉衡早就想换下身上的火斑虎皮了，刚刚被人围观的感觉，实在是不太好。当他打算换衣服的时候，却发现沧瀛依旧站立在屋子中，毫无离开的意思。

殷玉衡停下了解开火斑虎皮的动作，用带着疑问的眼神朝沧瀛看去。还没找回言语交流习惯的他，下意识地用着眼神和肢体语言。

沧瀛抖开他手中的衣服，那意思是怕殷玉衡不会穿，他留下来帮他穿衣服。

殷玉衡的身体僵了僵，虽然他的兽纹在背后，但穿衣服时只要一弯腰，就能看得一清二楚。这人生地不熟的，还是给自己留一点底牌才好。所以他摇了摇头，用手指着门口，示意沧瀛不用留下。

沧瀛耸了耸肩，也不介意，把手中的衣物放下之后便推门出去了。

准备的衣服和袁氏族人身上穿的差不多，当殷玉衡穿上柔软的布料时，差一点泪流满面。那火斑虎皮表面上看起来很柔软，但实际上相当的粗糙啊！他飞快地把衣服换好，又利落地学着袁氏族人的样子用布带把袖子和裤腿绑好。当一切做完后，殷玉衡坐在不算柔软的床铺上，压根就不想起来了，直接顺从自己的内心，向后躺倒。

“喂！愚蠢的人类！怎么可以这么懈怠？”傲苍恨铁不成钢，虽然是它发话让殷玉衡过来骗吃骗喝的，但戏要做全套啊！这还什么都没演呢！

“不管了……”殷玉衡一扯床上叠得整齐的被子，把自己往里面一卷，不管傲苍在鬼叫什么，埋头呼呼大睡。

傲苍非常闹心，但木屋外面有人，它又不能弄出太大的动静，只好把自己也挤进殷玉衡的被窝里。

“呼……确实好温暖……哼……这次就饶了你……”

沧瀛在外面左等右等都不见里面的人出来，以为对方是根本不会穿衣服，把衣服弄坏了才不敢出来。等他实在忍不住敲了敲门再推开后，就看到床上的少年把自己裹成了一个大蚕蛹睡得正香。

见这样的情况，沧瀛也不好再打扰，只得关上了门，迎着袁小鸦兴奋的目光，他不由得太阳穴剧痛。

离家出走的问题少女回来了是好事，又带回来一只高阶灵兽自然是更大的好事，但居然还要奖赏她？那岂不是鼓励她继续离家出走？

# 第十九章

# 真正的御兽师

殷玉衡这一觉睡了两天，当然他完全不知道，是他醒来之后傲苍说的。

摸了摸饿得瘪瘪的肚子，殷玉衡感受了一下自己的饥饿程度，觉得傲苍说得夸张了点，顶多睡了一天半。不过据傲苍说这段时间里袁家的人都没来打扰过他，显然他们对灵兽各种奇异的行为已经非常适应了，一睡不起什么的很正常，有些灵兽休眠能睡个几年。

殷玉衡身上的布带在睡眠中早就被弄得松松垮垮的，他运起水系法术再加火系法术，立刻就给自己弄了一盆热乎乎的水擦了一遍身体。没错，他的火系法术是从和大哥的契约中得来的，而水系法术则是得自与傲苍的契约。虽然傲苍那位小祖宗不承认，殷玉衡也看不到自己身上的兽纹，但他觉得他们的契合度绝对不是最开始的零了。

重新穿上衣服，殷玉衡觉得自己好像又活过来了一般。一开木屋的大门，殷玉衡才发觉屋外不知道什么时候搭建了一个敞开式的木棚，木棚下的桌子上堆满了各种瓜果和热气腾腾的饭菜。这个画面差点就让殷玉衡的眼泪夺眶而出，他直接就坐在了桌子前面，抄起一旁的筷子便开始风卷残云。

“喂，这样随便就吃人家的食物好吗？至少要验验毒吧？”傲苍说得冠冕堂皇，实际上它也在用尾巴扫桌上的水果吃。袁家特意拿出来供奉给他们的食物，又怎么可能不是顶级的食材？反正就是为了骗吃骗喝而来的一人一龙，毫无压力地照单全收。

殷玉衡吃得差点撑死，傲苍直接吃得肚子都鼓了一个大包。

袁小鸦捧着一坛月浆果酒来的时候，看到的就是一桌子空碟，不过她也没太吃惊，反正灵兽都是一群比较难以用常识来衡量的家伙，族中许多灵兽都是大胃王，袁家也不是供应不起。她走过来把月浆果酒给殷玉衡倒了一碗，笑盈盈地问道："阁下，还需要餐食吗？"

殷玉衡摇了摇手，这回他是撑得说不出话了。虽然大部分都是傲苍吃的，但他也吃了不少，他已经多年没有经历过暴饮暴食的胃负担实在不小。

袁小鸦刚想说什么，就发现她刚倒的那碗月浆果酒被那条巨大的银鳞蛇用尾巴钩去，蛇头已经埋进酒碗中了。嘴角抽搐了几下，她只好又重新拿了只碗给殷玉衡倒了一碗。

殷玉衡从未喝过酒，只觉得闻起来味道香浓，喝起来一股甘甜辛辣的味道从喉咙掠过，令他整个人都忍不住打了个舒服的寒战。

袁小鸦见他喜欢，便坐下来陪他一起喝酒，顺便发发牢骚。她知道这位少年也许听不懂她在说什么，但她急需一个可以倾诉的对象，便絮絮叨叨地发起牢骚来。

殷玉衡有一搭没一搭地听着，他对别人的隐私毫无兴趣，但对方既然主动说出来，他不听是不是有些失礼呢？

原来袁小鸦是袁氏家族这一代的继承人。他们家族没有男尊女卑的观念，只要拥有袁氏血脉，资质不差，得到长老会和供奉们的认同，便可以继承族长之位。但袁小鸦的父亲因病英年早逝，袁小鸦年纪太轻不足以服众，而她父亲的契约灵兽沧瀛又是一副拒绝与她签订契约的模样，所以她才赌气离家出走。

殷玉衡眨了眨眼睛，觉得这妹子果真就是没长大，也怪不得人家不想和她签订契约。也没自家父亲的灵兽，必须像财产一样由子女来继承的规定吧？那样灵兽岂不是太可怜了？

习惯性地在内心嘀咕着，殷玉衡懒得开口劝说，刚端起酒碗又喝了一口月浆果酒，袁小鸦的下一句话就让他差点把刚喝进嘴里的酒液呛到嗓子眼里。

"阁下，看沧叔那么尊敬你的样子，是不是你比他还厉害啊？"袁小鸦扑闪着两只天真无邪的大眼睛，期盼地看着殷玉衡，"你能不能和我签订契约呢？做我的契约灵兽吧！我会好好对待你的！"

殷玉衡的识海里充满傲苍震天响的笑声，他这才确定自己真的没有听错。

“喂……是你搞的鬼吧？”殷玉衡只觉得头大如斗，被当成灵兽的是他？难道之前沧瀛古怪恭敬的礼，是对他而行的吗？

“哈！不是很有趣吗？”傲苍笑得差点岔了气，刚吃得太饱的肚子让它又有点难受地在桌子上翻滚了几下。“让他们把你当成灵兽又有何不可？你不是觉得太累了，想要休息一阵吗？我允许了。”傲苍如此好说话，是因为它的修为也到了一个瓶颈期，需要找一个安全的地方来突破。而殷玉衡这几年则提升得太快，也需要稳定一下修为。现在他们已经进入了九环溪的第三环，傲苍也没法在这里保证殷玉衡和它自己的安全，所以借助一些外力是可以考虑的。若不是袁小鸦出现，傲苍也会撺掇殷玉衡找落脚的地方，但贸然出现在别人面前，与被人找回来的，必然待遇不同。

殷玉衡甚少在别人面前说谎，更何况是冒充身份，迎着袁小鸦清澈的目光，他觉得自己无所遁形。想要分辩解释，一是越着急就越不知道如何说起，二是傲苍在识海中胡搅蛮缠，阻挠他说出真相，一时间他的俊脸羞愤得通红。

他这样的神色，自然给了袁小鸦错误的信息，以为他不肯和她签订契约。袁小鸦的神经比较大条，这样突兀一问，也不过是在和沧瀛赌气，对方不答应也在她的意料之中。袁小鸦理解地拍了拍殷玉衡的肩膀，自顾自地找了个台阶下，顺便抱怨了一下自己悲苦的人生。

殷玉衡想要解释的话就被这一掌拍回了肚子里，错过了这次机会后，他再想解释，都找不到机会了。袁小鸦好像是接到了一个要出九环溪的任务，终日不见人影。而沧瀛虽然想要来和殷玉衡套近乎，但奈何鹰和蛇天生就是死对头，他每次看到那条懒洋洋的硕大的银鳞蛇时，都恨不得直接幻化出锋利的鹰爪刺穿它的七寸。所以为了避免这样的惨剧，触怒那位阁下，他便杜绝了出现在那条银鳞蛇面前的可能，但那少年和银鳞蛇形影不离，所以他找不到亲近对方的机会，这令他扼腕。

殷玉衡完全没有体会到某些人的良苦用心，自从被傲苍开导后，尽管十分不愿意，也不得不承认他确实需要这样一处地方专心修炼。他也没空去观察袁氏家族聚集地的情况，在几日后就宣布闭关，这一闭就是数日。

他的琉璃玉带钩一直用一条皮绳挂在脖子上，里面装了不少这几年的收藏品，只是太多了装不下，很多装进去后来又被淘汰，如今留在里面的，都是精品中的精品。傲苍也从其中翻出来一些它需要的灵兽晶核和药草，闭关修炼起来。

也不知道时间过了多久，傲苍在一阵灵力波动中惊醒过来，立刻看向盘膝坐在自己面前的少年，圆睁的银色眼瞳中充满了难以置信的震惊神色。

木屋外，灵兽烦躁不安的嘶吼鸣叫声此起彼伏，显然是感受到了令它们畏惧的存在，所以没有一只灵兽敢擅闯而入。

傲苍却知道这股灵力波动根本不是因它而起，完完全全是殷玉衡自己展现出来的。

这到底是怎么回事?

分明这小子只会很普通的火系和水系法术，这几年来日日夜夜修炼的也是初等入门级别的御兽诀，傲苍出于各种阴暗的想法，虽然口中说着让殷玉衡变强，但实际上一直阻拦他学习他父亲留下的笔记。

这样真的能变强? 说笑吧?

傲苍不知道，它的阻挠，反而让殷玉衡踏上了一条同其他御兽师截然不同的道路。

御兽师，重点就是在那个“御”字上面，但就算是结成契约的灵兽，也不是那么好驾驭的。每只灵兽都有独立的思想和意识，一般人连野兽都很难驯服，更何况是开了灵智拥有灵力的灵兽呢? 碧萤虫皇也不过能和没有开灵智的普通虫蚁沟通，并不能完全命令它们。所以御兽师越发展，就越趋向于借用灵兽的天赋法术来做出攻击，这也是大趋势下御兽师的普遍选择。

最开始入门所修习的御兽诀，则在十岁兽纹觉醒之后便被御兽师完完全全地抛弃了，极少有人再继续修炼。其实这种御兽诀，才是从上古时期流传下来的完整的古法诀，拥有常人难以想象的力量。殷家的御兽诀因为这千年的避世，算得上是最完整的传承了。

殷玉衡十岁时兽纹觉醒得无比完美，固然是因为他的体质上佳，但和他在十岁前每日辛勤修炼御兽诀是分不开的。在大家族中，少有孩童在年纪还小的时候就这么上进，所以殷天玑等人兽纹觉醒得不理想，实际上也跟他们没有下苦功夫有关。

即使是兽纹繁复的御兽师，长辈们发现其优秀的资质后，都会把重点转移到如何为这么优秀的子弟选择更高级的灵兽，教导其如何猎取灵兽、如何亲近灵兽、如何取得灵兽信任与其签订契约等等烦琐的事项上。而等到契约签订成功后，重心又转移到如何提高与灵兽的契合度、如何利用灵兽的天赋法术来制定自己的攻击法术，等等。

没有人会再注意最开始修习的御兽诀。

而殷玉衡的经历却完全不同。他在兽纹觉醒之后，就被傲苍强迫着签订了契约，虽然它是无比强大的青龙元神幻化重生的小青龙，但双方的契合度为零，几乎没有对他造成什么影响。殷家长老们以为他被银鳞蛇强行签订了献祭契约，不再理会他，更没有人教导他如何修炼。后来虽然跟大哥结成了完美的契约伙伴，契合度达到了百分之百，但旋即分开，根本没有任何共同修炼的机会。

殷玉衡虽然得到大哥的指导，又拿到了父亲的笔记，却不知道如何修炼为好。又在傲苍别有用心的阻挠下，只学会了初级的火系和水系法术，勉强能让自己在九环溪生活下去而已。他只能不断地修炼御兽诀，这已经成为他的本能，甚至在打斗、吃饭、睡觉的时候，都无时无刻不在经脉中运转着御兽诀。

就这样在不知不觉中，他的御兽诀居然晋级到了第四层。

是的，御兽诀也是分等级的。但现在知道这一点的，屈指可数，只有在极为古老的玉简中才能获取这个信息。

普通兽纹觉醒，只需要练到御兽诀第一层即可，在外表现为炼气三层。而像殷玉衡那样在兽纹觉醒前就练到炼气五层的，寥寥无几。他当时的御兽诀就已经晋级到了第二层中上，而御兽诀第三层的基本要求，就是御兽师与两只以上的灵兽签订契约，这一点殷玉衡随后也做到了。

少有灵兽会心甘情愿地与已经有契约灵兽的御兽师签订契约，但殷玉衡很轻松地跨过了这个瓶颈。

之后在九环溪的遭遇，也让他更加速地运行了御兽诀。在与灵兽的战斗中，由于殷玉衡无法用绝对的力量去与之比拼，所以他便下大力气去观察对方的习性、攻击方式、天敌等等，这也暗合了御兽师“御”字的道理。他在不知不觉中运行的御兽诀，也在无形之中给灵兽施加了压力。

御兽诀究其根源，是上古仙人研究出来的一种驱使灵兽的法诀，这种法诀根本不用与灵兽签订契约，传说中的那些驾鹤而行的仙人，也不可能还需要与一只普通的灵鹤签订契约，灵鹤对于他们来说只是招之即来挥之即去的物事罢了。若御兽诀练至极致，便能以绝对的威压，驱使世间万种灵兽，纵使是等级最高的神兽也会俯首称臣。

而在漫长的传承中，大陆的天地灵气日渐稀薄，御兽师也越来越倾向于用契约来换取灵兽伙伴的忠诚，御兽诀的好处也就在这样的发展中完全被世人遗忘了。

傲苍也不知道这一点，它只是奇怪殷玉衡的兽纹居然是可以生长的，压根没料到这是他一直不间断地修炼御兽诀的缘故。但此时殷玉衡身上的灵力威压，让傲苍察觉到了一些不受它控制的事情正在发生，而它却一点办法都没有。

因为面前的这个人并不是它的仆人，准确地说，是它的主人才对。半点对他不利的事情它都做不了，只能暗中做做小动作而已。

暗咬银牙，爱记仇心眼又小的傲苍嘀嘀咕咕地发着牢骚，不过听着外面各种灵兽骚乱不安的声音，它又忍不住窃笑。颤抖吧，凡人们！虽然并不知道是怎么回事，但这个小家伙好像很了不起的样子！

小木屋外是一番剑拔弩张的景象，袁氏家族的御兽师们竭力地想要使他们的灵兽伙伴安定下来。要知道袁氏家族是这春之地最顶尖的御兽师家族，又是最接近九环溪中心春晖潭的家族，在外人眼中，他们就代表着春晖潭，所以他们家族的御兽师资质都是颇为不错的，他们对契约灵兽的选择也很多，一般选择的都是攻击力强悍的灵兽。所以在这样混乱的场面下，就更加危险了，当下就有几个御兽师被自己的灵兽伙伴所伤。所幸沧瀛来得及时，处置了几个上蹿下跳最厉害的，立刻震慑住了全场。

“沧叔，这是怎么了？”袁小鸦凑到沧瀛身旁。这几日她一直都在接受长老会的礼仪教导，因为赤炎山的昊天谷那边发来了邀请，邀春晖潭共议大事——对叛出昊天谷的任灭尊主做出制裁。袁家懒得派德高望重的长老出席，但又不好随便派个人去，便让身份尊贵又没有什么战斗力的袁小鸦去一趟，算是表个态。时间倒是不太急，反正沧瀛会陪着她去，到时候他直接化成原形载她飞过去，也用不了太久。

沧瀛并未回答，而是神色凝重地站在殷玉衡闭关的小木屋前。几乎袁家所有的契约灵兽都聚集在这里，却没有一只敢擅闯而入。

袁小鸦见沧瀛并未回答，也就没期待能听到答案，她呆呆地看着眼前混乱的一幕，听到远处山林中隐约传来的吼叫声，骇得一动不敢动。

“这是……那位阁下要晋级了……”过了许久，沧瀛艰难地说道。虽然和他遇见过的场面不同，但也只有这个原因才符合此时的情况了。

“晋级？”袁小鸦倒抽一口凉气。她自然知道灵兽往上晋升一级有多困难，除了血脉等级限制外，就算拥有最优秀的上古血脉，也需要漫长的时间才能晋级。那名少年能化成人形，就至少是七级灵兽，能让七级巅峰的沧瀛尊称为阁下，那肯定就是八级灵兽。八级灵兽再晋升……那岂不就是九级？

传说九环溪最中心的那几个老家伙，也就是九级啊！

沧瀛抿紧了唇，心中觉得这股灵力有些蹊跷。若是晋级的话，应该不会引得这么多灵兽骚动。

正在胡思乱想间，沧瀛忽然觉得一股强大的威压骤然爆开，以木屋为圆心，瞬间蔓延开去。与此同时，所有灵兽都停止了嘶吼，纷纷拜伏在地，有些幼崽甚至四肢发软，两眼一翻就晕厥了过去。

就算实力强横如沧瀛，也差一点克制不住。他压抑着跪倒在地的冲动，却不得不低下一直高昂的头颅，大滴大滴的汗水从他英俊的脸上坠落，狠狠地砸在他脚下的泥土之中。

虽然这股灵力御兽师完全无法察觉，但身边灵兽伙伴和沧瀛的反常，也让他们纷纷色变。

即使是眼睛瞎的，也知道这木屋之中出现了一名强大的灵兽阁下。

没有人知道，这是一千年以来第一个真正可以称得上御兽师的存在。

殷玉衡压根就不知道外面的骚乱，他已经完全沉浸在了御兽诀的运转之中。

离开琅琊岛之后，他看了父亲的笔记，知道自己应该修习火系法术，却下意识地不想去学。

他喜欢修炼御兽诀，是因为他每次运转御兽诀后，都会觉得和大哥的联系更密切了一些。在大哥的气息微弱了之后，他更是沉迷于此。虽然他识海中属于大哥的一点红光，在这五年中已经淬炼得无比精纯，从一团红色的光芒，到红色的半凝体，到现在璀璨得像一颗红宝石，这说明大哥还好端端地活着，也在努力地修炼着。但那种察觉不到大哥气息的感受，让离家的殷玉衡无比难熬。

所以，在殷玉衡发觉修炼御兽诀可以不断地加深与大哥的联系后，他越发着迷于此。吃饭也练，打斗也练，睡觉也练……他不断地修炼着御兽诀，有时甚至能感觉到大哥在隐隐向他传递着什么讯息。这也许是他思念过重的错觉，但即使是错觉，他也甘之如饴。

一开始他确实是因为这个执念才不断地练着御兽诀，但后来他也察觉到这样的修炼对他在九环溪的生存大有好处。一开始他所遇到的灵兽，一打照面就对他心怀敌意，往往不死不休。但随着往九环溪深处去，遇到的灵兽对他的态度逐渐有所改变，从敌视到戒备，到漠视，到最后隐隐还有些亲近之意。当然遇到的凶兽并没有什么太大的改变，但在生死搏斗之间，能让对方动作稍微停滞一下，就已经能起到决定性的作用了。

因此，殷玉衡越发觉得御兽诀是个很好用的东西，只是这个发现他没有和傲苍说，毕竟他们双方表面上看似和睦，但彼此都知道这种假象其实极为脆弱。

身为一只灵兽的奴仆，尽管对方是颇为强大的上古灵兽的后代，但殷玉衡还是难以接受。年纪越大就越抗拒，只是这种心理一直很好地藏在他内心最深处，轻易不会让外人察觉。

总有一天，他要想办法解除这个契约。

今日殷玉衡像往常一样加速运转御兽诀，却总感觉离突破还差那么一点点。这是他最近一段时日以来经常有的感觉，他应该是到了修为的瓶颈期，但苦于无人引导，他也不知道自己这样继续练下去会不会出什么问题。正打算收功之时，识海中原本属于大哥的那一颗璀璨的红宝石，忽然间光芒大放，那股气势甚至直接把他的识海撑大了三倍有余。

这是……

殷玉衡忍着识海快要被撑破的痛楚，苦苦支撑，好在那暴涨的红光好像意识到了他的问题，收敛了大半，这才没有让殷玉衡的识海破碎。

与此同时，在他的识海中出现了复杂的契约图阵，因为某种约束，殷天枢这五年来的修为增长一直被隐藏，此时一朝尽出，根据伴生契约的约定，身为契约伙伴的殷玉衡也享有其中一半的好处。同样的，殷玉衡这五年来增长的修为也共享给了殷天枢。

这样循环往复，两人的修为迅速增长，在短短的时间内就爬升到了一个难以想象的高度。因为殷玉衡修习的只有御兽诀，突涨的灵力全部用来运转御兽诀，一下子居然让他突破了第四层的壁垒。

严格说起来，御兽师与修道者的等级划分并不一致，因为御兽师修习的目标并不是先天境界或者长生，而是气息与灵兽一致，等级高的御兽诀，到了后期，便可以把体内的人类血脉逐渐转为灵兽血脉，同灵兽一般吸取天地灵气。

袁家木屋外和九环溪内的灵兽，只能隐约感知到木屋内即将有一个令它们恐惧的强者出现，所以它们叫嚣着，想要在他成长起来之前毁灭他，但因为木屋中传来的那股气息之中，夹杂着上古神兽青龙的气息，没有灵兽敢真正攻击。

傲苍完全不知道，自己的存在居然保全了殷玉衡的性命。但就算它知道，也是要捏着鼻子认了的。毕竟它是对方的仆兽，必须保证他的安全。

而当殷玉衡彻底突破到御兽诀五层，成为一个真正意义上的御兽师时，也就没有灵兽敢打他的主意了。御兽诀形成的天然威压，灵兽是无法抗衡的。虽然高等级灵兽依然不把殷玉衡放在眼里，也可以把他的命令当成耳旁风，却绝对不能对他下死手，甚至在他危险之时，会下意识地前去保护他。当然这是在殷玉衡灵力感应范围内才能起到的召唤效果。

这一番缘由，傲苍虽然之前不知，但见殷玉衡如此模样，也推断出来了。它一双银色的眼瞳嫉妒地瞪着面前像是完全变了一个人的少年，怎么会有人这么好命呢？它实在是好不甘心啊！

求契合度上升啊！那只小九尾狐这一下子就能得到无数好处，它看着眼馋啊！

可是不行！它是对方的仆兽的秘密绝对不能暴露！否则就太丢人了！

嘤嘤嘤嘤！好气人啊！

殷玉衡睁开眼睛的时候，看到的就是一条银色的巨蛇正在地板上来回翻滚，那姿势可真是高难度，不光系成了蝴蝶结，而且马上就要把它自己打成死结了。

“傲苍！我大哥肯定是修炼出关了！他这一闭关居然闭了五年啊！”殷玉衡没理会傲苍的发神经，他已经见怪不怪了。但这还是五年来头一次确定大哥真的没事，这让殷玉衡欣喜不已，恨不得下一刻就飞回琅琊岛，回到大哥身边。

“愚……愚蠢的人类……”傲苍已经没力气讥讽了。

这家伙居然一点都没察觉到自己身上的变化吗？还以为这是和平常一样的修炼吗？干脆不让这迟钝的家伙发现吧！

傲苍的眼珠子一转，立刻精神百倍地说道：“哼，愚蠢的人类！你还是太嫩了！过几天就去九环溪中心处，等我拿回我的龙丹后，就恩准你回琅琊岛吧！”没错，傲苍已经可以确定，自己的龙丹就在九环溪的中心处。这小子的实力提升，换个角度想也是好事，它以为至少还要个几十年，才能闯一闯这春晖潭呢！

“真的吗？！”殷玉衡欣喜若狂，一把抱住傲苍的大头狠狠地亲了几口。

“哎！大胆的人类！哎哟喂！快点帮我解开！解开！”傲苍的身体彻底打成死结了……

殷玉衡没发觉那一天究竟发生了什么，因为袁氏家族的人和灵兽本来对他就很恭敬，态度再恭敬一些对他来说也没有什么奇怪的。和他相熟的袁小鸦和沧瀛在第二天飞往赤炎山昊天谷，就更没有人敢向他询问那天究竟发生了什么，所有袁氏家族的人都以为他是已经晋级到九级的顶级灵兽，一个个都小心翼翼地服侍着。

殷玉衡便在木屋之中继续宅着，巩固自己的境界。最令他好奇的，是大哥的情况。另外，他这一出来就是五年，母亲在万善堂会不会等得心焦了？

但傲苍既然答应了他去过春晖潭后就回琅琊岛，他也就按捺住心中的思念之情，勉力让自己的心情平静下来。

# 第二十章

# 破阵

琅琊岛。

殷少微轻手轻脚地推开毕宿苑的后门，毕宿苑内鸦雀无声，在黑夜中连一点灯光都没有。殷少微虽然知道这时候确实没人，但还是在门外犹豫了片刻才一咬牙踏进苑内。

尽管不知道殷玉衡为何在五年前突然离岛，再也没有回来，也没有任何音讯，但殷少微仍托小碧给殷天枢足足送了五年的吃食。他早就听小碧说殷天枢被关在了封魂噬骨阵中，可惜一直找不到机会救他出来。

那个阵法对灵兽来说是一个牢固的囚笼，但对御兽师来说毫无危险，只要走进去把对方拖出来就可以了。但他寻找这个机会寻找了五年，此时正值琅琊谷五年一度开启的日子，殷天玑和他的手下都进了琅琊谷去寻找合适的契约灵兽。殷少微找了个理由没有前去，就是想要趁机把被囚在毕宿苑的殷天枢救出来。

夜晚之中，亮着萤光在前面飞舞的小碧无比显眼。殷少微如今已经长大成人，但由于五年前殷明堂宁愿自己受重伤也要保护他，殷天府断绝了与他的来往，让他在殷家备受冷遇，导致他胆子不是那么大，心智也不是那么成熟。踌躇地在墙边走了一会儿，殷少微才硬着头皮闪身进了乌漆墨黑的书房。

借着小碧莹莹的绿光，殷少微打开了秘道的大门，战战兢兢地摸索着走了下去。秘道的尽头，封魂噬骨阵的赤红色光芒正忽明忽暗，代表着阵法依旧在不停地运转。当殷少微看到仰躺在阵法中心，看起来毫无声息的人时，不禁一呆。

那人衣衫褴褛，头发和胡子都纠结成了一团，整张脸都被遮住了。若不是殷少微到现在每天都还节省下两个馒头让小碧给他送来，他几乎要怀疑面前的这人早已死去。

“天枢大哥？天枢大哥？”殷少微的脚步停在了阵法之外，虽然知道这封魂噬骨阵对他没有什么作用，但看着这灵力流动的阵法，他还是有些胆怯。

他的声音在秘道中回荡着，回音还诚实地复制了他最后一个字所带的颤音。

殷少微能不怕吗？殷文昌在五年前的族长之位争斗中，最终取得了胜利，殷天璇和殷天玑两人成为殷家新贵，在殷家一手遮天，甚至连殷天枢、殷玉衡两兄弟失踪的事情，都没人提起。

殷少微想到殷玉衡提起过他的母亲被囚禁在万善堂，三年前借故偷偷去万善堂查看了一下，却完全没有发现有人在其中生活的迹象。

难道殷天玑把所有他看不顺眼的人都悄无声息地除去了？殷少微有些害怕，甚至有些后悔这么莽撞地就来救殷天枢。但一想到自己已经让小碧送了五年的馒头，说不定早就被殷天玑察觉了，就觉得还是应该早点把殷天枢救出来，然后寻觅机会离开琅琊岛才行。

想到这里，殷少微便又有了些勇气，准备抬脚踏入封魂噬骨阵，可就在下一刻，却发觉小碧疯狂地朝他示警，与此同时也听到了一阵刺耳的风声从他身后响起。殷少微下意识地就地一滚，却慢了一步，腰间被一股怪力缠住，被用力地甩在一旁的秘道墙壁上，怎么挣扎都没办法逃脱。

“呵呵，我就觉得今天能逮住你这只小老鼠。”阴森的秘道里，传来殷天玑令人战栗的清冷笑声。

穿着黑衣的殷天玑悄无声息地从黑暗中走了出来，秘道不仅仅只有这一条，在这五年中，他对毕宿苑做了许多改动。现今的他，已经褪去了五年前的青涩，完完全全成长为一名翩翩公子。在人前的他永远是那么温文尔雅，进退有度，只是现在，他平日小心遮掩的眼中的戾气，正毫无保留地释放出来。

“三……三少爷……”殷少微面如死灰。他明明亲眼看到他进了琅琊谷，怎么可能这么快就回转？难道琅琊谷的谷口可以不到时间就被重新开启吗？

殷天玑眼中的杀意更盛几分，他最恨的，就是别人叫他三少爷。此时这秘道之中又没有外人，自然就不用再隐藏自己的真性情，他冷冷一笑，阴阳怪气地说道："殷少微，你这是要造反吗？擅闯本少爷的宅院，你是活得不耐烦了吗？"

殷少微被他言语中的杀意刺得浑身战栗，此时才注意到，自己腰间缠绕着的，居然是一条婴儿手臂粗的藤蔓。殷少微想要伸手掰开，从旁又蹿上来另一条藤蔓，把他的手腕牢牢地捆在了一起，让他无法动弹。

这难道也是灵兽的一种？殷少微从古书上看到过，灵草之中有少数品种也是可以通过驯化来供人驱使的。这些灵草颇有灵智，也曾有御兽师与其签订契约，现在凭空出现在秘道之中的这种曼陀藤，应该就是殷天玑的契约伙伴。

曼陀藤的威力没有高阶灵兽那么恐怖，但也属于极为难得的品种。殷天玑的资质不是特别出众，恐怕这曼陀藤的得来也另有蹊跷。殷少微不知道殷天玑为何在人前隐瞒他早就有了契约伙伴的事情，想来是在找寻一个特殊的机会公之于众。他的同胞兄长殷天璇在他的映衬下，显得有些碌碌无为，这两兄弟谁来继承族长之位，现在族中很多人依然在观望和考虑，谁也不肯轻易做出选择，都想在他们拥有契约伙伴之后再定。看来这个问题，不久之后就应该会解决了。

殷天玑并不把殷少微这个无名小卒放在眼中，他瞥了眼在封魂噬骨阵中生死不明的那个人，眼中满是掩不住的厌恶。

在刚囚禁殷天枢的时候，他觉得对方顶多撑个七天就会向他服软认输，在第五天的时候他发现送去的饭菜被吃光，还以为胜利在望，结果殷天枢居然挺了一年都一点不松口，仿佛是在这里度假一般。渐渐地他就变成了隔一天送一次饭，隔两天送一次……殷天玑回想着，他上次来这里，好像是半年多以前了。这人居然还没被饿死，显然是有人一直偷偷在给他送饭。

想到这里，殷天玑看了一眼不断在曼陀藤下挣扎的殷少微，轻蔑地说道："看来有人癞蛤蟆想吃天鹅肉，你是想和他签订契约？"

"你胡说！"殷少微闻言嫩脸立刻涨得通红，无比愤怒。这样的想法，他是半点都没有过。首先他没有那个资质被殷天枢看上，再者他已经认定了小碧是他一辈子的契约伙伴，绝对不会轻易离弃。

殷天玑却觉得殷少微的反应是因为正被他说中痛处，他得意扬扬地勾起唇角，用猫抓老鼠的目光看着在空中被曼陀藤追得非常狼狈的碧萤虫皇，微微一笑道："也许我家小曼吃了碧萤灵虫会进阶呢，我就帮你解决掉这个累赘好了。"

“小碧！”殷少微目眦欲裂，虽然他并不是心甘情愿地与小碧签订契约，但数年相处下来，与其心灵相通相依为命，它早就是他不可或缺的伙伴，他绝对不能就这样眼睁睁地看着它在自己面前被吞噬。

殷天玑最喜欢玩弄人心，平日里伪装得颇为痛苦，好不容易有个机会可以不用辛苦地隐藏自己的真性情，更是舍不得这么快就让好戏完结，索性让曼陀藤追着那碧萤虫皇玩，反正他难得有兴致。

这一藤一虫就在这狭窄的秘道中你追我逃，但都避开那不断闪烁着暗红光芒的阵法，殷天玑也全然没把阵法之中的人当回事，在他看来，即使殷天枢还活着，也必然只剩一口气了。

殷少微心急如焚，却不知该如何是好，在小碧几次都差一点命丧黄泉又险险逃生后，他便知道殷天玑必然是在享受他们的垂死挣扎，这个时间不过是延长了他们的痛苦……

殷少微的余光忽然扫到了一旁的封魂噬骨阵，原来仰躺在阵法之中的殷天枢，不知道什么时候已经坐了起来，正撑着地缓缓站起。

能看得出来他已经很久不曾站立，又或者是阵法的束缚让他站起的动作极慢而又痛苦，但他依旧那样缓慢地站了起来，背脊徐徐挺直，缓缓地抬起了头。

殷天玑也注意到了这边的动静，但对他来说，殷天枢就像是一只被关在囚牢中的老虎一般，毫无危险。他现在不想处置他，是觉得杀之可惜，放之不甘。殷天玑看着殷天枢慢慢地抬起右手，指尖艰难地凝聚了一点赤光，然后那点赤光摇曳着晃动着往阵法之外飘去。

殷天玑差点嗤笑出声，这一点赤光，比碧萤灵虫的光芒还要微弱还要渺小，恐怕吹一口气，就能把这光芒吹灭。

而这一点赤光像是触动了阵法，地上的符阵依次亮起，在空中形成了一个个不断移动的光柱，像是一个灵力形成的囚笼。这一点赤色光芒，在这些阵法光柱之中黯然失色，不仔细看根本就看不出来。

殷天玑不屑地笑笑，刚想说些什么，就骇然发现那一点赤光居然就那么穿透了阵法中的那些光柱，在离开阵法范围之时，霍然变成了一支犀利的光箭，在他没有反应过来之时，便已然穿透了他的胸膛。

“唔……”殷天玑低头，难以置信地看着自己被刺出了一个血洞的胸口，那里已经燃起了火苗，吞噬着他的身体。殷天玑挣扎着朝阵法之中看去，生命的最后一眼，所看到的就是阵法光柱寸寸碎裂消散，阵中的那个人一步一步缓慢却又坚定地朝他走来。

可恶……殷天玑的手伸到半空中时，整个人已经化为一团火焰，最后连灰烬都没有剩下。噼啪几声响动，是他身上的几件法器掉落在地的声音。

殷少微看得目瞪口呆，连身上的曼陀藤逃走都没有察觉，像看怪物一样看着那个很轻松就破阵走出来的人。

殷天枢随手又弹出一团火光，解决了那条逃窜的曼陀藤。回头见殷少微的目光古怪，殷天枢也知道自己现在的模样不堪入目，便伸手把下巴上的胡子用火烧得一干二净。这些年他被囚于此，事实上第三年的时候就可以破阵而出了，但这样好的修炼场所，他舍不得就此舍弃。但最近一阵时日以来，他感觉到这封魂噬骨阵再也不能给他的修为带来寸进，便琢磨着找个日子离开。

见殷少微想要开口说什么，殷天枢一伸手阻止了他，然后随意地盘膝而坐，开始调整内息。

虽然破阵对他来说看似轻描淡写，但杀死殷天玑的那点赤光，实际上凝聚了他不少灵力。若一击不能得手，殷少微和小碧会成为殷天玑的人质，少不得会有危险。殷天枢这五年来能好好地活着并且修为大增，得益于这一人一虫的帮助，他自是不会让他们有任何涉险的可能。至于另一只也不断出力和关心他的某灵兽，已经被殷天枢选择性遗忘。

殷少微一看殷天枢这架势，便知道他是要闭关，于是知趣地到秘道口替他守护。他完全感觉不到身后不断增长的灵力气势，不过他能从小碧那里知道殷天枢的修为大增。但他也担心这样的变故会引来其他人的注意，刚刚殷天枢可是把殷天玑一下杀死了啊！

这可如何是好？

他不是觉得殷天玑不该杀，刚刚若不是殷天枢破阵而出，他和小碧肯定已经成了冤魂。杀人者人恒杀之，想要剥夺别人的性命，就要有随时命丧他人之手的心理准备。但若是有人被殷天枢暴涨的灵力引来可怎么办？他又该如何解释？

殷少微纠结之下，也没太注意时间的流逝，直到身后被人拍了一下，才如惊弓之鸟一般跳了起来，差点喊叫出声。不过他很快就想起来秘道里还有殷天枢，应该是他调息完毕了。

待他回过头时，又惊了一下，此时站在他身后的男人，面如冠玉，丰神俊朗，一身绛紫色的长袍一尘不染。胡子已经不翼而飞，原本脏污的脸已经露出本来的面目，看五官便可以认出这是五年未见的殷天枢，只是又增添了几分以前没有的气势。黑发简单地束在脑后，露出额前繁复而又精致的兽纹，一双桃花眼中时而闪现一抹暗红色的光芒，更是增添了一种摄人心魄的魅力。

“天枢……大哥？”殷少微目瞪口呆，连话都说不利索了。

“想问我是怎么变得这么快的？”殷天枢指了指自己腰间的青白玉龙纹佩，这空间法器原本被殷天玑拿了去，后来风枭又偷偷把它弄了回来，里面有清水和干净的衣服，只是他一直都不打算出去，没用罢了。

“至于我身上为什么干净得这么快……”殷天枢指尖凝聚出火苗，在一旁长满青苔的墙壁上烧了一下，便让墙壁露出了光洁的表面。

“呃……”殷少微开了眼界，原来火还可以这么用。不过这也解释了这秘道之中虽然憋闷，但并无污秽气味的原因，看来殷天枢这几年都是这样过来的。

但是他还是不放心地看向之前殷天玑被焚烧的地方，虽然他觉得殷天玑确实该死，但这样被当成垃圾给清理掉了，真的没关系吗?

尽管光线很暗，但已经在这样的环境下待了五年的殷天枢还是清楚地看到了殷少微脸上的迟疑，他拍了拍他的肩安慰道：“没事，他心中有鬼，肯定没人知道他私自从琅琊谷出来了。等几日后琅琊谷门再开，他没出现，旁人就会以为他葬身琅琊谷了，关我们什么事！”

殷少微双目一亮，确实有很多人亲眼见到殷天玑进琅琊谷了，他也是其中之一。

“走吧，我已经五年没有见过阳光了，甚为想念啊……”殷天枢说罢踏上台阶，慢慢地走出禁锢自己五年的秘道。

毕宿苑的书房三面有窗，外面正天光大亮，殷天枢乍一走出，就被刺得眼睛有些疼痛。但这些疼痛，只是他身体下意识的感觉而已，实际上对现在的他影响几乎为零。

狠狠地闭了下双目，再次睁开，他发现书房内多了一个人影。

风枭双手环胸，表情复杂地看向那个几乎算得上是涅槃重生的男人。五年过去了，他也从少年蜕变成了一个顶天立地的男子汉，光芒四射得让人不能直视。

他居然真在封魂噬骨阵中坚持了五年，而且是自己破阵而出的，这简直是风枭难以想象的境界。若是他没看错的话，殷天枢现在已经突破了七级壁垒，在短短的五年之内，成了高阶灵兽！

这简直是令人无法想象的奇迹！

风枭也不是蠢人，自然知道这种奇迹不是平白无故发生的，封魂噬骨阵绝对有蹊跷。但即使知道这一点，曾经亲身经历过的风枭也绝对兴不起用这样的修炼方式来修炼的想法，连想一下都觉得浑身筋骨剧痛。

这个殷天枢，对自己实在是太狠了。

风枭心中佩服，目光却紧盯着殷天枢额头上繁复的赤色兽纹，恨不得下一刻就与他缔结契约。

殷少微没见过风枭的真面目，但觉得这个男人非常危险，因为他的小碧已经飞到了他的颈窝间，瑟瑟发抖。他看这两人好像完全敌对的模样，也不好说什么，只能把自己藏在殷天枢身后，减少存在感。

“多谢你了。”殷天枢朝风枭点了点头，向他表达这五年来受他照顾的谢意。虽然他是别有用意，但也不能随意漠视这份人情。

风枭的碧瞳直勾勾地看着殷天枢，却并未逼迫对方与自己签订契约。这五年中殷天枢一直蓬头垢面，他几乎快要忘记这人真正的面容了。风枭压抑着情绪，淡淡地问道：“你打算争夺殷家族长之位吗？我帮你。”

殷天枢知道风枭的意思，他若是想要殷家族长的位置，就需要与风枭签订契约。但，为什么他一定就要当那个破族长呢？殷天枢勾唇一笑道：“我的眼界就这么狭隘吗？琅琊岛，我是再也不想待半刻了。”

风枭也不意外他说的话，毫不在意地接下去：“那我陪你。”

殷天枢挑了挑眉，并未接话，他转而问身后的殷少微：“少微，你是怎么打算的？跟我离开，还是继续留在殷家？”

殷少微抿了抿唇，他本来打算和殷天枢逃走，但刚刚那一番濒临生死的战斗，让他察觉到自己和小碧的弱小。他最大的威胁——殷天玑——现在已经不复存在，那么留在琅琊岛就还好，只要是在殷家，一般都不会有什么危及生命的事情发生，顶多就是受点委屈，若是在岛外，说不定会成为他们的拖累……殷少微觉得自己很没出息，却又不得不认清事实。他听见自己声若蚊蚋地说道：“我……我还是和小碧留下好了。”

殷天枢拍了拍他的肩，尊重他的意见，也理解他的难处。他伸手递给殷少微一个琥珀项坠和一块玉简道：“这个项坠是刚才从殷天玑身上掉下来的空间法器，他一向都贴身佩戴，应该没人能认出来是他的，你小心点用。这块玉简里有我改良过的封魂噬骨阵，你可以让小碧试一下，可以淬炼筋骨的。”

殷少微感激地接了过来，他不是蠢人，自然能感觉得到殷天枢与五年前的差距，那封魂噬骨阵确实有效果，但小碧那么弱，估计一息都坚持不下来。可若是改良后的阵法，说不定会有大作用。

风枭却直接把那个琥珀项坠用手指尖钩了过去，从怀中拿了一个毫不起眼的银质手镯，用手指轻点，很快便把琥珀项坠里的东西都转移到了银质手镯内。

“还是拿这个吧，不会引人注意。”

殷天枢意外地看了眼风枭，他并不是不知道换个空间法器比较好，但他身上的青白玉龙纹佩是管弟弟借的，虽然不需要他还回去，但随便转送给旁人也是不好的。他不怀疑风枭的法器比殷天玑的好，倒是觉得他这样不把旁人看在眼里的人，居然能心细如此，实在是难得。

殷少微本不敢收，但还是在殷天枢的示意下接了过来，顺便把万善堂的事情说了一下。殷天枢皱了皱眉，打算在离开前探查一番。

“不用找了，那位陆夫人听说白藏陆家被灭了门，便出了万善堂，离开琅琊岛了。”

风枭想要与殷天枢签订契约，自然是把他所关心的、在意的事情全部都变成自己的事情。

殷天枢不再说话，送殷少微离开毕宿苑，便转身郑重地询问一直跟在他身后的风枭：“你想好了？”

风枭认真地点了点头，他早就在这个岛屿待得厌烦了。

殷天枢便不再多问，他举目眺望远方，此时东边的海平面上已经泛起一片白光，正是太阳快要升起的预兆。

他的小弟，现在在哪里呢？

# 第二十一章

# 春晖潭

殷玉衡也是心急如焚地想要见到他大哥，所以不断催促傲苍去春晖潭。傲苍被他烦得闹心，只好松口说现在就可以起程。

收拾了一下东西，殷玉衡又往琉璃玉带钩里硬塞了一些吃食，由于空间有限，只好拿出来一些物事当成回赠的礼品放在小木屋中。

袁氏家族其实并没有限制他的自由，但殷玉衡觉得还是要和人说一下比较好。和他相熟的袁小鸦和沧瀛都还未归，他只好去找其他人。殷玉衡出了木屋，却发现所有人都对他退避三舍，他也不好像傻子一样大声喊他这就走了，只能一路辨认方向，直接往春晖潭而去。

反正他去过春晖潭之后还要回这里的，就当是出去溜达了。

殷玉衡的心态很好，但一直密切注意他动向的袁氏家族却因此炸开了锅。

这位阁下是嫌他们伺候得不够周到？还是不满无人随侍？就说不要把袁小鸦和沧瀛两个都派走嘛！什么？阁下去的方向是春晖潭？难道是因为晋级了，想去和里面的那几个老家伙拼个生死，定个排位？

太……太胡闹了啊！

且不说袁氏家族私下乱成什么样子，殷玉衡离开之后，没遵循之前的习惯沿着九环溪走，而是直接穿过中心地带，打算跨越溪流，走最短的路线直奔春晖潭。

“喂，愚蠢的人类，你确定你要这么做？直接跨越九环溪是很危险的哦！”傲苍懒懒地说道，劝说劝得也不是很认真。

“这里是三环溪，只要再跨越两环就能到春晖潭了。”殷玉衡说得斩钉截铁，但等他真的到了九环溪溪边时，却不由得愣住了。

不同于之前他看过的那种平静宽阔的水面，这里的溪水水流湍急，水面上还有几块礁石，被水流冲刷得无比湿滑，根本不可能踏上去或者用核灵舟划过。殷玉衡只能认命地继续沿着溪边走，反正只有最后三环了，总不会比外面的几环还远吧?

“等拿回了龙丹，我们乘核灵舟顺流而下，岂不是很快就能到达九环溪的入海口？到了入海口后，岂不是很快就能回琅琊岛？”殷玉衡百无聊赖，只能自己安慰自己。

傲苍没好意思打碎他的幻想，九环溪的存在，应该就是因为它的龙丹被埋在了春晖潭之中。青龙属木生水，可以说这九环溪之中拥有灵兽可以吸收的灵力，就是因为这溪水源自它的龙丹。若它收回龙丹，这九环溪恐怕会毁于一旦。什么乘核灵舟顺流而下，只能是殷玉衡的想象罢了。

傲苍在殷玉衡的肩膀上又绕了一圈，它的身躯最近越来越长，而且越来越沉，也亏得殷玉衡没什么意见，一直任劳任怨地背着它上路。傲苍正想着怎么把自己的脑袋搁得更舒服点时，忽然眨了两下小眼睛，在识海中对殷玉衡说道：“我们有客人来了。”

“客人？”殷玉衡停下脚步，顺着傲苍尾巴尖指的方向看去，正好看到一个身穿白衣的人从远处的一棵云杉树后转了出来。这个男人一身白衣，除了一头黑发与黑眼之外，从头到脚都是白色的，连皮肤都白得几乎透明，像是许久不见阳光的模样。他的面目有些看不太清，但身材高瘦，衣服极其不合身，偶有微风吹过，衣袂翻飞，颇有些飘飘欲仙的味道。

殷玉衡立刻警惕起来，他以前遇到的不速之客都是灵兽形态，尽管深入到九环溪，也少有实力强悍的灵兽来挑衅。眼前这位虽然是人形，但细看就能察觉出对方并不是普通人。首先这站姿就颇有问题，怎么是单脚独立？又不是只有一条腿!

“噗，是只羽仙鹤罢了，也不知道是以前哪个仙人的坐骑，居然这么好命，修炼到了九级。”傲苍不屑地说道，“就算是九级的羽仙鹤又怎么样？一只坐骑而已，没有什么危险。对了，你问问他能不能载我们进去，我们可以付渡资。”

殷玉衡的额前一大滴冷汗落下，这傲苍说话怎么像在和低等灵兽说话一般?

就算羽仙鹤是公认的温驯的灵兽，但那是九级啊！九级是什么概念？！那是平日里无缘一见的顶级灵兽啊！再往上一级，那就是神兽。傲苍居然敢让这种灵兽当坐骑，殷玉衡简直难以理解。

其实在傲苍看来，这是再正常不过的了。人有三六九等，灵兽自然也有。羽仙鹤在千年之前本就是仙人坐骑，虽然看起来无比高贵，但实际上并不被其他灵兽放在眼中。羽仙鹤虽不是下九流的灵兽，但也不入流。这只羽仙鹤也许是和某位仙人有了因果，得了什么灵丹妙药，才能位列九级灵兽。但本质上，也不过是坐骑一只。而且在天地灵气极其衰弱的现在，也很少有羽仙鹤能修炼到高等级。

白羽已经不知道在九环溪之中待了多少时日了，但还是头一次看到有人敢深入九环溪。

是的，他确信这是一个人，而不是什么高阶灵兽。

本来白羽在这里等待，期望的是见到一个同伴。因为前几日的灵力波动，让几位伙伴认为又有灵兽晋级九级了。只是他们不知道这位新人，是否合他们的意，若是嗜杀的灵兽，那么还是趁早斩断孽缘为好。所以白羽便在此处等候，谁承想竟见到一个普通人。

不，这不是一个普通人，而是一名真正的御兽师。

白羽眯起了双目，黑色的眼瞳中闪过一丝不安。

有多少年了……有多少年他都没有见过一名真正的御兽师了？久到他以为这辈子他都不会见到了。

但随即，白羽又想到一个他们多年都在渴求解决的问题，也许现在解决这个问题的关键，就站在他面前。

殷玉衡察觉到那个人正对着他发呆，他总不能视而不见地从对方面前淡定地路过，只好上前几步，在安全距离内停了下来。对方找上门来，是战还是怎样，总要有个说法。殷玉衡还是头一次和能幻化成人形的灵兽对峙，无从找寻对方的弱点和进攻漏洞，又想到对方已是九级灵兽，一时间也有些彷徨不安。

“你……是御兽师？”白羽在打量了殷玉衡一番后，终于开口问道。他的声音有些尖细，就像是尖锐的东西在钢铁表面划过一般，让人听了非常不舒服。他好像也知道这一点，所以说话极为简短迅速。

殷玉衡点了点头。他应该算是御兽师吧？虽然好像不是很靠谱的样子。

白羽看了一眼缠绕在少年身上的巨型银鳞蛇，虽然无论从模样还是气息来看，那都是一条体形硕大的普通银鳞蛇，但白羽总觉得事有蹊跷。好吧，现在这条银鳞蛇并不是重点，就算它天生体形庞大也没什么关系。

“想要去春晖潭吗？”白羽依旧问得很简短。

殷玉衡依旧点了点头，然后便倏然间瞪大了双目，看着面前那白衣男子瞬间幻化成一只足有十几尺高的羽仙鹤，那身体所产生的巨大阴影笼罩着他，让他不由自主地后退了几步。巨大的羽仙鹤有着白羽、黑翎、丹顶、绿喙，修颈长脚，身姿秀丽，举动优雅，行止有节。羽仙鹤昂起头看了看四周，又张开翅膀扑扇了几下，便收拢了双翼，单腿站立，低着头看着面前渺小的人类。

“喏，我想，它是想要载你去春晖潭。”傲苍如此分析着。虽然不知道这只羽仙鹤想要算计什么，但便车什么的，傲苍表示必须搭。早一步到达春晖潭，就能早一点拿回它的龙丹。尽管表面上它表现得毫不在乎，但实际心急如焚。毕竟龙丹是孤零零地被放在那里，属于无主之物，谁都可以抢走。

“你确定是这样，而不是它想要吃掉我？”殷玉衡看着近在咫尺的锋利长喙，有些不寒而栗，“虽然这羽仙鹤长得仙风道骨，像是不食人间烟火，但我可听说这家伙可不是什么素食动物。”

“嘁，放心，要吃也是先吃我，而不是你。”傲苍甩了甩尾巴，毫不犹豫地率先顺着巨型羽仙鹤的喙，爬到了对方的背上。

见这羽仙鹤并没有什么不满的表示，殷玉衡便用手拽着傲苍的尾巴，蹬着旁边的树干，轻松自若地跳上了羽仙鹤的后背。待坐在了松软的翎羽之上，殷玉衡却有些后悔了，但不等他再踌躇犹豫，羽仙鹤的翅膀已经张开，顿时飓风平地而起，等殷玉衡再次睁开眼睛时，他人已经在半空中了。

羽仙鹤不愧是排行首位的仙人坐骑，飞在高空中平稳无晃动，而且速度极快，高速产生的气流也被羽仙鹤自身产生的领域罩弹开，不会让乘坐的人感到不舒服。殷玉衡还是第一次乘坐飞行坐骑，也是第一次飞在半空中，尽管心中害怕，但也没敢拽着羽仙鹤颈后的翎羽来保持平衡。

“喂，你不敢抓这只羽仙鹤，所以，就改抓我了吗？”被当成救命稻草的傲苍艰难地说道，它就快要被这臭小子勒死了！

“抓你比较有安全感。”殷玉衡很认真地说着，随后又抱紧了现在已有一个成年人大腿粗的傲苍。

因为不知道这样的体验是不是还会有第二次，殷玉衡强迫自己往下面看去。

只见碧空之下，目力所及都是郁郁苍苍的山林，羽仙鹤飞得并不高，但由于茂密山林的遮盖，殷玉衡并没有发现九环溪的踪影，甚至连春晖潭的影子都没有看到。

在他的想象里，能产生九环溪这样庞大水系的源头，应该是一个巨大的水潭。所以当羽仙鹤带着他在一处地方降落下来，指着一个看上去仅五尺见方的水坑让他看时，他完完全全地愣住了。

这……这就是春晖潭？连亓宿苑厨房的蓄水缸都比这个大啊！

羽仙鹤又重新变回了白衣男子，见殷玉衡露出吃惊诧异的表情，也没太意外，只是叹了口气道：“这确实是春晖潭，此处地表高出周围，一环溪便是由那一处涌出地面。这水潭在一千年前不是这样的，据说方圆百里都是春晖潭，但慢慢地，春晖潭逐年缩小，我们预计，恐怕过不了多久这水潭就会干涸。”

殷玉衡完全无法言语，春晖潭如此之小，那是怎么生成那么壮阔庞大的水系的呢？

“傲苍……咦？你人呢？”殷玉衡呆愣了片刻，想到了自己来春晖潭的目的，刚想要问傲苍这里有没有它的龙丹，就发现自己的身上异常轻松，往日死缠着他的傲苍居然毫无声息地消失了！

不，是一落地就不见了！

晕，不会是让他一个人在这里吸引注意力，而它偷偷去取龙丹了吧？

殷玉衡顿时觉得压力如山，一下子连手脚往哪里放都不知道了。他从小到大都没干过坏事，最多就在心里发发牢骚罢了。现在人家好心载他一程，反而是引贼入室，这让他很不自在。

“噗，哪里是引贼入室？我是拿回属于我自己的东西好不好。”傲苍听不下去了，抗议道。这小子居然敢称它为贼？真是不能忍！

殷玉衡知道自己斗嘴是绝对斗不过它的，也知道自己呆站在这里太久，会引起白衣男子的怀疑。但他颇为口拙，一时也找不到什么话题来拖延时间，所以当他听到身后的声响时，就像是得到了解救一般，毫不犹豫地转过头去。

迎接他的是一种香甜的味道，让他瞬间就失去了意识，连傲苍在识海里喊着什么，都完全没听清。

“喂……愚蠢的人类……快点……醒过来！”

傲苍的声音像是从很远的地方传来一般，殷玉衡努力集中精神，才听清楚它在说什么。

醒过来？咦？他睡过去了吗？殷玉衡回忆着之前的情况，他乘着羽仙鹤来到春晖潭，然后好像身后有什么人把他给迷晕了……

“嘘，别动，正好你可以听听那些家伙在说什么。”傲苍的声音适时传来，阻止了想要翻身的殷玉衡。实际上它知道这家伙是不能翻身的，因为那些灵兽把他扔到了一棵树上。

殷玉衡集中精神，果然隐隐约约听到有人在说话，而且还是个娇媚的女声：“白羽，你私自带人来禁地，一会儿老大回来了，肯定有你好看！”

“他是一名御兽师。”这个尖细的声音，正是那羽仙鹤的，原来他叫白羽。

“不管他是御兽师还是灵兽，擅入者死！”那个娇媚的声音中充满了杀戮之气，让偷听的殷玉衡心生寒意，恨不得马上就跳起来逃跑。不过他也知道自己八成是中了这个女子的暗算，她可以把他迷晕一次，自然也可以迷晕第二次，就这样逃跑，恐怕是逃不掉的。

白羽平心静气，又重复了一遍：“绮莲，他是一名真正的御兽师。”

“本姑娘可不管……咦？你说什么？”绮莲的声音一顿，立刻改了语气，完全不敢相信。

“是的，前几天的那阵骚乱，就是因他晋级而起。我估计他的等级已经进入了御兽诀第五层的境界。”白羽顿了顿，像是回忆着什么一样，片刻后才道，“面对着他，我就像又回到了主人身边一般，下意识就想要变回原形载他一程。”

林中又变得寂静了起来，这下连殷玉衡自己都有些发蒙。他以为前几天的突破，是他共享大哥的修为所致，现在却得知是他修炼御兽诀的原因。难不成他一直下意识修炼的御兽诀是什么好东西不成?

“哼，好运的小子，居然连御兽诀都能达到第五层。”傲苍本不想让殷玉衡知道这件事的，但那两个嘴碎的灵兽都说漏嘴了，它也就大大方方地说了出来，“御兽诀分九层，而且九层的修炼口诀都是一样的，晋级需要的只是不断修炼御兽诀和满足各种不同的触发条件而已。若是触发条件没有形成，就算不断修炼御兽诀也不能够突破。喏，例如御兽诀第一层修炼完毕便可以让御兽师身上的兽纹觉醒，第二层的触发条件是与一只灵兽签订契约，第三层的触发条件是同时与两只或两只以上的灵兽签订契约，这些你都做到了。”

“啊？那再往上呢？”殷玉衡还是头一次听说这样的事情，差一点就控制不住自己的心跳，让那边那两只顶级灵兽发觉。

“哼！我也不知道了！”傲苍死也不再开口。它自然是知道的，就算一开始不知道，现在想想也能明白了。御兽诀第四层的触发条件，应该是御兽师与灵兽伙伴的契约度都不能为零。它绝对不会承认自己已经在某种程度上接纳了这小子，它签的可是主仆契约啊！而第五层的触发条件，则应该是御兽师的灵兽伙伴都要晋级为七级的高阶灵兽。它的等级自是不用怀疑，而殷天枢那小子，应该也是通过什么秘法，迅速成了七级灵兽。

总的来说，这小子实在是太好运了！这才修习御兽诀几年啊！

御兽诀能达到第五层，就说明他是一名真正的御兽师了。

白羽之前说的那句话是有含义的，在上古时代，御兽诀在五层以下者，只能称为御兽士，在三层以下者，只能算是御兽学徒。成为御兽师者，已经可以不用契约就影响大部分灵兽的行为举止了，而越往上升级，要求就越严苛，据说如御兽诀能修炼到第九层，成为御兽皇者，便能号令天下所有灵兽，成为一方兽皇。

殷玉衡对那样的级别完全没野心，他实际上是一个很容易满足的少年，所以也就没太追问傲苍关于这方面的事情。此时他发现又有三个声音加入了白羽和绮莲的讨论，应该也是几只九级灵兽。

在他们之中，有一只被他们尊为老大的灵兽，殷玉衡无从得知他们的真身是什么，他关心的是为什么他们这么在意他御兽师的身份。慢慢地，从他们的谈话中，殷玉衡拼凑出来一个大概。

原来自从九环溪形成以来，春晖潭便是灵兽的必争之地，九环溪的灵力就已经那么充沛了，更何况是发源地，所以春晖潭足足经过了数百年的血洗，才确立了现如今这个局面，同时拥有五个顶级的守护者。

说是守护者，实际上他们都知道，他们觊觎的是春晖潭之中的宝物。他们并不知道那是什么，但绝对是天地至宝。在大战之后，他们谁都对付不了谁，互相防备，倒是有了一个难得的和平时期。

但在几百年后，他们发现春晖潭居然在逐渐缩小。这个发现把他们吓得魂飞魄散，就算取不到春晖潭中的宝物，就在此处修炼，汲取溪中的灵力也是好的，但这样的愿望，现在也逐渐成为奢望，春晖潭的灵力随着潭水的缩小在逐年减少。

经过多年的探查，他们才发现在春晖潭的潭底，不知道什么时候有了一只河蚌。这只河蚌应该是龙九子之一的椒图，生长得极为缓慢，一百年才长一寸。这只河蚌来得蹊跷，他们认为是这只河蚌吞噬了春晖潭底的天地至宝，才使得春晖潭逐年缩小。但问题来了，他们拿这只河蚌简直毫无办法。

捞也捞不上来，砸更砸不碎，连吃河蚌最有经验的羽仙鹤都撬不开它的壳，更别说其他灵兽了。

所以羽仙鹤在发现殷玉衡是一个真正的御兽师时，第一反应就是让他来对付这个椒图。

“咦？龙九子？这椒图不会是你的后代之一吧？”殷玉衡听着八卦，却把注意力放到奇怪的地方去了。

“什么后代啊！愚蠢的人类！那是一只河蚌！是一只河蚌！你哪只眼睛看出来河蚌和龙有共同点！”傲苍立刻爹毛了，是可忍孰不可忍啊！它被封印的时候还是纯洁的青龙一条，怎么可能有后代？更何况那是一只河蚌啊！

殷玉衡的识海差一点被傲苍的怒吼震裂，就连一直平静的红光都抖了两下，似乎有些不解为何会有这么大的动静。殷玉衡不禁心虚了一下，也不知道大哥能感应到什么，不过肯定会为他担忧了。

傲苍兀自在那里生气，事实上它这么气愤，倒不是因为殷玉衡那个无知的问题，而是它发现，那只该死的河蚌，居然把它的龙丹给吞了！

吞了无法消化是肯定的了，即使名为椒图，是强横的龙九子之一，但也只是一只河蚌而已，又怎么可能吸收它那颗强大的龙丹？让傲苍暴躁懊恼的，是那只河蚌居然敢在它的龙丹上面涂口水！而且涂成了一枚硕大的珍珠！

这简直就是侮辱！

傲苍一刻都待不下去了，它悄悄潜下春晖潭去，发现了这么个令人吐血的事情，本还存着一丝侥幸心理，但从殷玉衡那里得来的八卦，让他再也无法忍受自己的龙丹在别人的肚子里待着。

“傲苍！你要做什么？！”殷玉衡第一时间发现了傲苍的异动，但他只能在识海中疾声呼喝。

傲苍倒是还有工夫庆幸这小子还没发现他们的契约是主仆契约，否则在识海中发出一个命令，它就连动都不能动一下了。

殷玉衡此时也顾不得会被发现他是在装昏，直接坐起身，紧盯着远处的春晖潭看。由于那帮灵兽担心他对春晖潭不利，早早把他扔到了很远的一棵苓榉树上，所以没人发现罪魁祸首早就潜了进去。

那几只顶级灵兽都化为了人形，一共三男两女，这时都没有往殷玉衡的方向看半眼，而是目光灼灼地盯着水面剧烈翻滚的春晖潭。只眨眼间的工夫，像个水坑一样的春晖潭，瞬间扩大了数倍，而且还有继续扩大的趋势。

“这是怎么了？”白羽率先撑不住变回原形飞了起来，它想去春晖潭的上空查看一下，却被纯粹的灵力击中了翅膀，一时羽毛乱飞，差一点就掉到了水中。从旁蹿出的蛛丝恰好黏住了白羽的脚，把它粘在了一旁的大树上。白羽刚想对绮莲道一声谢，就发现自己整个身体都落入了事先织好的蛛网中，连动都没法再动一下了。

“呵呵，白羽兄莫急，还是歇歇的好。”绮莲娇媚的声音如银铃般响起，显然对于这样顺利地得手，颇为自得。但她的笑声只持续了片刻便戛然而止，喝骂声与灵力交击声此起彼伏。

殷玉衡就算不去看，也知道这必然是起内讧了。这几只灵兽平日里看似和睦，但彼此都心怀鬼胎，互相防备，处在一个微妙的平衡状态。现在春晖潭被傲苍搞得异变突起，这些沉不住气的灵兽免不了自相残杀一番。

好吧，这下他就一点都不担心这几只九级灵兽联手先把傲苍给干掉了，他们甚至还不知道水底下混进去了一条货真价实的青龙。

殷玉衡扶着树干往下看，春晖潭暴涨的水都已经蔓延到他在的这棵树下面了，到底哪里来的这么多水呢?

又一次因为车队任务来到九环溪外的通谷镇的花涓，正在琢磨着怎么和陆青阳取得联系。她之前从凤栖城前往密罗城时认识了一个挺好玩的少年，叫陆青阳，好玩程度简直可以媲美五年前认识的那个有一条小蛇当契约灵兽的殷玉衡了。可惜没来得及给陆青阳留一枚紫络铜钱，以后就算是在一个城市中，也察觉不到了。

已经出落成一名亭亭玉立的少女的花涓喟然一叹，她在外都习惯着男装了，原本在发辫上编着的紫络铜钱也挂在了腰间。她低头看着腰间丝络上的那一串紫络铜钱，准确地找到了上面刻有“如意”的那一枚。这枚如意紫络铜钱从未响过，让花涓无比怨念。当初她可是因为放心不下，特意让花家的人去打听了殷玉衡的下落，得到的情报却是他进了九环溪之后再也没有出来过。

已经五年了啊……花涓抿了抿唇，把这枚紫络铜钱放在手中摩挲了两下。还未等她再看两眼，就听见镇上忽然人声鼎沸，间或还有各种灵兽的嘶吼与鸣叫声响起。

“外面怎么了？”花涓撩开帐篷的门帘，问门外的手下。

手下也不知情，刚打算派人去询问，就有路人跑过来在镇上大声疾呼：“九环溪……九环溪倒流了！”

这句话喊罢，出来看热闹的人群嗡的一声炸开了锅。

花涓走南闯北多年，知道这代表着什么。

“穹天崖断裂，九环溪倒流，才能让我们两人分开……”这是大陆上最流行的示爱表白，也足以看出这两件事是世人确信绝对不会发生的事情。冬之地的穹天崖之上是世间最坚固的万年寒铁，而九环溪则已经潺潺流动了上千年。

可现在，这样不可思议的事情居然真的发生了。

花涓用最短的时间镇定了下来，吩咐手下再去查探。她察觉到通谷镇上的灵兽都蠢蠢欲动，便立刻集结其他人手，在鸿雁驿站的驻地基础上建了一个牢固的防御工事。不一会儿，查探的手下便回来，确认九环溪确实是开始倒流了。

沉吟了片刻，花涓已经可以感觉到空气中纷乱的灵力，想到从家族收罗来的古籍上看过，九环溪之下其实是一个可以困住所有灵兽的巨大禁忌阵法，未缔结契约的灵兽自古只能进不能出。九环溪倒流，实际上就是禁忌阵法即将被破除的一个征兆。

“通知我们的朋友，最好立刻从海路离开九环溪。你们也准备，把所有的核灵舟都打开，我们一个时辰之后便起程，所有人都走，一个都不许留。如果有旁人想要随我们离开，就尽量收容。”花涓斩钉截铁地下达着命令。

手下们欣然应允，没有人质疑她的命令，所有人都一丝不苟地开始准备离开的工作，就像一个巨大的机器在迅速地运转着。

花涓则把目光投向九环溪的深处，眼神深邃。

希望，一切都是她多虑了吧……

# 第二十二章

# 九环溪倒流

九环溪的异动，不仅仅波及了春之地的人，也让正在玄英洞闭关的百里煦有所感应，他起身，随意地用手指在虚空一划，便在空中划开一道缝隙，随后步入了其中。

殷玉衡看到的，是九环溪的半空中一阵灵力扭曲之后，一个身穿白衣之人从一道黑色的缝隙中缓步而出，就那样悠然地站在半空中。这个人出乎意料的年轻，看起来只有二十出头的模样，面容温和，让人一见之下如沐春风。他身着洁净素雅的白袍，纤尘不染，背后的阳光在他身上洒落，形成了一轮耀眼的金色光晕，几乎让人以为是天仙下凡。他随随便便站在那里，就有股君临天下的气势，和之前白羽的人形相比，真的是一个天上一个地下，如云泥之别。

就算殷玉衡再迟钝，也知道凭空出现的这个人绝对是当世少有的强者，并且来者不善。正要在识海中通知傲苍小心时，殷玉衡却发现周围本来打得难解难分的几只九级灵兽，居然在眨眼间都消失得无影无踪。

灵兽对于趋吉避凶是最在行的，九级灵兽可能是担心对方觊觎它们的晶核，殷玉衡觉得自己身上没有什么东西能让对方在意，应该相当安全。若对方真是丧心病狂的杀神，那他就算逃也逃不到哪儿去。更何况他现在蹲在一棵苓榉树上，树下是深不可测的潭水，他还能往哪儿逃啊?

普通人若是看到了一只蚂蚁，只要不挡路，谁也不会多此一举地特意伸过一脚去踩死它。果然在那白衣人眼中，殷玉衡就像是蝼蚁一般的存在，连余光都懒得给予，只是背过手去，全神贯注地看着逐渐变大的春晖潭水面。

事实上，百里煦早就发现了春晖潭的阵眼是一颗极其珍贵的龙丹。虽然他的修为已经达到了元婴，但以一人之力破除如此庞大的阵法还是捉襟见肘。而且强行破除的话，龙丹也会受到损害，反而得不偿失了。

所以他便想了一个办法，找来一只椒图，将其收为灵宠，让椒图把这枚龙丹当成沙砾吃进蚌壳之中，然后用体内特殊的分泌物把龙丹层层包裹起来，以蚕食的方式慢慢减弱阵法对于龙丹的束缚。九环溪近几百年灵力枯竭，正是因为龙丹逐渐被隔绝，阵法运转的能源顺带被削弱。

灵宠和契约灵兽不同，契约灵兽是御兽师用契约建立起与灵兽更亲密的关系，而灵宠则是修为极高的修道者用强硬的手段在灵兽的识海留下印记，强行控制灵兽。只是这种手段有违天和，损害因果，甚少有修道者看得上眼罢了。

百里煦倒不拘小节，在他看来，为了完成修道的目标，不在乎使用什么样的手段。修道者，本身就是延长自己的生命，与天道抗争。

他略一沉吟，算了一下这椒图投下去的时间，便伸出右手朝正下方轻轻一弹。只见一支几乎凝成实体的灵力光箭瞬间把春晖潭的潭水激起，形成了一个真空的地带，直接便可以看到潭底。而那些激起的水花，连一滴都没有碰到在半空中的百里煦，全部都在离他半尺处就飞溅开来。

殷玉衡虽然离得远，但也被殃及，半边身子都被打湿了，潭水冰凉，冷得他浑身一哆嗦。但他不敢擅动，连目光都不敢移动半分。待他抹掉脸上的水珠后，才发现那白衣人的身边居然多了一只硕大的河蚌，看大小都及得上他的那艘核灵舟了！

看来那几只灵兽拿这只椒图没办法也是正常的，因为根本不知道该如何把这么大个东西从之前那么小的水潭口弄出来嘛！绝对会卡住的！

殷玉衡眼睁睁地看着那硕大的河蚌在那个白衣人面前乖乖地张开了蚌壳，吐出了一颗足有人头那么大的珍珠。

在珍珠现世的那一刻，周围的灵气轰然波动，竟引来了天地异象。天上的太阳都黯淡了几分，仿佛天地间全部的光芒都汇聚于那颗珍珠之上，那珍珠霎时七彩浮动，美不可言。

春晖潭的水面波动得越发厉害了，殷玉衡担心傲苍会按捺不住，冲出来夺取龙丹。那绝对是送死啊！说不定人家还会欣然笑纳这送上门的青龙。

殷玉衡记得，光傲苍头上的那对银色龙角，就是不可多得的炼器材料。

因为心中担忧至极，所以殷玉衡下意识地在识海中跟傲苍不断说道：“傲苍，千万不要出来！听到了没有？千万要忍耐住！”

傲苍在水下痛苦地翻滚着，它的龙丹就在水面上呼唤它，只要冲上去，就能重新得回！这样的诱惑对它来说简直是致命的。尽管它知道龙丹在那个人手中，它只有一成的概率能抢回，而且抢回之后可能来不及融合，就会被对方斩杀，但对于心高气傲的青龙来说，即使知道是必死之局，也甘愿上前一试。

就如同千年之前一样。

但殷玉衡在识海之中直接对它下达的命令，它却无法违背。尽管殷玉衡是无心之举，但他们的契约乃是主仆契约，傲苍是完全无法违背殷玉衡的意愿的。反之，若是殷玉衡想让傲苍直接夺回龙丹，傲苍就算再不情愿，自知必死无疑，也是要上前拼命的。

这也就是傲苍不甘心签订主仆契约的原因，它是多么骄傲的一条青龙，居然连自由都握在了他人手中，连生死都不能自己决定，这是多么悲哀的一件事！

这五年懈怠的生活，瓦解了它的警戒心……傲苍在水下气得眼珠子都红了，打算一会儿杀掉那个臭小子，就算它会因为契约反噬而死掉也在所不惜。

它就是死，也要死在自己的决定之下！

殷玉衡完全不知道这条别扭小气又记仇的青龙在想什么，看那白衣人并不急着收回龙丹走人，而是任凭那颗龙丹吸收九环溪外放的灵力，担忧迟则生变，他在识海中又呼唤傲苍：“傲苍，你现在在水底吗？容易溜走吗？那你就先走吧！赶紧逃走！”

听着殷玉衡丝毫不掺假的关心，傲苍满腔的怒火就如同被戳破的皮球一般，立刻泄得无影无踪。是啊，这傻小子根本什么都不知道，它自己生个什么气啊？

回想起来当初也是它自己胡乱折腾，才闹到现在这般下场，其实就算和这小子说他们签订的是主仆契约，他也不会相信吧？

因为殷玉衡这回对傲苍下达的并不是死命令，所以傲苍不用遵守，它没好气地回道：“能逃到哪儿去？那人肯定知道我在下面，只是不知道是什么样的灵兽罢了。不过我现在也不过是七级灵兽的修为，若不露头的话，想来他也不会把我放在眼里。”

更何况，它一个人逃又有什么用？它的主人还在最危险的树上待着，它自己跑了算怎么回事？若是那小子命不好就这么死了，它岂不是还要不明不白地陪葬？这样一想，傲苍又抑郁了，倒也没有之前杀掉对方的想法了。

是了，它总说那小子太弱，实际上，它也很弱。

若是它够强，又怎么会在千年前被人剥皮抽骨，龙丹被挖，元神被封？

若是它够强，又怎么会与一个无知少年签订主仆契约？

若是它够强，又怎么会像条泥鳅一样，匍匐在这水潭底的淤泥之中，连自己的龙丹都不敢抢回？

傲苍狠狠地闭了闭双目，觉得自己这五年来的坚持简直是无比可笑。

殷玉衡完全不知道水潭底傲苍的心理斗争，他甚至还在树杈上选了一个视角好的地方，盘膝而坐，像看风景一样看着那龙丹吸取灵气。

他虽然并不走炼气那条路，但若是按炼气的修为来算，他估计自己应该是炼气八层以上了。炼气就是把体内的灵力炼化外放的过程，殷玉衡知道先天以上的修道者，可以把灵力凝聚成形，而再往上则可以把灵力淬化，使之变得黏稠甚至变成液体。像之前白衣人弹指的那一下，灵力几乎已经凝为实体了。

现在龙丹汲取灵力，整个九环溪的灵气就像是被搅动的春晖潭潭水一般，在天空中形成了一个旋涡，而旋涡的中心便是白衣人面前的那颗龙丹。所有的灵力都朝龙丹汇聚着，此景极为壮观，若不是亲眼所见，都无法想象。

殷玉衡并没有感觉到自身灵力有被抽取的迹象，可见这些被吸取的灵力应是九环溪下的阵法多年来积累的灵力。但这天地之间的灵力本就稀薄，这种涸泽而渔的行为，简直就是要吸干九环溪全部的天然灵力，让这里的灵兽待不下去，逼迫它们另外择地而居。

一想到九环溪那些凶猛的灵兽即将流窜到其他各地，殷玉衡就忍不住有些心惊肉跳。九环溪的地域本就有限，能在九环溪生存下来并且占有一席之地的灵兽，无一不是凶残嗜血之辈。

殷玉衡知道他再义愤填膺也没有用，这个世界就是强者为天，若他有实力阻止对方，那一切就都解决了。没有实力，他就只能像一只虫子一样，看着对方为所欲为，顶多在心中牢骚而已。

百里煦的心情很好，他把这个椒图投下去的时间已经很长了，长到他都快忘记这回事了，所以今天的收获完全是意外之喜。

他的心情好，就没有在意春晖潭底下趴着的那只小灵兽。百里煦见珍珠汲取灵力的旋涡减弱，便挥手让椒图重新落回春晖潭，这只河蚌对他来说已毫无用处了，放它自生自灭吧。把璀璨的珍珠收入手中，百里煦在撕裂开空间即将踏入虚空时，随手朝一个方向弹了一记灵力光箭，连这记攻击的结果都懒得去看，便头也不回地离开了。

一直躲着的那个少年是生是死，对于他来说都无所谓。就算他到处去说九环溪的倒流是他百里煦引起的，又有多少人会相信呢？

殷玉衡真没想到那白衣人居然临走还不忘对他下杀手，当那杀气凛凛的灵力光箭转瞬间向他袭来时，他的大脑之中一片空白。

是的，对于强者来说，他不过是一只蝼蚁，对方连杀他都是随手而已。

正绝望之际，殷玉衡忽然感到腰间被一股大力扯拽，瞬间便跌落而下，摔进了冰凉刺骨的潭水之中。而那道灵力光箭像是知道了他的动向，居然也改变了方向，直直地破开潭水继续朝他刺来。

殷玉衡眼中最后的画面，就是他被一个庞大的身躯牢牢地护住，那泛着青色的银色鳞片，让他无比恐慌。

“傲苍！”

“咯咯！傲……傲苍！”殷玉衡咳出腹中的积水，把一直堵在喉咙里的名字喊了出来。他已经五年没有怎么开口说话了，又因为嗓子里呛了水，更加难受。

“喊什么喊……小爷我还活着！”一个陌生男人的声音从殷玉衡的身后传来，殷玉衡这时才发现，他现在是在春晖潭的岸边，不远处的春晖潭水波浩渺，居然成了一片湖泊。他无暇去看春晖潭的变化，连忙坐起身顺着声音转过头去，发现一个身上胡乱披着衣服的男子，正怏怏地靠在一棵树的树干上。

这名男子看起来只有十八九岁的年纪，一头鸦青色的长发湿淋淋地垂在地上，混杂着泥土，显得有些狼狈不堪。他的五官英气十足，两道眉毛如同两把剑一样插入发鬓，可以看得出他的性格应是爱憎分明、疾恶如仇的。当那少年感觉到殷玉衡的视线时，双目顿时变得有神，恶狠狠地回瞪了过来。

“傲……傲苍？”殷玉衡想要站起身，但手脚还有些酸软无力，几乎是手脚并用地爬了过去。他早就知道傲苍是有能力变为人形的，但这家伙看不起人类，也觉得装成银鳞蛇比较便利，才一直没有化形。但为何偏偏现在化形了？

殷玉衡想起昏迷前护在他身前的青龙，顿时知道对方肯定是受伤了。

傲苍看到殷玉衡就来气，眼睁睁地看着近在咫尺的龙丹被人抢走了，他还要苦命地护着这小子，硬挨了一击，他这五年恢复的修为都差点被废掉了。傲苍愤怒至极，只是这愤怒在殷玉衡强势地把他勉强蔽体的衣服扯开之后，就立刻烟消云散了。

殷玉衡看着傲苍腰间那流着青色血液的伤口，一时说不出话来。这伤口足有拳头大小，看起来异常恐怖。他这时也知道为何傲苍化为了人形，若是还保持青龙的形态，恐怕更不好疗伤，说不定直接就断为两截了。

“傲苍，我要帮你疗伤。”殷玉衡扶着傲苍的肩膀，也许是由于失血过多，傲苍化为人形后皮肤十分惨白，仿佛手下稍微用力，就可以把掌下的骨头都捏碎一般。

“喊，疗伤就疗伤呗，快点！”傲苍化为人形之后，表情丰富多了。银色的双瞳向上一翻，毫不客气地给了殷玉衡一个白眼。

“我需要你的配合。”殷玉衡一字一顿地说道，不允许傲苍逃避。

傲苍的身体一僵，他自是知道殷玉衡所指的是什么。

御兽师和灵兽签订契约的其中一项福利，就是可以进行伤害治疗。即其中一方受伤，另一方可以用灵力来替他疗伤，且极为有效。但这项福利，是要由契合度来支持的，契合度越高，灵力就越不会浪费，所以殷玉衡才会强调需要傲苍的配合，否则他就算此时输入灵力，绝大部分都会被浪费的。

“配合什么？算了！小爷我真是脑袋发蒙了才会去救你！这回是小爷我认栽了……唔！你往哪儿按呢！”傲苍色厉内荏的声音，立刻就在殷玉衡伸手按住他的伤口时消失了。

可恶！愚蠢的人类！要不是他会因为主仆契约的牵连而死掉的话，他才不会那么见义勇为呢！

殷玉衡知道这小祖宗的戒备心强，这次居然能舍了命来相救，让他备受感动。既然傲苍并不配合，那殷玉衡也不再劝他，而是把琉璃玉带钩中的灵药和灵草全部倒了出来，让傲苍选。

那琉璃玉带钩傲苍也是可以随意取用的，他早就捡了对他有益的灵草吃了几棵，连衣服也是从里面拿出来的。他的伤口不过是看着挺吓人，还是他故意保留着给殷玉衡看的。

不过有人这样关心他，感觉还是很不错的！

傲娇的青龙开始享受无微不至的照顾，各种颐指气使，把殷玉衡使唤得团团转。

春晖潭这里成了一片湖泊，由于之前白衣人形成的威压，暂时没有灵兽敢擅入。殷玉衡思量了一下，觉得他们此时在这里养伤反而是最安全的，便把大哥给他的核灵舟放了出来，泊在春晖潭上，扶着傲苍躺进去好好休息。

傲苍惦记着被拿走的龙丹，念念叨叨的，就算躺下了也一刻都不肯停歇。

殷玉衡倒是有些好奇他化为的人形，跟着搭话道：“刚刚那人，修为应该达到金丹了吧？”

“嘁，金丹？无知的人类，若是金丹修为的话，我会连露头都不敢？那人绝对是元婴修为了。”傲苍躺在核灵舟的船舱中，想象着那人的脸就在自己面前，往虚空之中挥了一拳。

“元婴？”殷玉衡吓了一跳。修道者分炼气、筑基、凝脉、金丹、元婴、化神、渡劫、大乘等几个阶段，但现如今的修道者，只要能突破到炼气十层，便能达到先天境界。只要成为先天宗者，就算得上是少有的人物，就连琅琊殷家那样的大家族，也只有六七个人达到先天境界。至于修为达到凝脉，成为尊者，也可成为一派之主的，更是少之又少。若是能凝结金丹，便可被称为圣者，整片大陆能被称为圣者的，据说不超过五五之数。再往上的元婴级别，会被尊称为冕下。而最高境界的王座，只是传说中的存在。不过，据说在千年之前天地灵力充沛之际，相对容易晋升为先天宗者。殷玉衡感到有些不可思议，他居然离元婴级别的冕下如此之近，而且还逃过了对方的攻击！

“啧，胆小的人类，这就被吓傻了？”看到殷玉衡的呆样，傲苍觉得不是滋味。若是换了全盛时期的他，区区一个元婴又能拿他如何？按照灵兽等级来划分，七级灵兽就相当于进入先天境界的筑基宗者了，八级灵兽相当于凝脉尊者，而九级灵兽相当于金丹圣者。再往上，就只有突破血脉极限的尊贵的灵兽才有机会冲击。当然，拥有高贵血脉的青龙自然不在话下。

殷玉衡立刻察觉到这位小祖宗的敏感情绪，马上转移话题道：“现在天地灵气如此稀薄，那位冕下究竟是怎么修炼的啊？”

“哼，看他今次的作为，那河蚌肯定是很早以前就被他扔在这儿了。这样的事情肯定也不止一次，修为怎么来的还推断不出来吗？”傲苍不屑。虽然修道就是与天道争，但敢做到百里煦那样肆无忌惮的，可真不多。傲苍想了想后，又敛去怒火，神秘兮兮地笑了笑：“哈，愚蠢的人类，因果循环，报应不爽，天道又怎么能容忍这样的人继续嚣张下去？迟早会有报应的！”

这真的不是自我安慰吗？殷玉衡都有些无力反驳了，把手中捣碎的灵草糊在傲苍腰间的伤口上，又拿起一堆药瓶分辨哪些灵药适合傲苍服用。

“喂！人类，我饿了！我想要吃烤河蚌！”傲苍理直气壮地吩咐着。

他怎么那么确定他就能把那河蚌烤了吃啊？那么多只九级灵兽都拿它没办法呢！

# 第二十三章

# 紫络铜钱

殷天枢盘膝坐在核灵舟的船头，举目远眺，天际那股撼动天地的灵力波动已经趋于平缓，只是残留在天空的云朵，还保留着巨大的旋涡状，令人望而生畏。

“九环溪完了。”风枭在他身后，依靠着船舱壁，颇为惋惜地说道。他此次出来，也想去九环溪一趟。传说待在那里对灵兽的修为会大有增益，他还想趁机看看能不能恢复到八级巅峰呢。

殷天枢并未说话，他的掌心之中静静地躺着一个铁银罗盘。小弟走时，他曾在给小弟的核灵舟上做了些布置，可以让他尽快地找到小弟的位置。

不过光这一点也不保险，留殷少微在琅琊殷家，一是顾着他自己的意愿，二也是想到万一小弟回到琅琊岛，也有个人可以告诉他情况。毕竟琅琊岛上的其他人，早就不把他们当亲人了，连他们失踪了五年，也不闻不问。

只是看这罗盘的指向，殷天枢猜出来，这五年小弟定是被那条青龙拐去了九环溪。连风枭都对九环溪念念不忘，可见那其中定是有什么好东西。

天际那股奇怪的灵力波动，千万不要是那条青龙折腾出来的，万一小弟有什么三长两短……

咔嚓！

风枭看着殷天枢手中轻易被掰断的铁银罗盘，好心地提醒道：“别弄坏了，不是说这罗盘是找到你弟弟的关键吗？”风枭觉得自己的性格已经在这几年中大变样了，若是换了从前，他才懒得理会别人的事情。但这五年中，照顾殷天枢已经成了习惯，虽然他们两人到现在也没签订伴生契约。

殷天枢把掰断的铁银罗盘对接在一起，伸出食指在裂痕处一抹，释放出来的火苗瞬间便把断口处的铁银熔化，虽然并不美观，但确实又重新焊接在了一起。

风枭的眉梢抽了抽，殷天枢自从突破到七级之后，便可以释放九尾狐族的传承狐火。这种九尾狐火古籍上有所记载，是天下灵兽之中排名前十的火种。九尾狐火有九种变化，变幻莫测，也不知道殷天枢掌握了几种。

越是相处，风枭对殷天枢越欣赏，他本是对殷玉衡的资质一见难忘，现在回过头想来，倒是庆幸自己看中了殷天枢。况且殷天枢说他已经用灵兽的身份和殷玉衡签订了伴生契约，那么他要是再用御兽师的身份和自己签订契约……岂不是形成了一个锁链契约？而且在锁链的尽头，还是一位青龙阁下。

风枭越想就越觉得内心火热，恨不得下一秒就和殷天枢签订契约，但这也只是想想而已，殷天枢未松口，他也不敢逼迫他。风枭把目光转到了殷天枢的手臂上，停留在那一对多出来的银质臂环上。

咦，这是什么时候戴上的呢？质地很粗糙，看起来像是仓促之间制作的。风枭越凑越近，才发现在银质臂环上居然还刻有小型的符阵。

“你也想要？”殷天枢终于忍不住开口道，顺便伸手把风枭凑过来的大头推了回去。

“这是什么？”风枭不耻下问。

殷天枢没回答，把臂环褪了下来，直接往风枭手腕上一扣。虽然殷天枢的个头比风枭不过稍微矮上那么一点，但风枭看起来精瘦，手臂肌肉发达，比在阵法中一动不动待了五年的殷天枢壮硕许多，殷天枢能戴在手臂上的臂环，就只能扣在风枭的手腕上。

风枭只觉得手腕处立时传来一阵钻心的痛楚，毫无准备之下，差一点单膝跪在核灵舟的甲板上，费了好大力气才止住要冲出口的哀号，深吸了好几口气才缓过神。若不是他对殷天枢颇为信任，又是亲眼见到这臂环是他从自己手上褪下来的，下一秒肯定就想要让此人立毙于掌下。

见风枭安静了许多，殷天枢倒是很满意，他伸手弹了弹那银质臂环，得意地一笑：“这就受不住了？这改良的封魂噬骨阵，效力只不过是原阵法的十分之一。”

风枭此时已经运转灵力，把噬骨的疼痛暂时压了下去，闻言不禁双目一亮。他早就眼馋殷天枢这五年的闪电进益，但他自认为没有对方那么能忍，无法承受那种程度的折磨。但削减力量后的封魂噬骨阵，他还是很想一试的。

盘膝坐在殷天枢身侧，风枭闭目体验了半晌，发现这种阵法对体内经脉和筋骨的淬炼确实有效。待他重新张开双目时，便对殷天枢点了点头道："甚好，可以再加重一倍。"

殷天枢耸了耸肩，轻哼道："你当改良阵法这么容易啊？我还缺很多材料……"殷天枢的声音戛然而止，因为风枭从腰间解下了一块饕餮纹玉玦，塞到了他的手心里。殷天枢释放灵力探查了一下这块饕餮纹玉玦，发现这空间法器里的材料可谓应有尽有，他就算想找借口不做改良都不行。

殷天枢做出来这对银质臂环，本来就是要给风枭用的。但他身上的材料有限，做出来的效果也不怎么好，他便没有特意拿出来给风枭，只是自己随意戴着，现在改良阵法倒成了他对风枭应尽的义务了。殷天枢撇了撇嘴，算了，反正本意就是要还他这五年来的照顾之情，只是他小弟用不上，真可惜。殷天枢不情不愿地把需要的一些物品从饕餮纹玉玦中捡了出来，放进自己的青白玉龙纹佩中后，便把玉玦还给了风枭。

风枭并没有接，而是别有深意地看了殷天枢一眼，淡淡地道："别以为这样就可以把欠我的人情都还了。"

殷天枢眯了眯双目，不屑地笑道："就知道你会狮子大开口。"说罢便把玉玦扔到了风枭身上，也不管他有没有接，径自研究起阵法改良来。

拥有狐火的殷天枢，炼器已经算入门了。况且他炼器并不是炼制法器，而是在金属上刻画符阵，比炼制法器简单一些。他先是用狐火熔了一块银锭，然后用手捏成了环形，很快就做出来一个简单的臂环形状，随后又拿出一些灵草和灵兽血液开始调配画符阵所需的符墨。

风枭见他鼓捣得有板有眼，倒是刮目相看，忍不住问道："你连这都会？符阵若是没弄好的话，可是会爆炸的啊！"

"瞎鼓捣呗。"殷天枢看着天心草在自己掌心燃烧之后化为黑灰，渐渐又被烧成细碎的灰粒。他小心地控制着周围的灵力，确保没有一粒天心草灰被风吹跑。“据说封魂噬骨阵是当年琅嬛骆家的先祖帮殷家特制出来的，琅嬛骆家是千年前赫赫有名的符阵世家，这阵法有多种妙变之处，也为后人留下很多可以改动的地方。我在阵中五年，闲极无聊，便把这阵法的纹路硬生生地背了下来。”

风枭听他说得简单，却知道在那封魂噬骨阵中绝对是度日如年，否则又怎么可能把一个对符阵毫无了解的人，变成可以随手改良阵法的存在?

这听上去像是天方夜谭，但殷天枢确实做到了，他用亲身体验，记住了符阵中每一条纹路的用意，通过各种尝试，所有灵力变化都尽在掌握之中。他算不上是符阵师，若是换了另外一个符阵，他完全是睁眼瞎，但封魂噬骨阵，可以说这世上没有比他对这个阵法更熟悉的人了。

风枭见他调配符墨游刃有余，不想勾起他这五年中备受折磨的回忆，便转移了话题：“那琅嬛骆家我也曾听说过，听说骆家和殷家以前乃是通家之好。千年之前琅琊殷家退守琅琊岛，而琅嬛骆家则销声匿迹，这一千年来都杳无音讯，据说已经举族覆灭了。”

殷天枢倒是头一次听到这样的八卦，惋惜地叹了口气道：“能布出这样精妙的阵法，琅嬛骆家必然是第一符阵世家，居然就这样覆灭了……”不过他也就是感慨一声，旋即便聚精会神地拿起一小瓶裂谷隼的血液，小心翼翼地把那些天心草灰缓缓地倾倒进去。

风枭见他如此，便不再与他闲聊，闭上了双目，沉心静气地体会着臂环之上的阵法。

待风枭感觉到海面上的灵力波动有问题而睁开眼睛时，发现殷天枢早就停下了刻画符阵的动作，正定定地看着海面上的一处，剑眉深锁。

“有狂暴的灵兽。”风枭很快就做出了判断。灵兽毕竟与人类不同，纵使开了灵智，本质上也是禽兽，不能像人类一样控制好自己的情绪。更何况就算是人类，也会有失控的时候。一般灵兽失控称为灵兽狂暴。想来是因为九环溪大变，引得灵兽惶恐不安，而且这股情绪是可以传染的，若引得大量灵兽崩溃，会直接导致兽潮的形成。

“在海面上都如此，想来那陆地之上……”殷天枢的眉宇间爬上了忧虑，再也不掩饰心中的担忧与不安。

“不用担心，那位阁下在令弟身边，令弟必然会无事的。”风枭从未见过殷天枢露出这样的表情，愣了一下，才出声安慰。

“就是因为那位阁下在，我才担心的。”殷天枢双臂环胸冷哼道，语气中满是愤慨。

风枭无言以对，毕竟殷玉衡和那位阁下签订的是献祭契约，谁知道对方会不会在乎一个祭品的安危和死活呢?

好在殷天枢能从与殷玉衡的契约中得知他的气息虽然有所波动，但依旧活得好好的，去了几分不安。他看着远处那些核灵舟，一拂袖收起了手中的臂环与符墨，叹气道：“我们去那边看看吧。”

风枭也没反对，挥手改变了他们这艘核灵舟的前进方向，朝灵气波动剧烈的方向加速驶去。

离得近了，他们才看清楚围攻那些核灵舟的，是一群巨大的章鱼怪。这些章鱼怪的腕足长得很可怕，搅得这片海域浪涛翻滚。而那些倒霉的核灵舟一共有六条，都强自支撑着，海面之上漂浮着一些人类与章鱼的尸体，宛如修罗地狱。最大的那艘核灵舟上好像有人会雷系功法，一道道紫雷对着章鱼怪的腕足劈下，却每劈两三次才能削掉一只腕足，看样子也已经是强弩之末。而那些章鱼怪显然是早就得到了教训，头部都深埋在海中，只留腕足死死缠住那些核灵舟，打算拖着核灵舟直入深海。

花涓紧握着手中的落雷金盘，即使是家传的增幅法器，也不能让她从炼气九层瞬间提升到筑基境界。原本以为九环溪这一行有她就足够了，所以没有再请其他花家供奉的炼气高手，要知道鸿雁驿站平时的车队，也就只有炼气六层的修道者压阵，谁能想到居然会碰到九环溪倒流这样千年不遇的倒霉事。

幸亏他们及时从通谷镇逃出来了。花涓回想之前在核灵舟上看到的通谷镇的惨象，依旧不寒而栗。从九环溪之中逃窜而出的灵兽，如大军一般，无论挡在面前的是什么，都全力碾压而过。她曾眼睁睁地看着一个先天宗者力竭而死，连尸体也被狂暴的灵兽撕成碎片。在数量庞大的灵兽面前，就算拥有实力也是没有用的。

这些袭击他们的章鱼怪，虽然看起来每一条都只有五级的样子，但实际上它们因为狂暴而顿升了一级，而且数量很多，现在又是在大海之上，是属于它们的地盘。

她现在，也快要走到生命的尽头了吗?

脚下的核灵舟一阵摇晃，花涓勉力从经脉中逼出最后一点灵力，再次催动落雷金盘，把横在核灵舟船舱上面发力的那条腕足狠狠击碎。

带着腥味的肉块飞溅，因为落雷袭击，有股烧焦了的烤鱿鱼味道，居然还很好闻很诱人。

花涓苦中作乐地笑了一下，抹掉脸上的水，指挥着手下舀出核灵舟内的积水，注意保持灵石的灵力充沛。核灵舟的灵石是最需要保护的，若被章鱼怪的腕足扫碎，整个核灵舟就会化为无用的橄榄核，上面所有人都会落入大海中，死无葬身之地。之前已经有两艘核灵舟被摧毁了，那些章鱼怪好像也学聪明了，每次攻击都朝着船舱来。

不甘心，她不甘心就这样死去。但是，似乎是别无选择了……

花涓摸着脖颈上系着的浑元霹雳子，咬紧了下唇。浑元霹雳子是一种法宝——只有最顶尖的法器，才会被称为法宝。浑元霹雳子是她的祖爷爷知道她的天赋法术是雷系和风系时，特意赐给她的法宝。但浑元霹雳子一出，方圆百里绝无活物，这也是一种极为惨烈的同归于尽的法宝。花涓心下暗暗决定，她就算是死，也要让这群章鱼怪陪葬!

周围的惊叫声再次响起，核灵舟剧烈晃动起来，那些章鱼怪显然也知道那些落雷都是花涓释放的，开始集中攻击她所在的这艘核灵舟。花涓甚至连落雷金盘都拿不稳了，整个人眼看着就要往海中摔去。

“小姐！”核灵舟上的花家护卫纷纷惊呼，但他们都自身难保。

花涓紧闭双目，下唇都被贝齿咬出了血痕，正当她打算捏碎颈间的浑元霹雳子时，忽然感觉到腰间被一股大力揽住。她身体僵硬，以为是被章鱼怪的腕足缠绕住，不想却被拉回核灵舟上，落入了一个温暖的怀抱中。

倏然睁开双目，花涓看到的是一个穿着绛紫色长袍的男人的胸膛，而周围被一片浓重的雾气弥漫，甚至连搂着她的这个男人的面容都看不到。

“莫怕。”那人伸出手来，轻柔地握住了她的手腕，把她放在浑元霹雳子上的手慢慢地拽开来。

花涓依旧没有放松警惕，谁知道那些章鱼怪里有没有突破到七级的，看她要玉石俱焚了，化成人形哄得她上当受骗。

“放心，我们是来救你们的。”那人徐徐说道，虽然看不清面容，却透着一股坚定的信念，让人不由自主地安下心来。

对方看她冷静了下来，便放开了手。花涓此时倒没有什么小女儿心思，谨慎地抱着落雷金盘离开了对方的怀抱，又往后退了一步。对方也没过多的表示，只是安静地站在那里。

因为雾气浓重，所有人都看不清楚自己面前的景象，核灵舟不再晃动，一时之间整片水域居然安静了下来，连尖叫声都没有了，只是偶尔会听到巨大的水声，显得无比恐怖。

人的想象力是无穷的，越看不清楚情况，反而会越发浮想联翩。花涓离开那人一步之后，便再也不敢退后半步，虽然不知道对方是敌是友，但这人刚刚救了她一命，看上去还比较可靠的样子。

似乎过了很久，也似乎只过了片刻，雾气渐渐地消散。花涓定定地看着那人露出的俊秀的面容，额头上那繁复而又尊贵的兽纹也同时落在了她的眼中。

御兽师？还是等级很高的御兽师？可是看兽纹好像并没有契约灵兽啊！

而且，这张脸容，怎么有些眼熟呢？

花涓来不及深思，立刻转移了视线看向海面，却愕然发现章鱼怪消失得一干二净，仅剩下海面上人类的尸体和一些断掉的腕足。这……发生什么事了？

不光花涓震惊，连殷天枢都有些意外，虽然知道对于已经是八级灵兽的风枭来说，对付这些章鱼怪绰绰有余，但没有想到他居然如此轻松地就解决了，甚至连如何解决的都没让人看清楚。

灵兽之间差一个等级差别那么大吗？与人以及灵兽对战经验很少的殷天枢，看着船舱上方站立的黑色人影，陷入了深思。

殷天枢知道风枭的原形乃是螣蛇，《山海经》中有记载，螣蛇乃乘雾而飞者，拥有龙族的血统，无爪，却有一双翅膀，能腾云驾雾。所以刚刚那一片忽然而来又忽然而散的雾气，是风枭的手笔。古籍之上没有记载螣蛇用的是何等攻击手段，殷天枢看着风枭那张故作平静的脸，知道对方实际上正在等着他追问。

总不可能是吃掉的，说不定那些章鱼怪一感觉到风枭身上的威压，就自动水遁了。

轻巧地落在殷天枢身边的风枭，很满意殷天枢眼中流露出来的欣赏。他现在是在考察期，自然是要尽量展现自己强大的实力，他恨不得再来一些章鱼怪让他大显身手。

花涓此时也从震惊中回过神来，不管过程是怎么样的，她和手下确实是被这从天而降的两个人救了。整理了一下凌乱的衣袍，抹掉脸上的血渍与海水，花涓努力让自己看起来整洁一些，虽然成效并不是很大。她简单地收拾好自己后，诚心诚意地朝着面前的两位男子躬身行了一个大礼，恭敬地说道："多谢两位前辈搭救，花涓没齿难忘。"

殷天枢并没有将这件事放在心上，只要有实力，救人还是义不容辞的。况且出力的是他旁边的这个，他可什么事都没做。

"不知花涓可否知晓两位前辈的名字？"花涓见殷天枢并没有回答，便知道这两位俊帅男子都没有把她或者花家放在眼里，毕竟从他们身上透出来的那股自信与傲气，乃世间少有。那是真正有实力的人才会拥有的。所以她也没有多说什么，想默默地把他们的相貌和名字记下来，以后若有机会可以帮助他们，花家义不容辞。

殷天枢见这些受创的人在短暂的发呆之后，立刻井然有序地修复核灵舟、救助伤患、打捞遇难者尸体，不禁佩服地点了点头。既然对方问到，他也就随意地报了他和风枭的名字。

"殷天枢，风枭。"他并不打算久待，礼貌性地报完名字，就想要离开。

花涓听到殷天枢这个名字的时候，下意识地一愣，想了一下才从久远的记忆中翻找出信息来，"啊"了一声道："殷天枢？你是小玉衡的大哥？"

殷天枢本打算转身就走的，下一刻飞快地转回了身，双手抓着花涓的肩膀追问道："你认识我弟弟？"

花涓被他的气势所慑，呆了半晌才点了点头。此时两人离得比较近，她这才明白自己刚才在见到殷天枢的时候为何觉得他眼熟了，这眉这眼，不就是活脱脱的长大后的殷玉衡嘛！当年她和殷玉衡同车共乘的时候，殷玉衡经常提起他有个同父异母的大哥。花涓人极为聪明，瞬间就想通了事情的来龙去脉，皱了皱秀眉道：“小玉衡是不是五年都没回家了？你是出来找他的？”

殷天枢这时也控制好了自己的情绪，慢慢松开了花涓的肩膀。他看得出来这几艘核灵舟都是面前的这个少女掌管的，周围那些被风枭救下的人虽然对他们表示感激，但目光依旧透着警惕。他站直身体，恢复了冷静，淡淡笑道：“罢了，你先去忙吧，小玉衡的事也不急于这一时，反正也五年没消息了。”

花涓也知道这时候不是说这个的好时机，只好抱歉地朝殷天枢一笑，亲自带他们两人去船舱中休息。她所在的这艘核灵舟和殷天枢自己用的完全不同，光规模就大了不止两倍，船舱壁上虽然被章鱼怪勒出了裂痕，但船楼足足有三层，花涓挑了一间没有任何损坏的客房给他们休息，还吩咐了人好好伺候着，这才匆匆忙忙出去主持大局了。

殷天枢忽然得到了小弟的消息，也有耐心等待，在船舱闲极无聊时拿出之前做到一半的臂环和符墨，继续刻画符阵。风枭则盘膝在床上坐下，他刚刚在处理章鱼怪的时候没有脱下臂环，此时静心感受着符阵为他的筋骨带来的变化。

这一等，就等到了傍晚。花涓一直忙碌到傍晚，连身上的衣服都没时间去换，就直接来见殷天枢。她本就是不拘小节之人，虽然有些商人惯有的小心思，但在一些大事上往往比一些普通男人还要有魄力。即使遭逢大变，也一直精神奕奕，不见任何颓态，只是衣着狼狈了一些。

花涓也没太客套，事实上，在她认出殷天枢就是殷玉衡的大哥时，她就转变了对这两人的态度。有殷玉衡这层关系在，他们也算得上是朋友了，她便全然不把殷天枢当陌生人，原原本本地把她和殷玉衡相识的来龙去脉都说了一遍。

“也就是说，你也五年没见过他了？”殷天枢皱了皱眉，这和他期待的回答完全不一样。听这小妮子的说法，估计他们认识的时候，正好是殷玉衡从琅琊岛出来去白藏陆家的时候。

“是的，我记得很清楚，小玉衡有一条银鳞蛇当宠物，很可爱很乖很听话的，我还经常摸它的头呢！”花涓对银鳞蛇的印象比较深。

殷天枢和风枭对视了一眼，均在对方眼中看到了难以置信。

很可爱很乖很听话？这是在形容那位阁下？一定是认错人了吧？

那位阁下虽然外表看上去像银鳞蛇，但一旦修为恢复，长出龙角和五只龙爪，就会恢复青龙本体。就算是用着银鳞蛇的外表，它也不可能随便让人摸头吧？

殷天枢觉得肯定是这小姑娘记错了，把记忆美化了，决定跳过这一段，重复之前的问题："之后你再也没见过小玉儿？连听也没听过他的名字吗？"

花涓点了点头，知道殷天枢此时最需要的恐怕是另一件东西。她把腰间的一串紫络铜钱拿了下来，把其中刻着"如意"两个字的那一枚解下来递给他。

"幸亏刚刚没弄丢。我这人有个习惯，总喜欢给朋友紫络铜钱，这枚和当初送给小玉衡的那枚是一对，给殷大哥您吧，我看您比较需要。这种紫络铜钱是一种低级法器，都是成对炼制的，两枚铜钱分开之后再次相距一定的距离时，就会发出嗡嗡响声，可以根据响声的大小来判断对方的位置，这样就不至于以后离得很近还错过对方了。我想，只要小玉衡没把他的那枚吉祥铜钱丢了，就可以用这枚如意铜钱找到他。"

殷天枢这回彻底舒展了眉眼，他在殷玉衡的核灵舟上做的布置，仅仅在殷玉衡使用核灵舟的时候才有用，这枚紫络铜钱倒是再管用不过了。当下他也没拒绝，道了声谢便接了过来，仔细地拴在了殷玉衡给他的青白玉龙纹佩上。

花涓像是变戏法一样，又掏出来一对紫络铜钱，笑眯眯地说道："殷大哥，我有随手送人紫络铜钱的习惯，你都拿走我一枚了，再拿走一枚也不过分吧？"说罢，也不管殷天枢答不答应，直接把那枚刻着"招财"的紫络铜钱递了过去，自己则把另外一枚刻着"进宝"的紫络铜钱系在了腰间的丝络上。

殷天枢看着铜钱上的字，嘴角抽搐了一下，但也没太计较。毕竟他都拿了对方一枚，再拿一枚倒也没什么，于是他把这枚"招财"拴在了那枚"如意"紫络铜钱的旁边。

风枭在旁边看得气闷，虽然知道这个花家小姐打的不是殷天枢的主意，但殷天枢额头上的兽纹太明显了！太招人了！这是明明白白地告诉大家他没和人签订契约！这不和一根香喷喷的肉骨头一样令人垂涎吗？不行！要赶紧想办法签订契约！

且不管风枭在内心琢磨着怎么拐人签订契约，殷天枢却是再也待不住了。花涓的核灵舟整顿好后便会驶向冬之地，他们再不离开就要走冤枉路了，所以他们便和花涓告了别。花涓很爽快，说了句“天涯何处不相逢”后，潇洒挥别。

殷天枢带着风枭回到了自己的核灵舟上，朝九环溪的中心地带春晖潭行进。

“走陆路？”风枭远远地就看到了陆地上的一片狼藉，心想着陆路肯定很难走。自己若是显出原形，带着殷天枢直接飞到春晖潭，好像没太大困难，只是这样太过于招摇，据说九环溪的中心地带有几只九级灵兽，万一狭路相逢，就得不偿失了。

殷天枢知道风枭的顾虑，脚一踏甲板，本来缓慢行驶的核灵舟立刻加速前进，直直地冲向九环溪的入海口。

“现在九环溪倒流，我们正好顺流而去。”

# 第二十四章

# 噬血九阴蚕

殷玉衡完全不知道大哥来找他了，他陪着傲苍在春晖潭养伤，倒还清净。就是傲苍每天都会想方设法地抓潭底的那只巨型河蚌，殷玉衡拿他毫无办法，傲苍又仗着自己受了伤不能沾水，各种指使自家“仆人”。

直到殷玉衡发现傲苍的伤势其实早就好了，说起担心袁氏家族的情况，想要回去看看，傲苍虽然不乐意就这样放过那只椒图，但也知道他这是迁怒，只好不情不愿地同意了。袁氏家族为他们提供过一段时间安稳的生活，不管怎么样都不好袖手旁观。

傲苍先是感受了一下春晖潭周围的情况，才淡淡地道：“嘿，那些九级灵兽全离开了。”

“全离开了？是离开九环溪了？”殷玉衡收回核灵舟，他们决定不走水路了，因为九环溪倒流，核灵舟的动力不足以让他们逆流而行。

“啧，禁忌阵法已毁，此处的灵力都被那人吸干了，留在这里不得寸进，傻子才不走呢！”傲苍用鼻子冷哼一声，忽然又觉得心理平衡了。这里没有一丝一毫的灵力，就凭春晖潭底下那只臭河蚌的速度，估计没个几百上千年离不开九环溪。这样一想，倒是比杀了那臭河蚌还要解气。

殷玉衡已经习惯了傲苍一会儿怒气冲冲一会儿喜笑颜开的怪异性格，变成人类了之后这样的性格表现得越发明显。殷玉衡淡定地把核灵舟化为的橄榄核挂在腰间，对傲苍说道：“知道我们应该往哪个方向走吗？”

春晖潭骤然变大，已经侵占了一环溪的位置。殷玉衡估摸着他们现在应该在二环溪，但他很难找准方向，只好求助于傲苍。

傲苍毫不犹豫地找准一个方向走去，不过他走了没两步路之后就走了回来，懒洋洋的，像没了骨头一样趴在殷玉衡的肩头。

殷玉衡朝天翻了个白眼，傲苍比他高出一个头，做这个动作的时候也不怕把自己的腰闪了。不过抱怨归抱怨，殷玉衡还是尽职尽责地提醒道："少爷，你的伤应该全好了。"

傲苍瓮声瓮气地支吾道："哼，小爷我以前都不用自己走路的……"

殷玉衡一阵头大，那是这小祖宗还装成银鳞蛇的时候啊！殷玉衡忍住想要一拳把这家伙揍飞的冲动，咬牙道："那请少爷您恢复原形。"

"唉，其实小爷我的伤还没好，这丹田总是提不起气来，估计一时半会儿化不回原形……"

"……"

"喊，好啦！小气的人类！不过是开个玩笑嘛！"傲苍见气氛有些僵，连忙讪讪一笑，直起身子，懒洋洋地往前迈步。

殷玉衡扶额，实在是拿这小祖宗没办法了。以前是银鳞蛇的状态时，就算是折腾也有限，现在这么大一个人，居然还要帮他穿衣、洗脸、洗衣、做饭……真是太难伺候了！难道御兽师一个个都是伺候灵兽的保姆吗？

真相实在是太悲惨了！

殷玉衡纠结地跟着傲苍往前走，没一会儿就发现了周围情况的不同。他在九环溪待了五年，早就习惯了九环溪的氛围，此时却完全不一样了。山林依旧树木森森，枝繁叶茂，郁郁葱葱，按理说应该和以前一样，让人心旷神怡，现在却给人一种压抑到极点的阴霾之感。若不是殷玉衡修为大增，恐怕多待一会儿就会呼吸困难。

"这是怎么了……"殷玉衡忍不住问出了口，分明周遭的一切都没有什么大的改变，但为何给他的感觉反差这么大呢？

傲苍并未回答，而是丢过来一句话："啧，你自己用神识查看一下试试。"

殷玉衡停下脚步，闭上眼睛，让意识沉入识海，片刻之后就重新睁开双目，愕然道："这里的灵气居然一点都没有了！"

傲苍点了点头，撇嘴道："哼，那人做得可真绝。现今的天地灵气虽然稀薄，但也没有到枯竭的地步。九环溪这里的鸟兽已经离开，草木会渐渐枯萎，而且灵气的枯竭会滋生邪物，恐怕用不了多久，九环溪就会变成让人闻之色变的死亡之域。"

殷玉衡面色凝重，双拳紧握——强者就能决定其他人的命运吗？凭什么？这世界太不公平了！

傲苍并没在意殷玉衡的神色，他朝一个方向专注地看了一会儿，丢下一句："在这里不许动，我去去就回。"

殷玉衡还没反应过来，刚想问他究竟怎么了，就发现傲苍人影一闪，已经消失在了重重树影之后。

"去去就回"是什么意思啊？难道还是不甘心放过那只可怜的河蚌？

殷玉衡毫无办法，盘膝坐在原地，真的没敢动一下。

好一会儿，他才意识到山林中只剩下他一个人了，真正的一个人。没有鸟鸣虫唱，空气都好像静止了，连风吹过树枝的声音都没有。在这种绝对的静默中，殷玉衡反而静不下心来了，费了好半晌才静气凝神，最后颓然地放弃在此练功的打算。前几天一直被傲苍支使得团团转，他还没发现这里居然不能练功。

也是，天地灵气分毫未剩，他又怎么练功？

九环溪灵气枯竭之后变得这么诡异，看来他们也要尽快离开才行。

离开九环溪……那他应该可以回琅琊岛了吧？反正九环溪离琅琊岛不远啊……可惜九环溪倒流，用核灵舟逆流而行反而会比走路更慢。

殷玉衡还没时间想以后的事情，思念家人的情绪倒是浮上了心头。大哥和母亲都还好吗？他这一走就是五年，他们肯定急坏了吧？

这一浮想联翩，时间就过得飞快。殷玉衡看着天空中的太阳从东往西缓慢移动，而傲苍丝毫没有音讯。

要不要去找他呢？连在识海中跟他说话都没回应，不会是遇到什么棘手的事情了吧？

正陷入沉思的殷玉衡，忽然听到了一种禽类挥动翅膀的声音。若是以往，殷玉衡绝对不会把这种声音放在耳内，但现在整片森林实在是太寂静了，一点点声音都能被扩大数倍，更何况那种振翼的声音，正朝着他的方向越来越近。

殷玉衡立刻警惕地站起身，很快，一个灰影便从繁茂的枝丫处飞了出来。那是一只巴掌大的凤头苍鹰，赤红色的凤头和青蓝色的身子，殷玉衡还能从它的身上感受到沧瀛的气息。

这个小东西，不会是沧瀛的孩子吧？可是又有些不对劲。

殷玉衡试探地朝那只小苍鹰伸出了手，对方却并不落下，而是在他身周鸣叫了几声，声音颇为凄惨。

难道是沧瀛放出来的求救信号？由于修为精进，殷玉衡隐约可以猜出这只小苍鹰的用意，而且他感觉不到对方的生命波动，只有一点点灵力波动，应是沧瀛用自己的翎羽幻化而成的。

殷玉衡想到这里，觉得自己在这里干等着傲苍也不是办法，那家伙压根就没有时间观念！

殷玉衡随手捡了一些石子，一边跟随着小苍鹰走，一边用石子摆出箭头指示方向，反正现在九环溪之内也没有灵兽会来破坏他的暗号。前面带路的小苍鹰却比较着急，一直催促着殷玉衡快一些，他随之加快了脚步，为了节省时间，最后直接用树枝在地上画箭头。殷玉衡一边疾行一边思考着，沧瀛和袁小鸦两人在他离开袁氏家族的时候就去了赤炎山，看情况现在已经回来了，但这架势，估计是遇到了什么棘手的情况。

虽然有自知之明，自己过去可能帮不上什么忙，但殷玉衡不能坐视不管。尽管早就有了心理准备，当看到那一幕时，殷玉衡还是震惊了一下。

袁氏家族剩余的一百多人，正围成一个圆圈，齐力抵抗着一群白胖白胖的蚕……

殷玉衡使劲闭了闭眼睛，再睁开，才敢确认自己没有眼花。与此同时，他也认出来这地上成千上万的白蚕，实际上是一种极为阴毒的灵虫——噬血九阴蚕。

这种噬血九阴蚕是群居动物，出生的时候并不是纯白色，而是黑色的。噬血九阴蚕一出生就以同类为食，每一千条噬血九阴蚕中，也就只有一条能活下来。随着等级的攀升，所需要吞噬的同类的数量就越大。据古籍记载，曾经有一窝噬血九阴蚕最后只剩一条蚕王活下来。而噬血九阴蚕从黑色转为白色之后，便会结茧化蝶，成为噬血九阴蝶，这也是很少见的灵兽变态升级过程。一条噬血九阴蚕蜕变为噬血九阴蝶，等级至少会蹿升两级。

殷玉衡看着地上密密麻麻的噬血九阴蚕，顿时觉得头皮发麻。这么多纯白色的噬血九阴蚕，袁氏家族究竟是从哪里招惹来的？看架势，这些噬血九阴蚕是在为结茧找储备粮。因为它们结茧的时间很长，又要一连突破两级关卡，许多噬血九阴蚕都在结茧这一关死掉了，最后成为噬血九阴蝶的少之又少。所以，只有在结茧期选取强悍的灵兽来当储备粮，才能提高成功蜕变的概率。

地上散落着一些死去的灵兽，有一些噬血九阴蚕已经迫不及待地开始吐起蚕丝结茧了；有一些噬血九阴蚕看中了同一个猎物，撕咬成了一团；还有一些噬血九阴蚕连活物都不放过，直接吐起蚕丝，打算把对方活活缠死。

说起来，袁氏家族的运气，既算得上很好，又算得上很差。

在九环溪的异动开始的时候，他们因为身处位于中心的三环溪，并没有遭受太多的灵兽侵袭。毕竟处于中心位置的灵兽，等级都颇高，不屑于多生事端。那几只九级灵兽在第一时间就远遁，袁氏家族也避免了像其他家族那样被灵兽践踏覆灭的命运。袁家的人自然也察觉到了九环溪的异变，但是走是留，众说纷纭，大部分人还是持观望的态度，毕竟要离开祖祖辈辈生活的家园，是很难下决定的一件事。

这样一耽搁，九环溪就成了一片死域。又过了数天，袁小鸦和沧瀛回归，带回了赤炎山喷发的坏消息，他们算了算，居然和九环溪倒流的时间差不多。也就是说，其他四季之地也有可能发生了遽变，袁氏家族就更不敢轻举妄动了。

在前天，负责放哨的人发现有噬血九阴蚕出现。

一开始并没有人把它们放在眼里，单个的噬血九阴蚕不过是四级灵兽，而且行动迟缓，站在它们吐丝的范围以外，扔个石头都能把它们砸死。但在半日之后，袁氏家族的人发现，他们被噬血九阴蚕包围了。

在噬血九阴蚕即将蜕变的前夕，正巧九环溪变成了死域。这些噬血九阴蚕行动缓慢，根本追不上那些逃走的灵兽，生存的渴望让它们循着气味，找到了袁氏家族的聚集地。

袁家的人死伤无数，付出了极大的代价才冲出了包围圈，但也已成强弩之末。噬血九阴蚕拖住了一个人或者一只灵兽，袁家的人一旦有所不忍回头救助，就会再折损一个。袁家的人与自己的契约灵兽日夜相伴，早就将它们视若亲人，决然不可能硬下心肠独自逃生的。所以慢慢地，所有人都像是陷入了泥沼之中，完全无法脱逃，最终变成了殷玉衡看到的这种情况。

噬血九阴蚕的蚕丝看似晶莹美丽，却带着剧毒，只要沾到皮肤上，皮肤就会迅速溃烂，血肉和灵力会通过那柔软细腻的蚕丝传导到噬血九阴蚕体内。那看起来弱不禁风的蚕丝，虽然在吐出来的那一刻非常容易断，但在见风之后，会立刻柔韧起来，普通的利刃没办法割断，就连用火烧都很难烧毁。传说还有人曾饲养过噬血九阴蚕，专门收集它们的蚕丝来制法器。因为这蚕丝非常危险，所以也是一种极为难得的炼器材料。

殷玉衡在发现袁氏族人的那一刻，就确定自己无法帮忙，而且一不小心，还可能把自己折进去，所以他第一时间在识海中联系了傲苍，把这里的情况说了一遍。

“啧，那也没办法，我过去也要一段时间，看来袁家的人是没救了。”傲苍也爱莫能助，他停顿了半晌，不放心地多加了一句，“你自己藏好，别傻乎乎地去帮忙，听见了没有？都让你不许动了，居然还跑了那么远，看小爷我一会儿怎么收拾你。”

殷玉衡确定傲苍是真的赶不过来了，不禁为难地抿了抿唇。他难道要眼睁睁地看着袁家的人就这样死去吗？那个给他递过一杯水的小孩子，正在母亲怀中瑟瑟发抖，而他的父亲正挡在他们母子面前挥舞着刀，试图斩断他的契约伙伴三耳灵猴身上的蚕丝，全然不顾自己的半条手臂已经化为了白骨。袁小鸦正努力地想要扯开一个族人身上的蚕丝，浑然不觉自己已经成了噬血九阴蚕的目标，幸好沧瀛及时挥去了一根翎羽，削断了那根蚕丝……

身边的小苍鹰见殷玉衡站在树上岿然不动，不禁焦急起来，绕着他催促似的飞着，时不时还凄厉地鸣叫几声。

沧瀛被这叫声引得抬头一看，正好与殷玉衡的目光相对。他先是双目一亮，心中狂喜，刚想伸手招呼对方，却忽然察觉到殷玉衡并没有下来帮忙的意思，热切的目光渐渐转冷，随后又变为平静。

是啊，对于那位阁下来说，他们不过是微不足道的存在。沧瀛自嘲地一笑，收回目光。正好路过，顺便在这里留了些日子，在对方漫长的生命中这里不过是一个微不足道的插曲吧。他怎么就抱着那么不切实际的愿望，舍出自己一小半的精魂去春晖潭一带寻找他？最终带来的也不过是绝望罢了。

沧瀛一边笑着，一边把袁小鸦从危险边缘拽了回来，却救不回那名已经血肉模糊的袁氏族人。袁小鸦已经被一次次的生离死别弄得麻木了，但她一抬头看到沧瀛脸上令人战栗的笑容，还是不禁一颤。顺着他的视线，袁小鸦也看到了站在树上的殷玉衡，正想欣喜地朝他呼救，就被沧瀛一把捂住了嘴。

“别多事了，那位阁下是不会救我们的。”沧瀛疲惫地说道。他恨自己修为不足，否则这群噬血九阴蚕在最开始就会被他杀死，就不会越聚越多。

袁小鸦心如死灰，却克制不住地回头看着树梢之上的殷玉衡。那人是那么的高高在上，不可碰触，就像是神仙漠视着凡间的蝼蚁。

她知道自己不应该有怨恨的情绪，但在绝处逢生之后又被无情地打击，对于才十几岁的她来说这种情绪实在是难以控制。恍惚了不知道多长时间，袁小鸦才发现一直挡在自己面前的男人已经浑身鲜血，被斩断的蚕丝没有及时摘下，依旧吞噬着他的血肉与灵力。

袁小鸦一个激灵，从自怨自艾中恢复过来。她好歹也是袁氏家族精心培养的继承人，虽然平日性格大大咧咧，但在大起大落之际，倒也逼出了一些自强自立的精神。她连忙伸手把沧瀛身上残余的蚕丝摘干净，她的手上戴着银丝手套，倒不怕那些蚕丝会侵蚀她的手掌。

只是，她能摘得下这些蚕丝，沧叔又还能挺多久呢？

袁小鸦再也忍不住了，她用手攥紧沧瀛残破的衣袂，艰难地说道：“沧叔，你先走吧……”

沧瀛的身形一僵，什么话都没有说。

袁小鸦知道凭沧瀛的实力，护他们袁家所有人周全是绝对办不到的，但若是独自离开，难不倒他。

袁氏家族为春晖潭最神秘的家族，在几百年前本不似如今这般衰落，但灵兽的生命远比御兽师漫长，因为御兽师自然死亡而解除契约的高阶灵兽，也没有理由和其他人结成契约，便飘然离开。所以越是高阶的灵兽，就越难留下，若不是袁小鸦的父亲乃天纵英才，资质颇佳，恐怕沧瀛也不会和他签订契约，只可惜袁小鸦的父亲英年早逝。幸亏袁小鸦的资质也还算不错，但沧瀛一直都没有松口同意，袁小鸦便知道，他终究是会选择离去的。

一只苍鹰，又怎么愿意被困在一个小小的家族之中，不得展翅而飞？

所以，还是让他走吧。

袁小鸦虽然理智地把话说出了口，但手依旧死死地攥着沧瀛的衣服。

沧瀛叹了口气，他若是想走，早就走了，也不至于沦落到如此狼狈的地步。袁家的长老们身先士卒，接连死去，现在能主持大局的，就只剩下他而已。剩下的这些袁家的年轻子弟，几乎都是他看着长大的，虽然和他没有任何血缘关系，但也如同他的子侄一般。难道他就忍心看着他们一个个死去？

“放手。”沧瀛喟然一叹。

袁小鸦闻言一怔，手攥得更紧了。

“你这小妮子，你这样拽着我的衣服，我怎么保护你啊？”沧瀛的心情反而变得更好。被人需要和依赖的感觉，确实很不错，几乎掩盖了他身上伤处传来的痛楚。

即使离得太远，听不清他们之间的对话，殷玉衡也完全能猜出来他们在说什么。沧瀛刚刚那一个眼神的变化，让殷玉衡无比震撼。之前袁氏家族对他的态度古怪，他知道他们都把他和傲苍弄混了，以为他是九级灵兽，才对他那么恭敬有加的。

可是，傲苍他来不及过来啊……

殷玉衡的指甲刺破了掌心，就这么短短的一段时间，又有三个人和两只灵兽死在了噬血九阴蚕的蚕丝之下。殷玉衡心乱如麻，虽然理智告诉他不能下去，但他完全敌不过良心的谴责。

一定有什么办法的……

殷玉衡忽然想到，那个九级灵兽白羽曾经说他是真正的御兽师，还打算让他去对付那只怎么都撬不开壳的巨型河蚌。难道他真的能做到那些连九级灵兽都做不到的事情吗？

狠狠地一咬牙，殷玉衡在树枝上找了个地方盘膝坐下，在体内开始运转起御兽诀。他只会御兽诀，若是能操控那些噬血九阴蚕，那么不就可以阻止眼前的惨剧了吗?

御兽诀在殷玉衡疯狂的催动下，运行得越来越快。殷玉衡从之前那个白衣人汲取九环溪的灵力一事得到启发，改变了运转御兽诀的方式，很快他体内形成了一个旋涡状的存在。殷玉衡闭上双目，沉入识海，发现御兽诀的运行也给他的识海带来了变化。

不光存在代表傲苍的银色光芒和代表大哥的红色火焰，在黑暗的识海之中，居然出现了星星点点的白色光芒，如芝麻粒大小，就像是点缀在苍穹之上的星辰一般。随着御兽诀运行的速度越来越快，这些白色光点也越来越多，间或还有一些其他颜色的光点出现，但其他颜色的光点大多黯淡，没有白色的光点璀璨夺目。唯一有些不一样的是一团紫色的光芒，比白色光点大上许多。

殷玉衡对识海中多出来的这些光芒感到疑惑，但同时他也发现，这些光芒和银色光芒、红色火焰一样，每一道光都代表着一只灵兽的气息。那个紫色光团代表的应该是沧瀛，白色光点就是那些可恶的噬血九阴蚕。

他大胆假设，在御兽诀运行的时候，他是可以强行侵入附近灵兽的识海的，这等同于短暂地进行单方面的契约。且不管这种契约是什么样的模式，御兽师的称呼，或许就是由此而来的。

殷玉衡试着控制识海中一小部分缓缓蠕动的白光，命令它们暂时不许移动，这一部分白色光点足足有一百来个，殷玉衡分了一部分神识去压制，由于事出突然，倒也没有受到多少抵抗。

袁小鸦虽然被沧瀛护在身后，但依旧不安分地想要去救人。刚才沧瀛见她涉险，差一点就救不回来了，故不肯放她离开半步。

袁小鸦瞪着一双杏目，四处观察，想要找找有没有什么可以突破的地方。她看了片刻之后，忽然拉住沧瀛的袖子叫道："沧叔，这个方向的噬血蚕有一阵没动过了！它们是不是冬眠了？"

"这是春之地，怎么可能冬眠？"沧瀛闻言脚下差点被绊个踉跄，"而且蚕也不冬眠的，蛇才冬眠！"

"可是那些噬血蚕确实有一阵没动过了，沧叔你快看！"袁小鸦坚持自己的说法。

沧瀛拿她一点办法都没有，只好在解决掉几只噬血九阴蚕后的空当，往她手指的方向看了一眼，然后就愣住了。

确实如袁小鸦所说，北面的这一片噬血九阴蚕都僵住了，连动都没有动一下。而反应过来的袁氏族人，虽然不知道这些噬血九阴蚕到底为什么不动，但都不肯错过这个机会，拿起手中的武器开始砸它们。大一点的石头，只要瞄得准，就可以把它们砸死，再不济也能砸伤它们的口器，让它们不能再吐出蚕丝来。正好那一片噬血九阴蚕在外围，没有在自己身体上织就蚕丝盾防护。

噬血九阴蚕是一种很奇怪的灵兽，吐出来的丝非常坚韧，身体却无比柔软。看起来很好对付，但一旦成群结队出现，就会让敌人陷入地狱的泥沼。

袁小鸦的声音不小，殷玉衡在树上也听到了，更加确定了自己的观点。不过，他本以为这样的御兽术可以很轻松地继续施展，但被他控制的噬血九阴蚕在临死前暴发了绝地反击。每一个白色光点在消散之前，都会向他的识海进行不可小觑的攻击。

所有事都是公平的，利害利害，有利便同样有害。御兽诀可以让御兽师强行侵入灵兽的识海，御兽师也要承担被灵兽反噬的伤害。每个修道者的识海都是脆弱的，都被无微不至地保护着，若识海受伤，是极难修补好的。

所以当殷玉衡发觉自己的识海如同被一支支尖锐的针扎过一般，便立刻放弃了对那些噬血九阴蚕的控制。不是他不想，而是识海被伤害，他在震惊之下无法全力运行御兽诀了。

“喂！殷玉衡！你在做什么？我不是告诉你不能擅自行动吗？！”傲苍的声音响了起来，与殷玉衡有着主仆契约的他，感受十分明显。傲苍简直暴跳如雷，他才离开没多久吧？就给他搞这种事情，他对这小子是不是太宽容了？居然忽视他的命令！

傲苍这回连“愚蠢的人类”这种口头禅都忘记说了，少有地直呼了殷玉衡的大名，可见他确实是气得不轻。殷玉衡只觉得头痛欲裂，一下子爆裂了数十个白色光点，几乎把他的识海戳成了筛子。他确实太心急了，若是先控制十几只噬血九阴蚕，熟练之后再慢慢增加数量，不至于被反噬得这么厉害。

“小玉儿，你怎么了？”一个突兀的声音忽然在识海中响起，让殷玉衡一下子就呆住了，连识海中的疼痛都减轻了几分。

“大……大哥？”殷玉衡难以置信地唤道，生怕自己是由于识海受伤而产生了幻觉。

“小玉儿，你在哪里？在九环溪的哪里？”殷天枢的声音转为急切，显然是察觉到了弟弟的识海受伤了。

“大概在二环溪的位置……”殷玉衡忽然想起傲苍曾经说过，要在识海内通畅地对话，签订契约的双方必须在一定距离之内才行。他连忙道：“大哥！你就在九环溪？”

“你知道你在二环溪的哪个位置吗？”殷天枢没有直接回答殷玉衡的问题，但也等于间接给了答案。

殷玉衡心中一阵火热，但他也不知道自己究竟在哪里。他勉力睁开眼睛，想要从周围找到一些标志性的事物，却发现入目的全都是参天大树，实在没有什么特殊之处。

没有等到殷玉衡的回答，殷天枢也没再追问，他手中有花涓给的紫络铜钱，倒是不愁找不到小弟。他唯一担心的，就是在此期间，小弟再做什么傻事。

“小玉儿，不管你刚才在做什么，你千万不要再尝试了。”

殷天枢很聪明，他仅仅从殷玉衡的几句话之中就分析出来殷玉衡并没有身处危险境地，否则自家小弟不可能这样轻松地与他对话。确定了这一点，殷天枢便松了一口气。

识海受伤可不比经脉受创。

殷玉衡没有回答，因为他睁开了双目，不光把周围的景色收入眼中，连不远处战场上无比触目惊心的惨状也一一收入了眼底。

虽然他刚刚控制了一部分噬血九阴蚕，破开了一道缺口，但随即又被新的噬血九阴蚕补上，这像是一场永远不会完结的噩梦。识海中傲苍和大哥交替地在和他说着什么，但他完全听不进去了。

沧瀛一直致力于在包围圈中打开缺口，只是随着噬血九阴蚕的增多，就算强行打开了缺口，在人逃出去之前，也会被周围的蚕丝像渔网一般网住，成了主动靠向蜘蛛网的蝴蝶，活活地被包成茧。这样的惨剧重复了几次之后，就算沧瀛再打开缺口，也没有人有勇气再次尝试了。

沧瀛的翅膀在昨晚的战斗中被蚕丝缠绕，已经伤得很重，他一个人变回原形飞离还可以，再带一个人走却是不可能了。所以之前袁小鸦在劝他离开的时候，并没有要求他带她一起。

但噬血九阴蚕刚刚那阵短暂的沉寂，让沧瀛重拾了希望，他确定这不是噬血九阴蚕的计谋，因为它们只会简单的包围攻击，自损其身来诱敌？它们还没有那么高程度的灵智。

那么，就只有可能是人为控制的。

沧瀛环视了一圈袁氏族人，发现他们的脸上都是惶恐不安或者是对噬血九阴蚕的彻骨痛恨，那么……沧瀛把视线投向坐在树梢的那个人。

殷玉衡正巧朝他看来，迎着沧瀛平静如水的目光，他知道沧瀛在询问什么。这回他再也无法保持缄默，下意识地点了点头。

沧瀛的目光一亮，一阵狂喜袭上心头，本想高声与其联系，却发现识海中有声音传来。

“我并不是你们以为的九级灵兽，所以无法把这些噬血九阴蚕一次性解决。”

这是一个听起来颇为年轻的声音，沧瀛心中微凛，这人究竟是什么来历？居然可以直接同他在识海中对话。还未等他发问，那个声音就继续说道：“但我可以暂时控制一部分噬血九阴蚕，让它们不动，我觉得你们可以利用这一点。”

居然可以控制噬血九阴蚕让它们不动？虽然隔了一段距离，但沧瀛锐利的目光还是看到了殷玉衡额前豆大的汗珠。

“你能控制多少噬血九阴蚕不动？我们刚刚杀死那些蚕，是不是对你造成影响了？”

殷玉衡闻言心下微宽，知道沧瀛是难得的聪明人，他并没有因为外援而陷入不理智，反而仔细地确认他究竟能够提供多少帮助。

“最好不要碰被我控制的噬血九阴蚕，它们临死前的攻击令我很不好受。如果没有意外的话，我觉得我能控制四分之一的噬血九阴蚕不动，只要你们不伤害它们。”

沧瀛确认了殷玉衡说的是实话。现在时间紧迫，噬血九阴蚕的包围圈正在逐渐缩小，沧瀛在袁家子弟之中拥有极高的声望，很快就把即将突围的消息传达给了仅存的袁家人。他并没有多说究竟要如何突围，只是极为严肃地叮嘱大家千万不要对不动的噬血九阴蚕发出攻击，就算是用脚踩也不行。

虽然这个命令比较诡异，但对于袁家子弟来说，只要能离开这个修罗地狱，任何条件都可以考虑。

沧瀛再三叮咛后，便在识海中和殷玉衡约定了出逃的方位。

“坎字位吗？”殷玉衡在这期间，通过识海一只一只控制噬血九阴蚕来确定现实与识海的比例，很容易地找到了坎字位。

袁小鸦本以为沧瀛是想用什么损害修为、燃烧灵魂的禁忌大招，还想劝他，却发现沧瀛就站在那里像是等待着什么，不禁发问：“沧叔，这是怎么了？”

“有贵人相助。”沧瀛简单地说了一句，回头朝袁小鸦一笑，“丫头，信沧叔吗？”

袁小鸦甚少见沧瀛笑得如此温柔，不禁点了点头。沧瀛朝她腰间一揽，便把她甩向包围圈外。

袁家子弟一阵惊呼，因为噬血九阴蚕的吐丝范围极远，袁家豢养的飞行灵兽都有几只被蚕丝缠住跌落而死，更何况袁小鸦被抛出去的高度并不高，是被向远处抛的。

有些人都忍不住闭上双目，不敢去看袁小鸦凄惨的下场，有更多人则是朝沧瀛怒目而视，若不是他在袁家的威望极高，说不定当场就有人上来和他拼命。

袁小鸦怔了一下，毫不惊慌。

他在问她相信他吗？

信，当然相信。

她甚至还在空中调整了一下姿势，方便自己落地。果然，在失重的眩晕感消失之后，她平安地落在了地面上，身上没有一根蚕丝缠绕。

“动作快点，先送伤残者离开，记得不要弄死这片区域不动的噬血九阴蚕，离开包围圈的人快速离开。”沧瀛飞快地说道。殷玉衡没告诉沧瀛他能坚持多久，但沧瀛从他越发惨白的脸来看，知道他的状况并不是那么好。

袁小鸦的例子活生生地摆在眼前，不用沧瀛再多说什么，袁家子弟纷纷效仿，很快就有三分之二的人逃出了包围圈。但在此时，僵硬不动的噬血九阴蚕又开始不安地蠕动着，周围的噬血九阴蚕也发现了不妥，纷纷靠了过来，包围圈霎时缩小了一些。

“沧叔！”袁小鸦焦急地喊了一声，她猜得出来这和树梢上的那名少年有关，也知道对方已经仁至义尽，但她的沧叔还在里面……

沧瀛朝她微微一笑道：“丫头，快离开这里，你现在就是袁家的族长了。放心，我会去找你的。”

袁小鸦一愣，发现逃离包围圈的族人都在用彷徨的目光看着她，而陷在噬血九阴蚕包围中的族人也都一脸坚定。袁小鸦知道这时候做决定的人，需要坚强的内心，而且要扛起所有的压力。她一咬银牙，最后看了一眼在包围圈中施展风刃的沧瀛，毅然转身道：“我们走。沧叔，我们会等你们的。”

沧瀛在斩断蚕丝的间隙，抽空看了一眼少女坚强的背影，不由得心中充满了自豪。这是他看着长大的少女，她已经成为一名合格的族长了。

为了让逃离者不被噬血九阴蚕追击，沧瀛和剩下的袁家子弟特意减缓了攻击，让嗜血九阴蚕继续缩小包围圈。

“沧供奉，趁着我们还能动，您先趁机离开吧，我们掩护您。”其中一个袁家子弟冷静地说道。他们既然选择留下来，自然知道自己即将面对的是一个什么样的结果。虽然只要一想到自己的身体会被这些恶心的蚕当成养料用来结蚕茧，就会不寒而栗，但若是他们自我了断，就会让逃离的族人再次陷入危机之中。

壮士断腕，有气魄的人知道怎样的选择最有利。虽然残酷，但有价值便足矣。

沧瀛抬头看了眼树梢上端坐着的少年，发现对方已经摇摇欲坠，便知他已经尽了最大的努力。他若是离开，自然要想方设法带着对方一起。只是……沧瀛的唇边现出一抹苦笑，摇头叹气道：“时也命也，看来上天要亡吾等，幸亏小丫他们先走了，也不知道我们能挡几时……”

留下的那三十几名袁氏子弟还未听懂沧瀛所说的话的意思，就听到他们背后某处传来了一声清脆的撕拉声，就像是有人大力撕裂了一匹上好的布帛一般，突如其来的裂帛声令人毛骨悚然。

殷玉衡自然也听到了这个突兀的响声，强打起精神，睁眼循声看去，正好看到一个偌大的蚕茧从中间裂开，一只黏糊糊的蝴蝶正努力地想要钻出蚕茧。

“噬血九阴蝶！”袁家子弟中有人惊呼，声音中充满了绝望。

若是只有噬血九阴蚕的话，已经离开的那些族人也许能逃脱，但噬血九阴蝶的飞行速度极快，解决了他们之后再去追赶族人完全来得及。噬血九阴蚕只是四级灵兽，而蜕变成噬血九阴蝶之后，足足跨越了两级，成了六级灵兽！

分明只有百万分之一的概率，怎么他们就这么倒霉地撞上了？

沧瀛却没有放弃，因为他知道，噬血九阴蝶在破茧而出的那一刻，是最虚弱的，他们还有机会！

# 第二十五章

# 噬血九阴蝶

沧瀛原为七级凤头苍鹰，天赋法术是风系和火系。

只是他所掌握的火系法术对噬血九阴蚕并没有什么作用，噬血九阴蚕的蚕体即使十分柔软，也不会被火烧伤。一开始他使用风系法术是极为有用的，可是噬血九阴蚕在伤亡惨重之后，学会了先用蚕丝在自己的身体之上织出来一个防御护盾，一般的攻击根本不能对它们产生什么影响，而普通的物理攻击离那么远又无法准确地命中。刚刚殷玉衡控制噬血九阴蚕的时候，袁家子弟只要站得近一点便可以直接使用石头攻击，虽然弄不破噬血九阴蚕的防护盾，但只要石头够大，用的力道也够，就足够压死它们了。

一个简单的蚕丝组成的防护盾就能挡住沧瀛发射的风刃，那么噬血九阴蚕精心缠制的蚕茧，自然是更加坚韧牢固。

而此时噬血九阴蝶破茧而出，给了沧瀛攻击的机会，虽然他并没有遇到过噬血九阴蝶，但他知道灵兽升级的时候，是最虚弱的时候。

所以他没有再犹豫，直接对准那只刚刚露头的噬血九阴蝶发出了一连串的追风刀。追风刀乃是他最得意的绝招，发出的风刃成刀状，速度快若狂风，无坚不摧，从高处往低处发招，威力更大一些。只是这一击之后，他将有三天的时间无法聚集足够的灵力，所以他之前从未使用过。

追风刀带起了一片片尘雾，随后一连串的轰击声响起，沧瀛脸上的表情却越来越凝重。若能摧毁蚕茧，每次的轰击声应该有差别才对，但他所听到的轰击声几乎没有任何变化。噬血九阴蚕茧如此棘手吗?

轰击声戛然而止，尘雾弥漫，一时间悄无声息，看起来像是攻击奏效了一般。袁氏子弟的脸还未爬上欣喜的表情，就瞬间转为了恐惧。

一只色彩斑斓的蝴蝶从尘雾中霍然飞出，这只蝴蝶张开了一对足有一只燕子大小的翅膀，使得本来应该美艳无匹的蝴蝶显得无比狰狞。刚刚出生的噬血九阴蝶显然无比饥饿，顺势就扑向了离它最近的一名袁氏子弟，后者完全无法抵抗。噬血九阴蝶振翼所掉落的鳞粉都带着剧毒，沾染到便会被侵蚀血肉。那名袁氏子弟在噬血九阴蝶扑向他的时候，甚至连哀号的声音都没有来得及发出，就化为了一摊血水，而噬血九阴蝶则落在了地上，直接用口器吸干了那摊血水，吃得津津有味。

极美的东西转瞬间变得极为恐怖，在场的所有人都像是被施了定身术一般，连呼吸都忘记了。

幸好因为噬血九阴蝶的天性种族等级压制，在场的噬血九阴蚕不敢擅动。对于这些噬血九阴蚕来说，噬血九阴蝶就是它们这个族群的新生王者。王者看中的食物，它们是不能越权取得的。

这一点倒是让呆立的众人免去了被蚕丝缠身的危险，但所有人都觉得还不如死在蚕丝之下呢！这样化为一摊血水简直太恐怖了！

沧瀛的脸色苍白，但他好歹也是七级灵兽，虽然没与噬血九阴蝶正面对抗过，但曾经在古籍上看过对方的攻击手段，立刻就发现了这只噬血九阴蝶的异常。

在尘雾散去之后，露出了那个巨型蚕茧，沧瀛才发现那枚蚕茧的缺口处无比光滑，且那缺口出乎意料地长。

沧瀛略一观察就知道了缘由，他的追风刀确实是有用的，噬血九阴蝶在破茧而出的那一刻就感受到了危机，滚动了蚕茧避开了追风刀的攻击。但这一滚动，让蚕茧被追风刀豁开了非常大的裂口，噬血九阴蝶很轻易地就破茧而出了。

这看起来对噬血九阴蝶非常有利，但事实上，这对它是极为不利的。

蝴蝶破茧而出，是非常痛苦的，可这个过程却是必须经历的。蝴蝶的翅膀必须经过挤压，让翅膀中初生的骨骼被灵力和血脉冲刷，变得强壮结实，才能在空中飞舞。而因为噬血九阴蚕的蚕丝无比坚韧，破茧而出的过程就异常艰难，因此有很多噬血九阴蚕即使可以熬到蜕变成蝶那一刻，也十有八九卡死在这一关，所以噬血九阴蝶才那么稀少。

而这只没有经历过破茧而出全过程的噬血九阴蝶，根本不能算真正的噬血九阴蝶。

沧瀛忽然意识到自己其实做错了，也做对了。

如果他刚刚冷静地等待噬血九阴蝶破茧而出，说不定这只噬血九阴蝶根本不会成功，那名袁氏子弟也不会因此惨死。但若他不这样做，噬血九阴蝶没有飞出，现在他们恐怕已经被周围的噬血九阴蚕围攻而死。

面前这只噬血九阴蝶带来的种族等级压制，让他们得到了喘息之机，而且这只噬血九阴蝶因为没有依靠自己的力量破茧而出，那双翅膀看起来虽然美丽又妖冶，可惜完全派不上用场。

它根本飞不起来！

之前的那一扑，估计也是用尽了它身上的所有力气，现在那一对艳丽的翅膀已经成了它的累赘，只是一个摆设，毫无用处。

沧瀛忽然发现局面形成了一种诡异的平衡——噬血九阴蝶无法动，散落在地上的噬血九阴蚕也不能动，而困在局中央的他们也生怕激怒噬血九阴蝶而横生枝节，也不能动。

这是一个死局。

不，还有一个人。

沧瀛把目光投向了远处的树梢，那个人依然坐在那里，却是身处局外。

沧瀛能发现的情况，身在局外的殷玉衡自然看得更清楚。

而且之前他就一直留意着识海中代表灵兽的光点，这个从白色转变成荧绿色的光点，他早就猜到有噬血九阴蚕要蜕变成噬血九阴蝶，只是没想到这一刻来得这么快。

殷玉衡离得远，尘雾没有完全遮蔽他的视线，噬血九阴蝶飞出来的那一刹那，他就看出来这只蝴蝶飞行的姿势十分别扭，翅膀虽然已经张开，却不能振翼，再细看去，就发现了这只噬血九阴蝶的问题。

但发现归问题归发现问题，殷玉衡依旧觉得沧瀛等人十分危险。灵兽图鉴上曾经记载过，噬血九阴蝶出，所过之处寸草不生，万虫皆毙，这是一种难得一见的毒灵兽。这只噬血九阴蝶翅膀上的鳞粉在空气中多飞舞一会儿，飘到他们的口鼻之中，就足以让所有人七窍流血而亡。

殷玉衡重新闭上双目沉入识海，刚刚控制那些噬血九阴蚕耗费了他许多神识，但他不能眼睁睁地看着沧瀛等人凄惨地死去。况且傲苍和大哥马上就要来了，傲苍他自然是不担心的，但万一大哥受到波及……

殷玉衡敏锐地察觉到腰间一直毫无动静的紫络铜钱，正发出嗡嗡的轻响。他微微愣了一下，才想起这枚紫络铜钱是花涓在五年前送给他的，这五年间一次都没有响过。

殷玉衡稍微回忆了一下才想起这枚紫络铜钱的用处。难道花涓也在附近？那家伙为什么偏偏这时候来九环溪啊？

殷玉衡平添了一抹忧虑，旋即便再也不管嗡嗡作响的紫络铜钱，而是沉入识海，打算控制那只“新鲜出炉”的噬血九阴蝶。

本以为控制单只灵兽会比同时控制上百只要容易得多，但殷玉衡发觉自己想得太简单了。且不论噬血九阴蝶的等级要比噬血九阴蚕高上两级，现在这只噬血九阴蝶因为翅膀无法飞翔，正处于狂暴状态，对于一切都无比提防，殷玉衡根本没办法控制对方。

就算控制得了，恐怕也非常难搞，即使噬血九阴蝶不动，它翅膀上的那些鳞粉也会随着空气飘散……

殷玉衡感觉自己好像陷入了一个误区，连忙调整神识，运转起御兽诀来。

沧瀛也发现了在空气中飘舞着的鳞粉，那些在阳光下泛着碧绿光芒的鳞粉，就像是飘浮不定的灰尘一般。他让袁氏子弟扯下衣服挡住口鼻，一是怕吸入鳞粉，二也是怕呼吸带动空气流动，反而会加速他们的死亡。

这下好了，他连风系法术都不敢用了，万一带动了鳞粉飘动，反而自取灭亡。

沧瀛正束手无策之际，忽然察觉到噬血九阴蝶动了！

那只匍匐在地上的噬血九阴蝶，像是不甘心接受自己无法飞起来的事实，歇斯底里地扇动着翅膀。可惜那一对色彩斑斓的轻薄翅膀如同摆设一般，虽然好看但不实用，完全无法承载噬血九阴蝶的重量。

沧瀛暗叫一声不好，这噬血九阴蝶虽然没有飞起来，但这一番挣扎，让它翅膀上的鳞粉飞快地抖落了下来。沧瀛来不及多想，在他们周围发动影旋风，虽然这股影旋风根本无法绞杀任何一只噬血九阴蚕，但能让那些鳞粉暂时不飞散到他们面前。他唯一担心的，就是围在他们周围的噬血九阴蚕会因此受惊，进而攻击他们。他所发动的影旋风因为范围过大，不能让风速过快，所以挡不住噬血九阴蚕射向他们的蚕丝。况且他也不能弄得太快，毕竟在外围还有那名一直帮着他们的少年，他不能波及他那里。

沧瀛祈祷着他所发动的影旋风能把噬血九阴蝶散落的鳞粉都吹到周围的噬血九阴蚕身上，不知道属于同族的它们会不会被剧毒的鳞粉化为尘埃。

在影旋风的遮蔽下，沧瀛和袁家子弟背靠背站成一个圆圈，警惕地提防着噬血九阴蚕射来的蚕丝。他们甚至都听到了那些噬血九阴蚕吐丝的嘶嘶声，却没有蚕丝袭来。

难道他的影旋风可以阻挡噬血九阴蚕的蚕丝？不应该啊！他之前就施展过这招，结果因为影旋风，蚕丝的喷射方向变得更无法预测，令人防不胜防，甚至还会误伤自己人，所以他才没再使用。

诡异的嘶嘶声此起彼伏，袁家子弟从高度戒备到面面相觑，在影旋风之中他们看起来很安全，一时之间，沧瀛也不想撤掉影旋风了。

但若是噬血九阴蚕转而去追已经逃脱的袁家族人，那么他们留下就一点意义都没有了。沧瀛咬了咬牙，事先警示了一下身后的袁氏子弟，随后一扬手停止了影旋风。

风声渐止，沧瀛等人也看清楚了面前发生了什么，不禁目瞪口呆。

在那只噬血九阴蝶所在的地方，居然形成了厚厚的一个蚕丝织就的巨大蚕茧，几乎大半的噬血九阴蚕都把噬血九阴蝶当成了目标猎物，乐此不疲地在上面吐着丝。而那巨大的蚕茧之下偶尔还有着震动，想来是被关在里面的噬血九阴蝶还在垂死挣扎，只是那动静已经微弱了很多，甚至连鳞粉也被厚厚的蚕丝封得严严实实，一点都漏不出来了。

“这……”沧瀛只觉得喉咙发干，噬血九阴蚕不可能无缘无故地倒戈，只可能是外人操控的结果。他本来以为那少年能控制噬血九阴蚕不动弹就已经非常了不起了，没想到对方居然还能控制噬血九阴蚕改变进攻目标！

这可是连九级灵兽也做不到的事情！

那少年究竟是谁？

能控制大批量灵兽，能强行与灵兽对话……沧瀛的脑海中，忽然跳出来一种可能，让他的眉梢不禁狠狠抽搐了几下。

那少年，居然是真正的御兽师！

沧瀛忍不住抬起头，仰望依旧坐在树梢的那个少年，一直平静的心剧烈地跳动起来。这么年轻就能如此强大，以后的发展简直不可限量。

如果他能和一个真正的御兽师签订契约……哪怕是主仆契约……

沧瀛的心驰神往还没持续一个呼吸的时间，他就感觉到一股难以形容的威压，铺天盖地地从天空落下。

狂风骤起，树叶纷飞，连太阳光都被遮蔽，视野立刻漆黑一片。沧瀛愕然朝正上方看去，只见一个庞然大物飞到了他们头顶上空，那银青色的身躯、光华流转的鳞片、锋利的龙爪……仅仅看到了一点点真身，沧瀛就能确认这是已经千年没有现世的神兽青龙！

这究竟是怎么了？为什么青龙会出现在九环溪？九环溪倒流难道是因为青龙现世吗？

沧瀛勉强还能在青龙释放的威压下站立，其他袁家子弟则直接被那股震天骇地的威压压制得匍匐在地。而噬血九阴蚕就更加不堪，在青龙的有意威慑下，大部分迸裂而死，地面上一片狼藉。

殷玉衡坐在树梢苦笑，这小祖宗估计是气到要爆炸了吧，连真身都现出来了！殷玉衡勉强睁开眼睛，看着青龙在树干间游弋的身姿，眼神不禁有些迷离。算起来，这还是他头一次看到傲苍的真身呢。它已经有两只龙爪了吗？重新长出五只龙爪，估计就能恢复到被封印前的巅峰状态了吧？话说回来，真身看起来其实也就是一条放大数倍的银鳞蛇嘛……

内心习惯性地嘀咕着，但殷玉衡知道自己的意识在慢慢地远离。他刚刚控制噬血九阴蚕吐丝封住噬血九阴蝶，虽然没有再被刺伤识海，但也耗尽了灵力，透支严重，浑身上下大汗淋漓，就像是刚从水里捞出来的一样。额头上滴落的汗水滑落到眼睛里，他下意识地眨了一下眼睛，就再也不想睁开了。

腰间的紫络铜钱好像越来越响了呢……花涓那家伙真的来了吗？要怎么和她解释天空中那个四处发火的蠢货呢？唔……好像跟沧瀛和袁家的人也没法解释啊……

殷玉衡在从树梢滑落时迷迷糊糊地这么想着，预期中坠地的疼痛并没有出现，他感觉自己落入了一个温暖的怀抱之中，勉力睁开双目，最后看到的画面是一张熟悉的带着怒火的脸。

大哥？

# 第二十六章

# 昊天学苑

殷玉衡重新睁开眼睛时，已经是噬血九阴蚕的惨剧发生的半年后了。

他一恢复意识，先是在识海中被傲苍骂了个狗血淋头，各种赔礼道歉认错赎罪，到最后“割地赔款”许诺发誓，才哄得傲苍大爷勉强放过他。等回过味来，他才发现自己都不知道傲苍那家伙当时究竟是去干什么了，为什么没有及时回到他身边，居然就签下了那么多不平等条约，真是太不划算了！

不过他也来不及去追究，他一睁开眼睛，就发现快六年未见的大哥正趴在他的床头浅眠。他心疼地发现大哥变得瘦骨嶙峋，衣服穿在身上都大了不止一号，脸颊凹陷，眼底青黑，一看就是很久没有好好休息了。

殷玉衡刚打算起身，就发现自己手脚酸软，正是许久没有活动的表现，而他的肚子并不是太饿，看来大哥一直在喂他辟谷丹。

殷玉衡开始庆幸大哥赶来得及时，否则可指望不上傲苍那小祖宗来照顾他。

殷天枢被床上的动静惊醒，立刻抬头看去，就对上了小弟刻意讨好的眼神。殷天枢看着他惨白的小脸，胸中升腾的怒火又瞬间压了回去。他本已经决定等小弟醒来要好好骂他一顿，但真等到那一直紧闭的双眼睁开，看到清澈的眼瞳之中映出了自己的身影，他就一句重话都说不出来了。

“有没有哪里不舒服？”殷天枢压抑怒火，生硬地问道。

“没、没有。”殷玉衡一说话，才发觉喉咙就像是被沙砾磨过一般，声音嘶哑得吓人。

殷天枢把一个小玉筒适时地递了过去，这是风枭那几年在他被困封魂噬骨阵时给他送水用的法器，可以装很多水。殷玉衡接了过来，咕噜噜喝了好几大口。他边喝边观察着大哥脸上的表情，顺便还查看了一下傲苍的踪迹，发现傲苍回到了最初银鳞蛇时期的袖珍形态，但头上已经长出龙角，也有两只龙爪，看起来无比可爱。

“这里有枚释天温髓丹，吃了它之后调息，可以修补破损的识海。”殷天枢从怀里掏出一个碧玉瓶，倒出一枚通体赤红的丹药。这枚丹药隐隐还泛着光泽，一出瓶口就散发出沁人心脾的清香，令人精神为之一振。

不看这丹药的品相，光听名字，也知道这丹药品级颇高，来之不易。殷玉衡刚想拒绝，就被殷天枢掰着下巴把丹药塞进了口中，丹药入口即化，药力瞬间便顺着喉咙流入奇经八脉，整个人就像是泡在了温泉里一样舒服。殷玉衡知道这丹药不能浪费，连忙盘膝做五心朝天的姿势调息，把药力引往识海。

殷天枢知道这释天温髓丹药力温和，是上佳的丹药，没有反噬的可能，况且有傲苍在小弟身边看守，没有人敢干扰，所以他便回了趟自己的房间，换了套衣服，让自己看起来精神一些。

“那释天温髓丹是我给你的。”风枭略带不满的声音从门口传来。

殷天枢转出屏风，又是一名翩翩佳公子，只是仔细看还是能看得出来他神情疲惫，状态不佳。殷天枢瞥了风枭一眼，扬起下巴倨傲地说道：“东西给了我，我怎么用难道还要你来指手画脚吗？”

风枭摸了摸鼻子，他若不是看殷天枢在半年前为了救殷玉衡，不顾一切地提升修炼速度，损耗修为伤了根本，才不会把他收藏多年的释天温髓丹拿出来呢！其实殷天枢五年里一直在封魂噬骨阵中煎熬，虽然修为大增，但身体时时刻刻遭受着痛苦，毫无休息时间，需要很长的时间固本培元。再加上这半年来不爱惜身体，更是需要多加调养。风枭又不能对殷天枢发火，难免就有些迁怒于惹事的殷玉衡，在心中又暗暗记下一笔。

殷天枢不像风枭想的那样对自己的身体情况一无所知，但之前小弟一直没醒，他无法沉心静气地调息。现在心中这块大石终于落下，他也不再着急，寻了个蒲团坐下，毫不客气地接过风枭递过来的又一枚释天温髓丹，放入口中。

这回风枭倒是不心疼了，对于他来说，殷天枢是他选中的契约伙伴，不是外人，不用分得那么清楚。只是……风枭摸着下巴思考了一下，若是和殷天枢签订契约，殷天枢和殷玉衡有了契约，殷玉衡又和傲苍阁下有契约……风枭以前还觉得这个契约链非常不错，可以共享修为，现在想来，他好像在这条契约链的最底层啊！好像……以后的日子会非常难熬……

殷玉衡再次睁开眼睛时，觉得自己整个人像是脱胎换骨。释天温髓丹果真是上品丹药，识海虽然缩小了一些，但已经修补完好。殷玉衡在屋中寻找着大哥的身影，却失望地没有找到。回想起之前大哥的态度，殷玉衡觉得惴惴不安。他大哥半句都没有提之前的事情，没有发火，也没有任何指责，是不是已经生气到了极点，现在连见都不想见他一面？

“啧，愚蠢的人类，你三个月之内不能再运转御兽诀，记住了不？”傲苍这回有了两只龙爪，它用那两只龙爪扒着殷玉衡的衣服，动作迅速地爬上了他的脖颈，熟练地在他的肩窝里找到了一个舒适的位置。

殷玉衡有点不适应那两只多出来的龙爪，虽然傲苍很注意自己的力道，没有划破他的皮肤，但他总有种利刃在喉的感觉。强迫自己不要在意，殷玉衡开始询问他昏迷之后的事情。他已经看出来他现在就在袁氏家族原来的居住地，连木屋也是他当初住的那一间。

傲苍一提起半年前的事情就想要发飙，殷玉衡好说歹说地哄好了它，它就拿爪子在殷玉衡的脖颈间装模作样地磨来磨去，慢慢吞吞地八卦起来。

事情和殷玉衡猜的差不多，傲苍真身一现，什么噬血九阴蚕、噬血九阴蝶都完全不是问题，袁氏家族因此得救。有傲苍在此，也没有其他灵兽不长眼地敢来找麻烦，袁氏家族经过商议，决定回到原来的居住地。只是故居仍在，人却骤减，只剩下袁氏家族年轻一代了。由于九环溪的灵力枯竭，不利于灵兽成长，他们也在考虑是不是举族迁移。

只是供他们选择的地方并不多。

九环溪的禁忌阵法已经完全破裂，灵兽流窜到大陆各地。因为九环溪之内原本存在的灵兽等级很高，无比凶猛，伤人无数，现在整片大陆人人自危，辗转各地的商旅已经少之又少，大部分的城镇都紧锁城门，但偶尔还会有灵兽伤人、袭击村落的消息传来。

夏之地的赤炎山脉火山大爆发，厚重的火山灰掩盖了整个夏之地，阳光难以照射进去，变得阴冷无比，已经不复原来那样阳光灿烂。

而秋之地虽然没有春夏两地那么悲惨，但暮秋岭的迷雾突然变得有毒，亏得白藏教存有大量的解毒丹，才没有全教覆亡。但现下白藏山已经无法居住，白藏教转移到其他城镇，原本繁华的凤栖城没落了下来，人迹罕至，而从春之地迁徙而出的灵兽在夏秋两地肆虐。

冬之地据说曾经发生过山崖坍塌事件，但有天下第一人百里煦在，已经把伤亡降低到最小，一时百里煦名声大噪。再加之冬之地本就寒冷蛮荒，一般灵兽不会前往，现在看来，冬之地反而是这片大陆之上除了乾坤山脉之外的安静之所。

“百里煦？天下第一人？”殷玉衡还是头一次听到这个名字，因为他自小在琅琊岛长大，很少与人接触，对大陆上的人和事自然不了解。

傲苍也是这一次才知道百里煦这个名字，现学现卖地给殷玉衡介绍。

那玄英洞洞主百里煦，是这片大陆上响当当的第一人。传说他已经活了两百多岁了，在一百年前就已经达到了元婴级别，达到了旁人可望而不可即的高度。只是在他元婴炼成之后，便在冬之地的圣地穹天崖隐居了起来，无人得知他的下落，只是揣测他可能已经达到了化神境界。

若是他已经达到了化神境界，接下来只要渡劫成功，他便可以抛却肉身，达到大乘修仙成神！

可以说，百里煦是这片大陆之上所有修炼者仰望的对象。只是这百里煦虽然名扬整片大陆，现身的次数却不多，再加之玄英洞本来就弟子稀少，满打满算不超过十个人，旁人也无法得知玄英洞之中的情况，在胡乱猜测之下，更为其增添了一抹神秘的色彩。

殷玉衡听得不禁有些向往，但他也觉得有点奇怪，依着傲苍的性子，能用如此夸耀的语气来形容除了它自己之外的人，就透着股诡异。

果然，还没等他消化完百里煦的显赫生平，就听到傲苍语气一转，嗤笑道：“啧，其实我们见过这位百里煦冕下。”

“啊？我们见过？”殷玉衡开始努力地回忆起来。

“一百多岁就能达到元婴级别，还没有借助任何契约灵兽的帮助，不是仙根慧体，也没有任何修真门派的传承教导，你不觉得他的实力提升得太蹊跷了吗？”傲苍剔了剔指甲，它现在可宝贝这两只新长出来的龙爪了，只要有时间就保养指甲，“而且他自立门派之后，都没有收多少弟子，是不想教呢，还是不能教呢？”

“啊！你是说……百里煦是那个白衣人？！”殷玉衡大感震惊，但震惊之后也觉得傲苍的分析极为到位，那天引起九环溪倒流并且拿走龙丹的白衣人，其修为也能和百里煦对上号。但傲苍居然说得这么肯定，多半那日他自己离开了一阵，去做了什么确认对方身份的事吧。

“啧，现在外面的传闻，把九环溪倒流的脏水都泼到我身上了。说是青龙现世，九环溪倒流。愚蠢的人类！”傲苍心情不爽地说道，但事实上并没有特别在意。其他人怎么说，对它来说无关痛痒。一切以实力说话，清风根本撼不动巨石，它要是足够强，又何必惧怕流言？

殷玉衡紧紧闭上嘴巴，默默地想，其实九环溪倒流和傲苍也是有点关系的，即使百里煦没有提前拿走龙丹，傲苍肯定也是要收回自己的龙丹的，到时候九环溪一样会倒流……

“咯，那袁氏家族有没有决定要迁到哪里去呢？”殷玉衡决定转回最开始的话题，他第一个想法就是建议袁氏家族迁到琅琊岛去，但旋即又打消了这个念头。袁氏家族的长老都牺牲了，剩下的这些无知少年被保护得太好，去琅琊岛岂不是送给殷家当甜点吗？肯定第一时间就会被殷家分化吸收，然后同化得连渣渣都不剩。

“嗯，还没定吧。不过听袁小鸦那丫头说，百里煦好像要打破门派之见，折腾出一个昊天学苑，袁家子弟正在犹豫要不要同流合污。”傲苍吹了吹指甲，一副大爷样。

什么同流合污啊……说得像是要建什么不良帮派一样，殷玉衡一阵无语。不过打破门派之见，这个想法倒是极为新颖。

门派之见，乃是数千年传下来的，一般门派都有直系和旁系弟子之分，就连修仙世家，也会分内门弟子和外门弟子。而御兽师家族更是靠血脉传承，非御兽师家族的血脉，根本没有成为御兽师的资格。只是因为与高阶灵兽签订契约需要更高的资质，所以直系和旁系分得倒不是太严格。门派之见，不仅仅是直系、旁系或者内门、外门之分，里面还牵扯了许多不能外传的法术、丹药和法器。尽管是同一个门派、同一个修仙世家或者同一个家族，直系和旁系、内门与外门之间也不许私下传授门内法术或者赠予门内法器。所以殷玉衡当年想给殷天枢青白玉龙纹佩，殷天枢推拒了很久。兄弟之间交换东西都需要如此注意，更何况门派和门派之间。

摒弃门派之见，毫无芥蒂地互相交换法术，共用丹药和法器，那比愚公移山还要难。虽然昊天谷那边传来的消息，说是以前念书识字也是一件很奢侈的事情，必须要拜师，一对一地教导，大部分人至死都没有识字的机会，可是在很多年以后，渐渐有书院存在，一个老师可以教导很多名学生，这样虽然不能做到让人人都识字，却可以让读书的人成百上千倍地增加。

虽说并不是人人都有资质修仙，但不能不承认有很多人被埋没了，就是因为没有多少修炼者肯教导多名弟子，充其量收十多个弟子。这样想来，倒是和那识字念书的例子非常相似，修炼者都是敝帚自珍的，因为修炼者越多，资源就越少，毕竟丹药和法器都是稀少的，大家都不想有更多的竞争者。

可是现今暮秋岭毒雾封山，赤炎山脉火山爆发，九环溪倒流灵兽暴乱，穹天崖山崩地裂，资源已经减少到最低点，生存已经成了问题，那么原来的难题便已经不再是关键。

春之地的灵兽外逃，已经占据了整片大陆，灵兽的繁殖能力虽然并不强，但那是以前在阵法中生存空间小，资源少，外加自相残杀的缘故。现在天高地阔，再也没有能拘着它们的阵法，它们又占据了各处天地灵气充沛之地，那么究竟是这些灵兽繁衍得快呢，还是修道者修炼得快呢?

白藏教那边的暮秋岭已经不能再进人，那就是说连草药都没得采了。草药断绝，丹药也就没法炼了。这样想下去，未来竟然如此凶险。

“事实上，灵兽的大肆繁衍，对于御兽师是个好机会。”殷天枢推门进来，正好听到傲苍在分析，便顺口插了一句。

殷玉衡知道大哥的意思，以往御兽师想要与灵兽缔结契约，都是僧多粥少，一对一的契约有时候都没办法完成。而现在灵兽即将繁衍昌盛，而且御兽师可以同时与好几只灵兽签订契约，这简直是壮大御兽师家族的最佳时机。最重要的一点是，大陆格局改变之后，任何一个门派和家族都很难独立生存下去，就像一张桌子，必须要有四条腿才站立得稳。所以，袁氏家族最终恐怕也是要选择妥协的。只是他们需要考虑的，是这张桌子的四条腿长短是否能一样，否则也是容易摔倒的。

“啧，那个百里煦当学苑的山长，小爷我很有兴趣去看一看哦！”傲苍这句话说得阴阳怪气，引得不明所以的殷天枢频频注目。

殷玉衡发现大哥已经换了一身衣服，调息过后精神也好了许多。也许是五年未见的缘故，殷玉衡察觉大哥的性情内敛了许多，以前那浑身的棱角都已经不见，只剩下眼波流转间泄露的些许傲然。殷玉衡担心他还在生气，老老实实地跪在床铺上认了个错，举手发誓下不为例。

殷天枢摸了摸他的头，淡淡地说道：“你长大了，我也管不了你了。”

殷玉衡整个人都呆住了，大哥这还是在生气吧？看来气得当真不轻。

殷天枢看着小弟目瞪口呆的样子，内心暗爽，却刻意收回手转移话题道：“昊天学苑的发起人，说起来和你也有些渊源。”

“啊？”殷玉衡脑袋里满是大哥生气了的危险信号，一时半会儿没能理解这句话的意思。和他有什么渊源？不会是因为花涓那小妮子吧？想起花涓，殷玉衡低头去看腰间的紫络铜钱，这才发现本来是一个紫络铜钱，现在已经成了一对儿，合起来正是一面吉祥一面如意。

“我路上遇到了花家小姐，这紫络铜钱是她转送给我的。”殷天枢简单地解释了一句，“昊天学苑的发起人姓陆，是白藏陆家的子弟，算起来还是你的表兄。”

“白藏陆家？”殷玉衡一怔，想起自家娘亲已经五年未见，连忙问起。

殷天枢不好说实情让小弟平白无故担心，只说陆幽天听说了白藏陆家被灭门的事情后离开了琅琊岛。殷天枢其实并没把陆幽天看在眼内，这个后娘根本没有尽到母亲的责任，不管是对他还是对殷玉衡。他们的父亲和他的母亲也一样，殷天枢权当这世上没这两个亲人，只有他们兄弟两人相依为命。

错了，现在还要加上那条非常碍眼的青龙。嗯，风枭也勉强算在里面吧……

殷玉衡本来十分担心娘亲的安危，但听殷天枢一说，也觉得自己是杞人忧天。他娘亲修为不低，这或许是一个契机，让娘亲脱离琅琊岛的束缚，去寻找她自己的生活。殷玉衡不得不承认，一年才能见到一次的娘亲，对于他来说是责任大于亲情。现在娘亲不再被囚禁在琅琊岛，他好像……也可以选择自己想要的生活了……

殷天枢看小弟的目光，就能猜得出他在想什么。这五年来小弟是怎么度过的，他也从傲苍口中知道了一些。虽然傲苍只说了只言片语，但殷天枢知道一个十几岁的少年在九环溪这么险恶的环境下是如何艰难生存下来的。只是想想，就让“弟控”的殷天枢受不了了，还哪里有半点对殷玉衡的不满，怒火全部倾泻到傲苍身上去了。

当然，他现在自是还不敢对傲苍做什么，但他们走着瞧，终有一天，会把账好好算算的！

想到这里，殷天枢的表情终于柔和了起来，对殷玉衡勾唇笑道：“小玉儿，你是怎么打算的？”见殷玉衡依旧一脸茫然，便直接提问，“想回琅琊岛吗？”

殷玉衡立刻摇了摇头，琅琊岛上现在已经没有了任何值得他惦记的事物，至于殷少微，恐怕现在过得不是那么好。殷玉衡抿了抿唇道：“等我们决定去处后，可以接殷少微一起。”

殷天枢无所谓地点了点头，继续问道：“那么，你想去集安镇的白藏陆家找你娘？”

“我去过了，那里已经成为一片废墟，我娘就算回去，也不会在那里久待的。”殷玉衡摇了摇头。

“那我们留在九环溪？”殷天枢又给出了一个选择。

殷玉衡继续摇了摇头：“不行，傲苍说这里灵气枯竭，以后会滋生邪物。”

注意到小弟居然直呼青龙傲苍的名讳，殷天枢的视线向下扫过在小弟肩窝里睡得正香的袖珍小银龙，俊眉微不可察地皱了皱。

“那我们就只好去昊天学苑看看了。”

殷玉衡双目一亮，连连点头。且不说那里有他的表兄在，对于那新式的学苑，他也极有兴趣。

殷天枢宠溺地笑了笑，心想小弟果然还是小孩子，送他去上学是最好不过的了。

嗯，也最省心。

# 第二十七章

# 拼图

殷玉衡醒过来之后，袁小鸦和沧瀛都来看过他，只是他们之间以前本来就没有多少交流，现在更是不知道说什么好。

袁小鸦代表获救的袁氏家族子弟，向殷玉衡郑重道谢，殷玉衡很少遇到这种情况，不知该如何应对。袁小鸦本想多多亲近他，但目光落在他脖颈上的小银龙身上时，闪过畏惧，终是不敢多逗留。

当时她已经带着逃离的袁氏子弟走出很远了，巨大的青龙毫无预兆地出现在九环溪上空，甚至连他们所在的地方都能看得到头顶盘旋的庞大龙身。那么可怕的威压与气势，如水银泻地一般倾泻而来，所有人都站立不稳，跪倒在地，袁氏子弟的契约灵兽承受不住，甚至口吐白沫昏倒过去。

她当时第一个念头就是那名少年终于化为原形了，第二个念头就是带着身后的袁氏子弟往回走。

开什么玩笑，青龙都现世了，那些渣蚕和渣蝶还能活得下来？

后来才得知与少年一直形影不离的“储备粮”银鳞蛇才是青龙，这让袁小鸦有点接受不了，怕自己以前的态度会引起这位阁下的不满，袁小鸦尽量减少了出现在殷玉衡面前的次数。

又过了几天，袁氏家族开了族内会议，定了举族迁往昊天谷的计划。袁小鸦和沧瀛带一些族人先去打头阵，他们得知殷氏兄弟的目标也是昊天谷之后，便恳请殷氏兄弟帮忙照看剩下的袁氏子弟，希望能让他们随后一同前往。

殷天枢虽然不置可否，但他内心自然是愿意的，况且小弟的伤势还需要一段时间观察，在此处多待些时日也没什么问题。至于最后当一回保姆，殷天枢心想最后谁伺候谁还不一定呢！多出来这么多可以使唤的人，总比自己上路安排食宿来得舒服。

沧瀛也比较满意，先不说那位高不可攀的青龙阁下，就连另外两只灵兽都是一个八级一个七级，再加上一个真正的御兽师，沧瀛觉得这比他自己带要安全得多。

袁小鸦和沧瀛最终带了一些没有受伤的袁氏子弟离开了，剩下的一些伤势还未痊愈的，等过一阵再走。沧瀛这回不是飞过去的，因为夏之地的天空上有厚厚的火山灰遮挡，他不想成为第一只被火山灰呛死的灵禽。

趁着这个工夫，殷天枢和风枭回了趟琅琊岛，他们上回离开的时候，并没有计划永远不回去，所以东西都没有带全。

殷天枢把亢宿苑能带走的东西都拿走了，事实上已经快六年没有住人，满是灰尘的亢宿苑也没有多少东西值得带走了。风枭倒是把自己多年的收藏一个不漏地打包，殷天枢顺便还去见了一下殷少微。

结果当殷玉衡等到大哥回来时，发现他居然带了两个拖油瓶。除了殷少微之外，殷明堂也跟来了。

殷明堂自从六年前在琅琊谷受了重伤后，便很少出现在人前，实际上他的身体早就已经养好了，和他父亲殷天府一样魁梧壮硕，乍看上去就像是一座小山。

在琅琊岛上，殷天府不放他出来，并不是为了阻止他与殷少微见面，而是琅琊岛那时的局势极为微妙，他怕自己这傻儿子莫名其妙被卷进旋涡中，消失得悄无声息。这回殷少微打算离开琅琊岛，去和殷明堂道别的时候，正巧被殷天府撞见了。

殷少微并没有迎来预料中的喝骂，反而被殷天府客气地请进了屋，仔细地询问琅琊岛外的情况，最后做出决定让殷明堂和殷少微一起离开琅琊岛。

殷明堂上一次没有在琅琊谷找到合适的契约灵兽，最近一次琅琊谷开时干脆就没有入谷，所以一直没有契约灵兽。殷天府一听说大陆之上灵兽肆虐，第一反应就是让儿子出去寻觅寻觅。有八级灵兽风枭在，想来也不会有什么差池。而且殷天府也觉得得把眼光放远一点，琅琊岛什么的已经不被他看在眼里了。

殷玉衡知道情况的时候，默默地想，这堂伯父事实上是争不过了吧？

不过这样也好，殷明堂虽然长得很像殷天府，心性人品却一点都不像。殷玉衡和殷明堂根本不熟，打过招呼之后他便拉着殷少微到一旁叙话。殷少微自是已经得了殷天枢的嘱咐，不会告诉殷玉衡殷天枢这五年来被囚禁的事，把话题尽量往其他地方带。

好在殷玉衡这几年都很少与外人交流，说话的时候少，大多都是殷少微在叽叽喳喳地说着，殷玉衡含笑聆听。

又过了几天，留下的袁氏子弟那边送过来一匹布，交给了殷玉衡。那是用噬血九阴蚕的蚕丝织就的。

噬血九阴蚕的蚕丝在脱离了蚕体之后，就没有了吞噬血肉和灵力的害处，反而刀枪不入不怕火烧，还能最大程度阻挡灵力攻击，是炼制法器或者制作护体法袍的最佳选择。袁氏子弟收集了噬血九阴蚕的蚕丝，花费半年多的时间织成噬血九阴蚕丝布，这等战利品自然是要归殷玉衡所有。

殷玉衡本不想收，他觉得这噬血九阴蚕丝布放在他这里也没有什么用，他又不会炼制法器或者裁剪制衣。那名送布来的袁氏子弟很会看人眼色，连忙说他们可以代为裁剪制衣，只要殷玉衡提供大概的尺寸就可以。这噬血九阴蚕丝布非常柔软，可以当里衣穿，也不妨碍行动。

殷玉衡问了一下，发现收集的这些蚕丝足够做五件衣服，正好他、大哥、傲苍、风枭还有殷少微可以一人一件，至于殷明堂那自然是没份的，况且那家伙身材那么魁梧，实在是太费布料了。

衣服自然是要慢慢做，又过了一段时间，袁小鸦传回来消息，说昊天谷一切安好，他们可以动身了。

九环溪所在的春之地离昊天谷所在的夏之地其实并不遥远，而且九环溪现在没有灵兽存在，他们只横渡几条溪，就从九环溪的中心位置走了出来，不用花费太多的时间。进入夏之地后，遮天蔽日的火山灰已经比之前少很多了，肆虐的灵兽也没有不长眼睛来攻击他们，殷明堂甚至有点惋惜，经常独自落在他们队伍后面，打算看看有没有灵兽肯撞上来。

一路无惊无险地来到夏之地，进入了昊天谷的势力范围，殷玉衡摸了摸因为夏之地的炎热而变得快怏的傲苍，虽然这家伙不喜欢夏之地的气候，但他是冲着百里煦手中的龙丹而来，自然不肯退缩，就是一直烦躁地在发牢骚，殷玉衡在识海中默默地把这些噪音全部屏蔽了。

在这片大陆上，凌驾于国家之上的地方，除了中央地带的乾坤山脉外，还有四季之地的各个圣地。赤炎山便是夏之地的圣地，与春之地的九环溪、秋之地的暮秋岭、冬之地的穹天崖是天下闻名的修炼之地。但这些地方往往都已经被传承几千年的大门派所占据，而赤炎山的灵脉之上，便是昊天谷的所在之地。

真正的昊天谷在夏之地的赤炎山深处，是集天地灵气于一处的上佳的修炼之地。传说赤炎山火山爆发之后，天地灵气狂躁不定，有时灵力充沛，有时灵力稀薄，因为害怕赤炎山脉的火山口以后会继续喷发岩浆，没什么人敢来这里了。

夏之地的赤炎山和冬之地的穹天崖，仰仗的都是天然的地理条件。极热的赤炎山和极寒的穹天崖，只有修为到一定程度的人才能进入，而且停留时间不能过长，否则对修炼有害。所以前去这两处的人平时就很少，并不是修道者不想要宝石和矿石，实在是能力有限，人毕竟不能和天比。

当然，这些壁垒是对于普通人或者没有入门的修道者来说的，对于殷玉衡一行人自然不在话下。只是一下子从草木繁盛的九环溪来到寸草不生的赤炎山，所有人都极度不适应，不知不觉间就加快了脚步。

因为袁氏子弟事先放出了联络的蜂鹰，所以在还没到昊天谷的时候，他们就遇到了来迎接他们的袁小鸦与沧瀛。袁小鸦显然非常不适应这里的炎热天气，头上罩着遮光的斗篷，把脸围得死死的，生怕被晒黑。

殷少微是个自来熟的人，很快就与外向热情的袁小鸦打成一片，顺便也打探着昊天谷的情况。当然最令殷少微感兴趣的，是昊天学苑的发起人。

“小鸦姐，你有没有见过那个叫陆青阳的人？听说他很厉害啊！”殷少微套完近乎，就直奔主题。

在一旁的殷玉衡闻言，不禁慢下了脚步。说起来，他对这个表兄也颇为好奇，心中难免猜测对方究竟是什么样的人。据说他是白藏教的八品炼丹师韩丹长老的小师弟，想来也是一位优秀的炼丹师。

袁小鸦听到“陆青阳”这三个字，本来笑盈盈的脸僵硬了一下，随后变得咬牙切齿起来：“陆、青、阳……陆青阳那个家伙简直不是人！”

“啊？”殷玉衡和殷少微两人齐齐一愣。难道那个陆青阳很邪魅酷帅，或者心狠手辣？否则一向对谁都是一张笑脸的袁小鸦怎么会有这样的表情和语气？

只听袁小鸦愤愤不平地继续说道：“这老天爷太不公平了，一个才十六岁的少年，居然突破到了先天境界！”

“啊？”又一次异口同声，不过这回发声的人不止殷玉衡和殷少微两人，一直在偷听的袁氏子弟也有不少人吃了一惊。

“才十六岁？”殷玉衡小声嘟囔着，有点无法接受。说不定算起年龄来，对方还是他表弟呢！

“啧，大惊小怪的人类，人家是仙根慧体，十六岁突破到先天境界有什么好奇怪的！”傲苍懒懒地打了个哈欠，感觉自己的喉咙里都可以喷火了。这鬼地方真要命，那百里煦可真会挑。

殷玉衡一想也是，便不再纠结于此。身后的众人却议论开来，一行人慢慢悠悠地继续朝着昊天谷而行。

昊天谷乃是千年传承的门派，以炼器著称于世，门规森严，又处在寸草不生的赤炎山脉之中，所以门派上下以苦修为主。在谷口迎接他们的昊天谷弟子都穿着一身白袍，精神抖擞，领头的是一个名叫慕融的昊天谷弟子，他扫了一眼队伍，立刻就发现了队伍中非常出众的风枭与殷天枢，只是这两人一个神情冷峻，一个面色傲然，都是不好接近的主。他想了想，还是和已经混得很熟的袁小鸦交谈起来。

混在队伍里毫无存在感的殷玉衡乐得清闲，从开始到现在，殷玉衡很少和外人交谈，连袁小鸦和沧瀛都没和殷玉衡说过几句话，所以他给别人的印象是很木讷，很容易被人忽略。殷玉衡也希望如此，光对付在识海中唠唠叨叨的傲苍小祖宗，他就疲惫不堪了。

昊天谷的布局似葫芦状，四周都是陡峭的山脉山壁，谷口易守难攻，但走进谷口之后，便是一片宽阔的广场。

在视野开阔的广场之上，有一个人正朝他们这边走来，看起来迈的步伐并不是很快很急，但几步之后，就已然来到他们面前。

袁小鸦率先迎了上去，高声笑道：“陆山长，这回我们袁家可是全族投奔而来，您可千万不要嫌弃啊！”

殷玉衡知道袁小鸦故意提高了音量，就是为了让他们知道来人的身份。殷玉衡抬头看去，发现那人果然年纪不大，和自己差不多的样子，五官俊秀无匹，眉宇间带着一股坚毅之色，虽然面容有些稚嫩，但那周身的气度，足可以预见他以后的发展不可小觑。他身穿一袭普通的青布麻衣，长发用同样的青色发带随意束起，偶尔被风吹得四下散乱。只是这样远远地看着，也能感觉到他像是背负着很沉重的负担，但他的背脊挺得极直，就像一柄利剑，而且他的唇一直紧紧地抿着，一点弧度都没有，完全没有笑容。

“咦？看他的眉心。”傲苍忽然道。

殷玉衡一怔，才发现在陆青阳额前的碎发之下，眉心处有一个赤色的桃花瓣状纹路，一共有四瓣。

“那是什么？”殷玉衡忍不住分出一缕神识，小心试探起来。

“那是契约纹，没有御兽师血脉的修道者，如果和灵兽缔结契约的话，便会出现类似于御兽师兽纹的纹路。只是出现在眉心的契约纹路……该死的好运，这居然是已经失传的共生平等的灵兽血契！”傲苍骂骂咧咧地说道，有点怒其不争。这究竟是哪个败家玩意儿！居然想不开和人类签订共生平等的灵兽血契！简直太愚蠢了！呃……好吧……再倒霉也倒霉不过它自己，它签的是该死的主仆契约！傲苍立刻又泄了气，默默地舔了舔自己的指甲，怨恨地哼唧了两声。

殷玉衡闻言一愣，刚想追问傲苍那灵兽血契是什么东西，就发现陆青阳好像是感应到了他的神识，朝他这边看了过来。

两位少年的目光在空中相遇，神识微微一撞之后，便立刻分开。

殷玉衡还来不及捕捉什么讯息，就看到这位不知道是表兄还是表弟的少年的视线落在了缠绕在他脖颈上的傲苍身上，大步地走了过来。

“我想，这个东西是它的。”随着一个清朗的声音响起，陆青阳朝殷玉衡伸出了手，他的手掌心上，忽然现出了一枚硕大的流光溢彩的珍珠。

“我的龙丹！”傲苍直接就扑了过去，还好它还有那么点理智，没有现出庞大的原形。

看着袖珍小银龙用仅有的两只前爪扒在那颗硕大的被珍珠包裹的龙丹上面，

殷玉衡虽然觉得画面有些好笑，但还是严肃而又带着疑问地看向站在他面前的少年。天下没有白吃的午餐，不管这枚龙丹他是怎么从百里煦处得来的，也绝对不可能没有任何条件地还给傲苍。

陆青阳也不介意殷玉衡的反应，继续往下说道：“我可以把这个东西还给它，但是作为交换，你们要留在这里十年。”

“快！快答应他！”傲苍急吼吼地说道。十年有什么了不起的？对于青龙来说，只不过是弹指一挥间罢了。傲苍其实觉得它连人带龙丹一起吞了不认账都没什么大不了，但这位少年也不知道哪里走的狗屎运，居然是和一只九尾凤凰签订的灵兽血契，他觉得还是不要撕破脸为好。

殷玉衡也没觉得陆青阳提的条件苛刻，毕竟他们本来就是要来昊天学苑的，现在只不过是在这上面添加一个期限而已，所以他便点了点头。

“如果不介意的话，与我立下赌约之誓如何？”陆青阳并未直接把龙丹赠出，而是谨慎地提出建议。

赌约之誓是一种双方约定状态下的阵法誓言，殷玉衡也觉得这样很合理，傲苍这家伙是不会认错自己的龙丹的，对方平白送出大礼，要求回报也是正常的。

“我，殷玉衡，以我的右手起誓，若陆青阳赠予我此物，我将在昊天学苑待满十年。”殷玉衡缓缓地说罢，与陆青阳的右手轻轻一碰，两人手掌之间骤然亮起金色的光芒，随即化作一个金色圆环，沁入了殷玉衡的右手手腕，成了花纹状的文身。这种赌约之誓，以身体为见证，若是有违此誓，便会失去作为凭证的身体部位。当然，这只是很常见的一种赌约之誓，殷玉衡只是用手做凭证，若是更加严格的赌约，是可以用生命做凭证的，赌约花纹会出现在脖子上。当然，这种赌约之誓，越来越多地被用到争强斗胜的地方，倒也是极为公平的，防止了落败的一方赖账。

就在两人立誓的那一瞬间，一旁的殷天枢紧张地微眯了一下双瞳，他没想到殷玉衡迫切地需要那个东西，居然立了赌约之誓。他虽然想要阻止，可是这两人更快一些，金光一闪便已经立誓完毕。

“啊啊啊啊！千万不要相信他！！天啊！！！我居然来晚了！！！你怎么又拐带了一个！！！”一个极为夸张的声音由远及近，一个黑衣少年转瞬间就出现在他们面前。

殷玉衡没来得及去看他的脸，只注意到这个黑衣少年的右手手腕处，和他一样缠绕着一圈金色的花纹状文身。

陆青阳随手便把那颗硕大的珍珠连同上面扒着的袖珍小银龙塞给了殷玉衡，转身朝那个黑衣少年淡淡地道：“还有七块灵田的聚灵阵没有布好……”

“我……我……我这就去……”黑衣少年来去匆匆，说到最后一个字时，人已经闪到了几里地之外。

陆青阳扭头，发现殷玉衡已经完全呆住了。陆青阳自出现之后头一次勾起唇，浅笑道：“走吧，我带你在学苑里四处逛逛。”

拼图，又找到了一块……

* * *

九环溪倒流，赤炎山爆发，暮秋岭封山，穹天崖断裂，大陆一片混乱，自此开启昊天时代，史称昊天纪。

【完】